SUZANNE BROCKMANN
Un día más

Editado por Harlequin Ibérica.
Una división de HarperCollins Ibérica, S.A.
Núñez de Balboa, 56
28001 Madrid

© 1998 Suzanne Brockmann. Todos los derechos reservados.
UN DÍA MÁS, N° 102
Título original: It Came Upon a Midnight Clear
Publicada originalmente por Silhouette® Books.
Traducido por Victoria Horrillo Ledesma

Todos los derechos están reservados incluidos los de reproducción, total o parcial. Esta edición ha sido publicada con permiso de Harlequin Enterprises II BV.
Todos los personajes de este libro son ficticios. Cualquier parecido con alguna persona, viva o muerta, es pura coincidencia.
™ TOP NOVEL es marca registrada por Harlequin Enterprises Ltd.
® y ™ son marcas registradas por Harlequin Enterprises Limited y sus filiales, utilizadas con licencia. Las marcas que lleven ® están registradas en la Oficina Española de Patentes y Marcas y en otros países.

I.S.B.N.: 978-84-671-8066-4

Para Tom Magness
(1960-1980)
Nunca tuve ocasión de decirte que
me alegro de no haberme perdido el baile

AGRADECIMIENTOS

Gracias mil a mi compañero de inmersión, Eric Ruben, por sugerirme que escribiera un libro con un SEAL como protagonista.

Gracias también a la lista Team Ten (http://groups.yahoo.com/group/teamten) por su apoyo entusiasta.

Y gracias a los equipos de auténticos SEAL y a todos los hombres y mujeres del ejército de Estados Unidos, que sacrifican tantas cosas para que el nuestro siga siendo el país de la libertad y el hogar de los valientes.

Y por último, gracias de todo corazón a las esposas, maridos, hijos y familiares de esos héroes y heroínas. Apreciamos hondamente vuestra entrega.

Cualquier error que haya cometido o libertad que me haya tomado al escribir este libro es enteramente responsabilidad mía.

PRÓLOGO

Crash Hawken se afeitó en el aseo de caballeros.

Llevaba dos días seguidos velando en aquel hospital de Washington, y la barba, el cabello largo y el vendaje de su brazo le daban un aspecto aún más peligroso que de costumbre.

Había salido únicamente para cambiarse de camisa (la que llevaba estaba manchada con la sangre del almirante Jake Robinson) y abrir el archivo informático que Jake le había enviado electrónicamente apenas unas horas antes de que le dispararan en su propia casa.

Acribillado en su propia casa... Aunque estaba allí, aunque había tomado parte en el tiroteo, aunque había resultado herido, le costaba trabajo creerlo.

Estaba convencido de que la Navidad del año anterior no podía haber sido peor.

Pero se había equivocado.

Iba a tener que llamar a Nell y decirle que Jake estaba herido. Ella querría saberlo. Merecía saberlo. Y él aprovecharía la oportunidad para oír de nuevo su voz. Tal vez incluso para verla. Con un arrebato de desesperación, cobró conciencia de lo que llevaba meses intentando ocultarse a sí mismo: quería verla. Dios, cuánto deseaba volver a ver la sonrisa de Nell...

La puerta del aseo se abrió cuando estaba aclarando la cuchilla desechable que había comprado en la tienda del hospital. Miró al espejo y se encontró con la cara ceñuda de Tom Foster.

¿Qué probabilidades había de que el comandante de la Fincom, la Comisión Federal de Inteligencia, hubiera ido únicamente a hacer pis?

Prácticamente ninguna.

Crash lo saludó con una inclinación de cabeza.

—Lo que no entiendo —dijo Foster como si la conversación que habían iniciado dos noches antes no se hubiera interrumpido—, es cómo es posible que seas la única persona que quedó en pie en una habitación con cinco cadáveres y medio, y no sepas qué ocurrió.

Crash puso la funda de plástico sobre la hoja de la cuchilla.

—No vi quién disparó primero —dijo con voz firme—. Sólo vi que daban a Jake. Después, sé perfectamente qué pasó —se volvió para mirar a Foster—. Me cargué a los pistoleros que intentaban matar a Jake.

Pistoleros. No hombres. Al disparar sobre Jake Robinson, habían perdido su identidad para convertirse en simples dianas. Y como las dianas de una galería de tiro, Crash los había eliminado metódicamente, con total eficacia.

—¿Quién querría asesinar al almirante?

Crash sacudió la cabeza y dio la misma respuesta que había dado dos días antes.

—No lo sé.

Y era cierto. No lo sabía. No con certeza. Pero tenía un archivo lleno de información que iba a ayudarlo a encontrar al hombre que había ordenado aquel intento de asesinato. Jake había luchado contra el dolor y una conciencia que se desvanecía rápidamente para asegurarse de que Crash entendiera que había una conexión entre aquel atentado contra su vida y el archivo cifrado de alto secreto que le había enviado esa misma mañana.

—Vamos, teniente. Seguro que tiene al menos una hipótesis.

—Lo siento, señor, nunca me ha parecido útil especular en situaciones como ésta.

—Tres de los hombres a los que llevó a casa del almirante Robinson operaban con nombres y documentación falsos. ¿Era usted consciente de ello?

Crash sostuvo fijamente la mirada airada de su interlocutor.

—Me pone enfermo pensarlo, señor. Cometí el error de confiar en mi capitán.

—Ah, así que ahora es culpa de su capitán.

Crash intentó refrenar un estallido de cólera. Enfadarse no serviría de nada. Lo sabía por las muchas veces que había entrado en batalla. Las emociones no sólo hacían que le temblaran las manos, sino que también alteraban sus percepciones. En una acción bélica, podían ser la causa de su muerte. Tenía que distanciarse. Separarse. Alejarse de lo que sucedía.

Se obligó a no sentir nada.

—Yo no he dicho eso —su voz sonó tranquila.

—Los que dispararon contra Robinson no habrían pasado las barreras de seguridad sin su ayuda, teniente Hawken. Usted los llevó allí. Esto es responsabilidad suya.

Crash se quedó muy quieto.

—Soy consciente de ello.

Aquellos hombres, fueran quienes fuesen, lo habían utilizado para entrar en casa de Jake. La persona que había organizado el intento de asesinato conocía, por tanto, su estrecha amistad con el almirante.

Apenas hacía tres horas que Crash había bajado del avión de la Fuerza Aérea que lo había devuelto al país, de regreso a Washington, cuando el capitán Lovett lo llamó a su despacho y le preguntó si estaría interesado en formar parte, a petición del almirante Robinson, de un equipo especial que debía servirle a éste de escolta de refuerzo.

Crash había creído que la labor del equipo consistiría en proteger al almirante, cuando en realidad tenía un propósito muy distinto: su asesinato.

Debería haber imaginado que había gato encerrado. Debería haberle puesto punto final antes de que empezara siquiera.

Aquello era, en efecto, responsabilidad suya.

—Discúlpeme, señor —tenía que ir a ver cómo estaba Jake. Tenía que sentarse en la sala de espera y confiar en oír informes favorables sobre el estado de su mentor. Quería que le dijeran que iba a salir de la UCI. Y tenía que aprovechar el tiempo para ordenar mentalmente toda la información que Jake le había pasado en aquel archivo. Después, saldría de allí y daría caza al hombre que se había servido de él para acceder al almirante.

Pero Tom Foster le cortó el paso.

—Tengo un par de preguntas más, si no le importa, teniente. ¿Cuánto tiempo lleva trabajando con el Equipo Doce de los SEAL?

—Cerca de ocho años, intermitentemente —contestó Crash.

—Y durante estos ocho años, de vez en cuando ha colaborado estrechamente con el almirante Robinson en misiones poco propias de los SEAL, ¿no es cierto?

Crash no reaccionó, no parpadeó, ni se movió. Ocultó cuidadosamente su sorpresa. ¿Cómo se había enterado Foster? Crash podía contar con los dedos de una mano el número de personas que sabían de su colaboración con Jake Robinson.

—Me temo que no puedo decírselo.

—No hace falta que me lo diga. Sabemos que trabajó con Robinson en el llamado Grupo Gris.

Crash escogió cuidadosamente sus palabras.

—No veo qué importancia puede tener eso para su investigación, señor.

—Es una información que la inteligencia naval ha comunicado a la Fincom —le dijo Foster—. No va a desvelar nada que no sepamos ya.

—La Fincom también participa en operaciones secretas —respondió Crash, intentando parecer razonable—. Comprenderá usted que, haya formado parte o no del Grupo Gris, no es un asunto del que pueda hablar libremente.

Ese día, sin embargo, el adjetivo «razonable» no figuraba en el vocabulario de Tom Foster. Levantó la voz y dio un paso hacia delante con aire amenazador.

—Un almirante ha resultado herido de bala. Éste no es momento para ocultar información.

Crash se mantuvo firme.

—Lo siento, señor. Ya les he dado a usted y a los demás investigadores toda la información que puedo proporcionarles. Los nombres de los fallecidos, tal y como los conocía. Y un relato pormenorizado de mi conversación con el capitán Lovett esa tarde y de lo sucedido antes de que uno de los miembros del equipo abriera fuego contra el almirante...

—¿Cuáles son sus motivos exactos para ocultar información, teniente? —el cuello de Foster comenzaba a amoratarse.

—Yo no estoy ocultando nada —salvo que Jake le había enviado un archivo de altísimo secreto.

Si quería llegar al fondo de aquel asunto (y quería), no podía hacer público lo que Jake le había contado. Además, tenía que tratar la información que contenía el archivo con el mismo cuidado y discreción con que trataba todos los archivos que le enviaba el almirante. Y ello suponía que, aunque quisiera, no podía hablar de ello con nadie, excepto con su comandante en jefe, el presidente de Estados Unidos.

—Sabemos que Jake Robinson le envió un archivo la mañana del tiroteo —dijo Foster en tono crispado—. Necesito que me entregue ese archivo a la mayor brevedad posible.

Crash le sostuvo la mirada sin vacilar.

—Lo siento, señor. Usted sabe tan bien como yo que aunque tuviera acceso a ese presunto archivo del almirante Robinson, no podría revelarle su contenido. Todo el trabajo que hacía para el almirante era de índole confidencial. Tenía órdenes de informar únicamente a Jake.

—Le ordeno que me entregue ese archivo, teniente.

—Lo siento, comandante Foster. Aunque lo tuviera, me temo que no tiene usted autoridad suficiente para darme esa orden —se acercó peligrosamente al comandante, más bajo que él, y bajó la voz—. Si me disculpa, voy a ver qué tal está Jake.

Foster se apartó, abriendo la puerta con una mano.

—Su preocupación por Robinson es enternecedora. O lo sería, si no tuviéramos pruebas irrefutables de que fue usted quien hizo esos cinco disparos sobre el pecho del almirante.

Crash oyó las palabras de Foster, pero no pudo entenderlas. Tampoco entendió qué hacían todos aquellos hombres al otro lado de la puerta. Había policías de uniforme, tanto locales como estatales, agentes de la Fincom vestidos con trajes oscuros y varios oficiales de la patrulla costera.

Era evidente que esperaban a alguien.

A él.

Crash miró a Foster, cuyas palabras empezaban a cobrar sentido.

—No creerá que...

—No lo creemos, lo sabemos —Foster esbozó una tensa sonrisa—. Tenemos los informes balísticos.

—¿Es usted el teniente William R. Hawken, señor? —el oficial de la patrulla costera que avanzó hacia él era alto, joven y muy serio.

—Sí —contestó Crash—. Soy Hawken.

—Por cierto, la bala que le extrajeron del brazo procedía del arma del capitán Lovett —le dijo Foster.

Crash se sintió enfermo, pero no dejó que se le notara. Su capitán había intentado matarlo. Formaba parte de la conspiración.

—Teniente William R. Hawken —dijo el oficial de la patrulla costera—, queda usted detenido.

Crash se quedó muy quieto.

—El informe balístico demuestra también que las balas que se encontraron en los cuerpos de los otros cinco fallecidos procedían de su arma, así como las que se le extrajeron al almirante —añadió Foster en tono cortante—. ¿Aclara eso sus borrosos recuerdos respecto a quién hizo el primer disparo?

—Tiene derecho a guardar silencio —comenzó a decir el oficial de la patrulla costera—. Cualquier cosa que diga podrá ser utilizada en su contra ante un tribunal. Tiene derecho a un abogado...

Aquello era imposible. ¿Las balas eran de su arma? No podía ser. Miró los ojos serios e inexpresivos del joven oficial.

—¿De qué se me acusa exactamente?

El oficial se aclaró la garganta.

—Señor, está usted acusado de conspiración, traición y asesinato de un almirante de la Armada de los Estados Unidos.

¿Asesinato?

A Crash empezó a darle vueltas la cabeza.

—El almirante Robinson falleció hace una hora como consecuencia de sus heridas —anunció Tom Foster—. El almirante ha muerto.

Crash cerró los ojos. Jake estaba muerto.

Disociarse. Escindirse. Distanciarse.

El oficial de la patrulla costera le puso las esposas, pero Crash no sintió nada.

—¿No va a decir nada en su defensa? —preguntó Foster.

Crash no respondió. No podía. Jake había muerto.

Estaba completamente aturdido cuando lo sacaron del hospital y lo condujeron al coche que aguardaba. Había cámaras por todas partes. Apuntaban hacia él. Crash ni siquiera intentó ocultar su cara.

Lo ayudaron a entrar en el coche, alguien empujó su

cabeza hacia abajo para que no se golpeara con el marco de la puerta. Jake estaba muerto. Jake estaba muerto y él debería haberlo impedido. Debería haber sido más rápido. Debería haber sido más listo. Debería haber hecho caso a su intuición, que le decía que algo no iba bien.

Miró por la ventanilla del coche, salpicada por la lluvia, mientras el conductor se adentraba en la húmeda noche de diciembre. Intentaba que su cerebro se pusiera en marcha, tenía que empezar a ordenar la información que Jake le había mandado en ese archivo, la información que había grabado íntegramente y con toda exactitud en su cabeza.

Ya no quería simplemente encontrar al responsable de la muerte de Jake Robinson. Quería encontrarlo, darle caza y destruirlo.

No dudaba de que lo conseguiría. O moriría en el intento.

Santo cielo. Y él que pensaba que las últimas navidades habían sido nefastas.

CAPÍTULO 1

Un año antes

Sólo habían pasado dos días desde Acción de Gracias, pero las calles de la ciudad estaban ya engalanadas con guirnaldas, lazos y luces de Navidad.

Los alegres colores y el festivo resplandor de las luces parecían mofarse de Nell Burns mientras circulaba por el centro. Había ido a Washington esa mañana para hacer unos recados: comprar una nueva remesa de papel de acuarela para Daisy; pasarse por el herbolario a comprar aquellas horribles algas; recoger el uniforme de gala del almirante en la tintorería cercana al Pentágono. Hacía una semana que Jake estaba fuera, y todo apuntaba a que tardaría una larga temporada en volver.

Nell había reservado la tarea más ardua y desagradable para el final. Ahora no había más remedio que afrontarla.

Comprobó de nuevo la dirección que había garabateado en un Post-it y redujo la velocidad al pasar por el alto edificio que llevaba aquel número.

Había un hueco libre en la calle y aparcó allí mismo, apagó el motor y echó el freno de mano.

Pero en vez de salir del coche se quedó allí sentada.

¿Qué demonios iba a decir?

En unos minutos estaría llamando a la puerta de William Hawken, lo cual era ya bastante malo. En los dos años que llevaba trabajando como ayudante personal de Daisy Owen, había visto exactamente cuatro veces al enigmático SEAL al que su jefa quería como a un hijo.

Y cada una de aquellas veces se había quedado sin aliento.

Y no sólo porque fuera guapo...

O tal vez sí. Era increíblemente guapo, con aquel aire oscuro y misterioso, casi melancólico e irresistible. Tenía esos pómulos sobre los que se escribían poemas épicos y una nariz que delataba sus orígenes aristocráticos. Y sus ojos... Grises como el acero y arrebatadoramente intensos, la fuerza de su mirada era casi palpable. Cuando la miraba, Nell sentía como si pudiera atravesarla con los ojos; como si fuera capaz de leerle el pensamiento.

Sus labios le recordaban los de esos antiguos héroes románticos cuyas historias leía cuando era más joven. Hawken tenía unos labios decididamente crueles. Al verlos, Nell se había dado cuenta de pronto de que esa extraña frase hecha tenía perfecto sentido. Sus labios estaban elegantemente dibujados, pero eran finos y tensos, sobre todo porque su expresión natural no era una sonrisa.

De hecho, Nell no recordaba haber visto sonreír a William Hawken ni una sola vez.

Sus amigos, o al menos los miembros de su equipo SEAL (Nell no estaba segura de que un hombre tan introvertido tuviera amigos), lo llamaban «Crash».

Daisy le había dicho que Billy Hawken se apodaba así desde la época en que se entrenaba para ingresar en los SEAL. Su compañero de entrenamiento había empezado a llamarlo en broma Crash, «estruendo», por su habilidad para moverse con sigilo en cualquier situación. Por la misma regla por la que un hombre gigantesco recibía el apodo de «Pulga» o «Ratón», a Billy Hawken lo llamaban desde entonces Crash.

Y ella nunca jamás consideraría siquiera la posibilidad de liarse con un hombre (por asquerosamente guapo y misterioso que fuera) al que sus compañeros de trabajo llamaran «Crash».

Tampoco se le ocurriría nunca liarse con un SEAL de la Armada. Por lo que ella sabía, ser un SEAL equivalía a ser un superhombre. Las siglas correspondían a Sea, Air and Land, «Tierra, Mar y Aire», y los SEAL eran entrenados para operar con pericia y eficacia en esos tres entornos. Descendientes directos de los UDT, o Equipos de Demolición Subacuática de la Segunda Guerra Mundial, eran expertos en todo, desde recabar información a poner bombas.

Eran soldados de las Fuerzas Especiales que utilizaban métodos convencionales y operaban en equipos de siete y ocho miembros. El almirante Jake Robinson había sido SEAL en Vietnam. Las historias que le había contado habían bastado para convencer a Nell de que liarse con un hombre como Crash sería un disparate.

Naturalmente, había algo que se dejaba en el tintero mientras se hacía estas reflexiones. El hombre en cuestión apenas le había dicho cuatro palabras. No: en realidad, le había dicho cinco palabras la primera vez que se vieron.

—Es un placer conocerte, Nell.

Tenía una voz suave y vibrante que armonizaba casi a la perfección con su actitud siempre vigilante. Cuando él pronunció su nombre, Nell había estado a punto de derretirse hasta formar un patético charco de protoplasma a sus pies.

Fue la segunda vez que se vieron cuando le dijo cuatro palabras.

—Me alegro de verte.

Las otras veces, se había limitado a saludarla inclinando la cabeza.

Dicho de otro modo, no estaba precisamente aporreando su puerta para que le diera una cita.

Y tampoco estaría contando las veces que se habían visto, o sumando las palabras que ella le había dicho en total. Él no era tan ridículo.

Con un poco de suerte, ni siquiera estaría en casa.

Claro que entonces ella tendría que volver.

Daisy y su compañero, Jake Robinson, lo habían invitado varias veces a cenar en la granja en las últimas semanas. Pero él siempre había cancelado la cita.

Nell había ido a decirle que tenía que ir. Aunque no fuera sangre de su sangre, Crash era lo más parecido a un hijo que tenían Daisy y Jake. Y Nell sabía por lo que Daisy le había contado que Crash también les consideraba parte de su familia. Desde los diez años, había pasado todas las vacaciones de verano e invierno que le daban en el internado con aquella pareja ligeramente excéntrica. Tras morir su madre, Daisy le había abierto las puertas de su casa y de su corazón.

Pero ahora a Daisy le habían diagnosticado un cáncer inoperable, en fase terminal. No quería que Crash se enterara de la noticia por teléfono, y Jake se negaba a apartarse de su lado.

Nell había tenido que ofrecerse voluntaria para aquella odiosa tarea.

Cielo santo, ¿qué iba a decirle?

—Hola, Billy... esto... Bill... ¿qué tal? Soy Nell Burns. ¿Te acuerdas de mí?

Crash miraba fijamente a la mujer que aguardaba en el pasillo, consciente de que sólo llevaba encima una toalla. Sostenía el nudo con una mano mientras con la otra se apartaba de los ojos el pelo mojado.

Nell se rió nerviosamente. Sus ojos recorrieron el cuerpo casi desnudo de Crash antes de volver a su cara.

—No, seguramente no sabes quién soy, sobre todo aquí, fuera de contexto. Trabajo para...

—Mi prima Daisy —dijo él—. Claro que sé quién eres.

—¿Daisy es tu prima? —estaba tan sorprendida que por un momento se olvidó de sus nervios—. No sabía que erais parientes. Pensaba que era... Quiero decir que tú eras...

El nerviosismo había vuelto. Nell agitó las manos elegantemente, con un ademán que equivalía a un encogimiento de hombros.

—¿Un pobre huérfano al que habían recogido? —concluyó él.

Ella intentó disimular su azoramiento, pero tenía la piel tan clara que Crash se dio cuenta de que se había sonrojado. Pensándolo bien, había empezado a sonrojarse nada más ver que él sólo llevaba puesta una toalla.

Una mujer adulta que todavía se sonrojaba. Era verdaderamente notable. La razón número cinco mil en su lista de razones por las que debía mantenerse bien lejos de ella.

Nell le gustaba demasiado.

La primera vez que se habían visto, la primera vez que la miró a los ojos, el pulso se le había disparado. No había duda: era una reacción puramente física. Jake los había presentado en una fiesta organizada por Daisy. En cuanto entró, Crash se fijó en el pelo rubio de Nell y en su figura delgada y elegante, realzada por un vestidito negro bastante discreto, aunque bonito. Al acercarse para saludarla, había quedado atrapado en aquellos ojos de un azul líquido. Y enseguida empezó a fantasear con la idea de tomarla de la mano, subir con ella las escaleras, entrar en una de las habitaciones de invitados, apretarla contra la puerta y...

Lo más alarmante de todo era que Crash sabía que aquella atracción física era mutua. Nell le había dedicado una mirada que él había visto otras veces en los ojos de las mujeres.

Aquella mirada decía que quería jugar con fuego. O, al menos, que eso creía. Pero Crash no pensaba seducir por nada del mundo a aquella chica de la que Jake y Daisy hablaban tan bien. Era demasiado agradable.

Ahora, sin embargo, Crash no veía en sus ojos más que un vestigio de esa mirada. Estaba extremadamente nerviosa. Y disgustada, notó de pronto. Allí de pie, parecía a punto de romper a llorar.

—Esperaba que pudieras dedicarme unos minutos para sentarnos y hablar —le dijo. Para ser tan delgada, tenía una voz engañosamente baja y ronca. Una voz increíblemente sexy—. O a lo mejor podríamos salir a tomar un café...

—No voy vestido para tomar un café.

—Puedo irme —señaló hacia los ascensores—. Puedo esperarte abajo. O fuera. Mientras te vistes.

—Este vecindario no es muy recomendable —dijo él—. Prefiero que me esperes aquí dentro.

Crash abrió la puerta un poco más y retrocedió para dejarla pasar. Ella vaciló unos segundos, y a él se le pasó por la cabeza la idea de que iba a llevarse un desengaño: Nell no había ido a seducirlo.

No supo si sentirse decepcionado o aliviado.

Ella entró por fin, se quitó el impermeable amarillo, forrado de franela, y lo colgó por la capucha del pomo de la puerta. Llevaba vaqueros y una camiseta de manga larga con un cuello bajo y redondeado que acentuaba su cabello de color miel, cortado a media melena, y su largo y elegante cuello. Sus facciones eran delicadas (nariz fina, labios perfectamente formados), a excepción de la mandíbula, que era fuerte, cuadrada y tenaz.

No era guapa a la manera convencional, pero, para Crash, la inteligencia y la vivacidad de sus ojos la hacían destacar sobre el resto.

Nell paseó la mirada por su cuarto de estar, fijándose en el llamativo sofá de cuadros verdes y morados y en las dos butacas a juego. Intentó ocultar su sorpresa.

—Los muebles son alquilados —le informó él.

Ella se sobresaltó al principio, pero luego se echó a reír. Estaba guapísima cuando se reía.

—Me has leído el pensamiento.

—No quería que pensaras que soy de los que tienen un sofá de cuadros verdes y morados por elección.

Había un destello de regocijo en los ojos de Crash, y su boca se curvó en algo parecido a una sonrisa mientras

Nell lo observaba. Dios, ¿era posible que William Hawken tuviera de verdad sentido del humor?

—Voy a ponerme algo —dijo él mientras desaparecía sigilosamente por el pasillo, hacia el fondo del apartamento.

—Por mí no te apures —contestó Nell a su espalda.

Cuanto menos tiempo tardará él, antes tendría que contarle a qué había ido. Y habría preferido posponerlo indefinidamente.

Se acercó al ventanal, intentando refrenar de nuevo las ganas de llorar. Ahora se daba cuenta de que todos los muebles de la habitación eran alquilados. Hasta el televisor llevaba una pegatina con el nombre de la empresa de alquiler. Parecía deprimente vivir así: sometido a los gustos de otras personas. Nell contempló el cielo nublado y suspiró. Ese día (o más bien toda la semana y media anterior) había sido deprimente. Mientras miraba por la ventana, empezó a llover otra vez.

—¿De veras quieres salir con este tiempo?

Nell se sobresaltó al oír la voz de Crash justo detrás de su hombro.

Se había puesto unos pantalones del ejército (de faena, los llamaban, pensó Nell, aunque en vez de verdes eran negros) y una camiseta del mismo color. Con su cabello oscuro y su tez ligeramente pálida, parecía recién salido de una película en blanco y negro. Hasta sus ojos parecían más grises que azules.

—Si quieres, puedo preparar café —continuó—. Lo tengo en grano.

—¿Sí?

Aquel brillo divertido volvió a aparecer en sus ojos.

—Sí, lo sé. Estás pensando: tiene muebles alquilados,

así que seguramente toma café instantáneo. Pero no. Si puedo elegir, prefiero hacerlo yo. Es una costumbre que aprendí de Jake.

—La verdad es que no me apetece tomar café —le dijo Nell.

Crash tenía una mirada intensa y desconcertante. Ella miró fijamente el sofá de cuadros. Le ardía el estómago y tenía ganas de vomitar.

—Quizá podríamos, bueno, ya sabes, sentarnos un minuto y... hablar.

—Claro —dijo él—. Vamos a sentarnos.

Nell se sentó al borde mismo del sofá mientras él tomaba asiento en el sillón a juego que había frente a la ventana.

Imaginaba lo horrible que sería que una persona prácticamente desconocida fuera a su apartamento a decirle que a su madre sólo le quedaban unos meses de vida.

Se le llenaron los ojos de lágrimas que no pudo refrenar. Una se le escapó. Se la enjugó rápidamente, pero Crash se dio cuenta de que estaba llorando.

—Hey —rodeó la mesa baja para sentarse a su lado, en el sofá—. ¿Estás bien?

Fue como si se rompiera un dique. En cuanto empezó a llorar, ya no pudo parar.

Sacudió la cabeza sin decir nada. No estaba bien. Ahora que estaba allí, sentada en su cuarto de estar, se daba cuenta de que no podía hacerlo. No podía decírselo. ¿Cómo iba a dar una noticia tan espantosa? Se tapó la cara con las manos.

—Nell, ¿estás metida en algún lío?

Ella no respondió. No podía.

—¿Te ha hecho alguien algo? —insistió Crash.

Entonces la tocó. Indecisamente, al principio, pero luego con más firmeza, rodeando sus hombros con el brazo y atrayéndola hacia sí.

—Sea lo que sea, puedo ayudarte —dijo en voz baja. Nell notó en el pelo sus dedos, que la acariciaban suavemente—. Todo saldrá bien. Te doy mi palabra.

Había tanta confianza en su voz... No tenía ni idea de que, en cuanto ella abriera la boca, en cuanto le dijera a qué había ido, todo iría mal. Daisy iba a morir, y nada volvería a ser igual.

—Lo siento —susurró—. Lo siento muchísimo.

—No pasa nada —dijo él con suavidad.

Era tan atento, y sus brazos parecían tan firmes en torno a ella... Olía a jabón y a champú, fresco y limpio, como un niño.

Aquello no tenía ni pies ni cabeza. Ella nunca lloraba. De hecho, se había mantenido absolutamente entera durante la semana anterior. No había habido tiempo para resquebrajarse. Había estado muy atareada concertando citas con otros médicos para conseguir una segunda opinión y hacer nuevas pruebas, y cancelando la gira de tres semanas por el suroeste que Daisy tenía prevista para promocionar su libro. Cancelarla, no posponerla. Dios, qué duro había sido. Se había pasado horas al teléfono con Dexter Lancaster, el abogado de Jake y Daisy, intentando solucionar las consecuencias legales de la cancelación de la gira. Y no había sido fácil.

Daisy, en realidad, era mucho más que su jefa. Era su amiga. Tenía apenas cuarenta y cinco años. Debería haber vivido otros cuarenta. Era tan injusto...

Nell respiró hondo.

—Tengo malas noticias.

Crash se quedó muy quieto. Dejó de pasarle los dedos por el pelo. Parecía haber dejado de respirar.
Pero luego dijo:
—¿Ha muerto alguien? ¿Jake o Daisy?
Nell cerró los ojos.
—Esto es lo más difícil que he tenido que hacer nunca.
Crash la hizo erguirse, apartándola de él, y le levantó la barbilla para poder mirarla directamente a los ojos. Su mirada habría dado miedo a muchas personas: sus ojos, casi inhumanos de tan claros, eran tan intensos que quemaban. Mientras la miraba inquisitivamente, Nell se sintió casi arder. Al mismo tiempo, sin embargo, veía bajo ellos una vulnerabilidad absolutamente humana.
—Dilo de una vez —dijo él—. Dímelo. Vamos, Nell. Sin rodeos.
Ella abrió la boca y todo salió en tromba.
—A Daisy le han diagnosticado un tumor cerebral inoperable. Es maligno y hay metástasis. Los médicos le han dado dos meses de vida, como máximo. Pero es probable que sean menos. Semanas. Días, incluso.
Antes le había parecido que Crash se quedaba inmóvil, pero aquello no fue nada comparado con la absoluta quietud que pareció apoderarse de él. No logró distinguir ninguna emoción en su cara, ni en sus ojos. Nada. Era como si hubiera abandonado momentáneamente su propio cuerpo.
—Lo siento muchísimo —musitó ella, alargando la mano para tocarle la cara.
Sus palabras, o su contacto, quizá, parecieron devolverlo al presente.
—Me perdí la cena de Acción de Gracias —dijo, hablando más para sí mismo que para ella—. Volví de viaje

esa mañana. Tenía un mensaje de Jake en el contestador, pidiéndome que fuera a la granja, pero llevaba cuatro días sin dormir y me tiré en la cama. Pensé que siempre quedaría el año que viene —de pronto se le llenaron los ojos de lágrimas y el dolor crispó su rostro—. Dios mío... Dios mío... ¿Cómo se lo está tomando Jake? Estará destrozado... —se levantó tan bruscamente que estuvo a punto de tirarla al suelo—. Perdona —dijo—. Tengo que... Necesito... —se volvió para mirarla—. ¿Están seguros?

Nell asintió, mordiéndose los labios.

—Sí.

Era increíble. Crash respiró hondo y se pasó las manos por la cara. Y de pronto, así como así, pareció reponerse.

—¿Vas ahora para la granja?

Nell se enjugó los ojos.

—Sí.

—Puede que sea mejor que me lleve mi coche, por si acaso tengo que volver a la base. ¿Estás bien? ¿Puedes conducir?

—Sí. ¿Y tú?

Crash no contestó.

—Tengo que recoger unas cuantas cosas y hacer una llamada rápida, pero saldré enseguida.

Nell se levantó.

—¿Por qué no te tomas un tiempo? Podrías salir un par de horas antes de la cena. Así tendrías tiempo para...

Él volvió a ignorarla.

—Sé lo duro que ha tenido que ser esto para ti —abrió la puerta que daba al pasillo y le tendió la chaqueta—. Gracias por venir hasta aquí.

Estaba allí, tan distante, tan inaccesible, tan dolorosamente solo... Nell no podía soportarlo. Dejó la chaqueta y lo abrazó. Crash estaba muy rígido, pero ella cerró los ojos y se negó a dejarse intimidar. Crash necesitaba un abrazo. Y ella también.

—Llorar no es malo —susurró.

—Llorar no cambiará nada —respondió él con voz ronca—. No mantendrá viva a Daisy.

—No lloras por ella —le dijo Nell—. Lloras por ti. Para que, cuando la veas, puedas sonreír.

—No sonrío lo suficiente. Daisy siempre me lo dice —de pronto la abrazó con fuerza, y Nell casi se quedó sin respiración.

Lo estrechó entre sus brazos y deseó que estuviera llorando. Sabía, sin embargo, que no era así. Las lágrimas que había visto en sus ojos, el dolor que había crispado su cara, habían sido un desliz, un destello fugaz. Nell sabía sin duda alguna que normalmente Crash mantenía sus emociones bajo control.

Lo habría abrazado toda la tarde si él la hubiera dejado, pero se apartó enseguida con rostro inexpresivo, rígido e inabordable de nuevo.

—Nos veremos allí —dijo sin mirarla a los ojos.

Nell asintió con la cabeza y se puso el impermeable. Crash cerró la puerta sin hacer ruido, y ella tomó el ascensor hasta el vestíbulo. Al salir a la grisura de la tarde, la lluvia se convirtió en aguanieve.

El invierno se acercaba, pero por primera vez desde que tenía uso de razón, no ansiaba que los días pasaran deprisa para que llegara la primavera.

CAPÍTULO 2

—Lo que hay que hacer —estaba diciendo Daisy—, no es dibujar un retrato exacto del cachorro, lo que podría ver una cámara fotográfica, sino dibujar lo que ves, lo que sientes.

Nell miró por encima del hombro de Jake y soltó una risilla.

—Pues Jake ve un oso hormiguero.

—No es un oso hormiguero, es un perro —Jake miró a Daisy con expresión quejosa—. A mí me parece que me ha quedado bien, ¿no crees, nena?

Daisy lo besó en la coronilla.

—Es un precioso y encantador... oso hormiguero.

Mientras Crash observaba desde la puerta del estudio de Daisy, Jake la agarró, la sentó sobre su regazo y empezó a hacerle cosquillas. El cachorro comenzó a ladrar, sumándose a las carcajadas de Daisy.

Nada había cambiado.

Habían pasado tres días desde su llegada a la granja, tras hablarle Nell de la enfermedad de Daisy. Había llegado temiendo encontrarse con ellos. Los dos habían llorado al verlo, y él había hecho un millón de preguntas, intentando encontrar algo que ellos hubieran pasado por alto. Intentando convertir todo aquello en un gigantesco error.

¿Cómo era posible que Daisy estuviera muriéndose? Estaba casi como siempre. A pesar de que los médicos prácticamente la habían sentenciado a muerte, Daisy seguía siendo Daisy: tan radiante, tan expansiva, apasionada y entusiasta como siempre.

Crash podía fingir que sus ojeras se debían a que había vuelto a pasarse toda la noche en pie, pintando, presa de otro de sus arrebatos creativos. Podía encontrar una excusa para su repentina pérdida de peso: sencillamente, por fin había encontrado una dieta que era capaz de seguir, un modo de librarse de esos diez kilos que siempre se quejaba de tener adheridos a las caderas y los muslos.

Pero no podía hacer caso omiso de las filas y filas de medicamentos que habían aparecido en la encimera de la cocina. Calmantes. Eran casi todo calmantes, y Crash sabía que Daisy se resistía a tomarlos.

Daisy le había dicho que Jake, Nell y él tendrían que aprender a llorarla a su debido tiempo. Ella no tenía tiempo para caras tristes y ojos llorosos. Afrontaba cada día como si fuera un regalo, como si cada atardecer fuera una obra de arte y cada momento de risas compartidas un tesoro.

Sólo era cuestión de tiempo, sin embargo, que el tumor dañara su capacidad de caminar y moverse, de pintar e incluso de hablar.

Pero ahora, mientras la miraba, era la misma de siempre.

Jake le dio un beso tierno y ligero en los labios.

—Voy a llevar mi oso hormiguero a mi despacho y a devolverle la llamada a Dex.

Dexter Lancaster era una de las pocas personas que estaba al corriente de la enfermedad de Daisy. El abogado había servido en Vietnam en la misma época que Jake, pero no en las filas de los SEAL. Estaba con el Ejército de Tierra, en algún tipo de servicio de apoyo.

—Nos vemos luego, nena, ¿de acuerdo? —añadió Jake.

Daisy asintió con la cabeza y, bajándose de su regazo, le atusó los rizos oscuros, deteniéndose un momento en las canas de sus sienes. Jake era uno de esos hombres que ganaban con los años. A los veinte años había sido de una belleza deslumbrante, casi incandescente; a los treinta y a los cuarenta, apuesto y elegante; ahora, ya cincuentón, el tiempo había dotado a su cara de arrugas y de una madurez abrupta y escarpada que desvelaba su intensa fortaleza de carácter. Con sus ojos azules oscuros, que podían brillar de regocijo o taladrar el acero cuando se enojaba, con su actitud franca y sincera y su escandaloso sentido del humor, Crash sabía que Jake podría haber tenido a cualquier mujer que se le antojara.

Pero había elegido a Daisy Owen.

Crash había visto fotos de Daisy que Jake le había hecho en la época en que se conocieron, cuando él era un joven SEAL de la Armada de camino a Vietnam y ella una adolescente que, vestida con una túnica de vaporoso algodón que ella misma desteñía con lejía, vendía dibujos y objetos de artesanía en las calles de San Diego.

Con su cabello oscuro cayéndole por la espalda en una salvaje mata de rizos, sus ojos castaños y su sonrisa cautivadora, era fácil comprender qué había visto Jake en ella. Daisy era preciosa, pero su belleza no se quedaba en un nivel epidérmico: era mucho más honda.

Y en una época en la que la gente de la contracultura escupía sobre las botas de los militares, en un momento en que el amor libre permitía que dos perfectos desconocidos se hicieran amantes y se separaran luego para no volver a verse, Daisy no trató a Jake con desdén, ni lo consideró un ligue de una noche. Las primeras veces que se vieron, pasearon por la ciudad horas y horas, tomando chocolate caliente en los cafés que abrían toda la noche y hablando hasta el amanecer.

Cuando Daisy por fin lo invitó a su pequeño apartamento, Jake se quedó dos semanas. Y cuando regresó de Vietnam, se quedó para siempre.

Durante el tiempo que había pasado con ellos, al menos durante las vacaciones de verano y Navidad, Crash sólo los había oído discutir una vez. Jake acababa de cumplir treinta y cinco años y quería que Daisy se casara con él. En su opinión, ya habían vivido juntos sin casarse el tiempo suficiente. Pero Daisy tenía opiniones muy firmes respecto al matrimonio. Era su amor lo que los unía, alegaba, no un estúpido trozo de papel.

Se pelearon amargamente, y Jake se marchó... un minuto y medio, más o menos. Crash estaba casi seguro de que ésa fue la única vez que perdió una batalla.

Ahora, vio cómo la besaba Jake de nuevo, esta vez con más calma. Junto a la ventana, Nell estaba inclinada sobre un cuaderno de dibujo. El cabello trigueño le ocultaba la cara, procurándole intimidad. Pero en cuanto Jake se puso en pie, ella levantó la mirada.

—¿A quién le toca hacer la comida, a ti o a mí, almirante?

—A ti. Pero si quieres puedo...

—Ni lo sueñes, no pienso cederte mi turno —le dijo Nell—. Bastantes hamburguesas de algas nos haces ya. Hoy me toca a mí, y pienso hacer beicon con queso gratinado.

—¿Qué? —preguntó Jake como si ella hubiera dicho «arsénico» en vez de beicon.

—Beicon vegetariano —le dijo Daisy, riendo—. No del de verdad.

—Menos mal —Jake se llevó la mano al pecho—. Sólo de pensarlo iba a darme un ataque al corazón provocado por el colesterol.

Crash respiró hondo y entró en la habitación.

—Hola —lo saludó Jake al dirigirse a la puerta—. Acabas de perderte mi clase de pintura matutina, hijo. Echa un vistazo. ¿Qué te parece?

Crash tuvo que sonreír. Llamar a aquello un oso hormiguero era demasiada generosidad. Parecía más bien un quitamiedos de cemento con nariz y ojos.

—Me parece que a partir de ahora deberías dejar el dibujo para Daisy.

—Qué diplomático —Jake lanzó un beso a Daisy y desapareció.

—Billy, ¿vas a quedarte sólo hoy o más días? —preguntó Daisy cuando Crash le dio un rápido abrazo. Estaba, decididamente, demasiado delgada.

Pero había que concentrarse en lo positivo. Permanecer en el momento presente. No proyectarse hacia el futuro. Ya habría tiempo para eso, cuando llegara la hora. Crash se aclaró la garganta.

—Esta mañana he tenido que presentarme en el cuartel por última vez. Tengo la agenda libre hasta Año Nuevo, por lo menos —levantó al cachorro en brazos, miró a Nell y cambió de tema. No quería hablar del motivo por el que había pedido un mes entero de permiso–. ¿Es tuyo?

Nell le sonrió, dejó a un lado su dibujo y sus lápices y se levantó.

–Es chica y por desgracia sólo está aquí de prestado. Nos lo ha dejado Esther, la asistenta –alargó la mano y acarició las orejas del cachorro. Se acercó tanto que Crash sintió el olor fresco de su champú y, bajo él, la fragancia sutil de su perfume personal–. Jake temía que fueran a encargarte otra misión enseguida.

–Me la encargaron, pero la rechacé –le dijo Crash–. Hacía más de un año que no me tomaba un permiso. Mi capitán no ha puesto ningún reparo –sobre todo, teniendo en cuenta las circunstancias.

Nell hizo una última caricia al cachorro, y sus dedos rozaron accidentalmente la mano de Crash.

–Será mejor que vaya a preparar la comida. Comes con nosotros, ¿no?

–Si no te importa.

Nell se limitó a sonreír al salir de la habitación.

El cachorro luchó por desasirse de los brazos de Crash y, cuando éste lo dejó en el suelo, salió corriendo detrás de Nell. Al levantar la vista, Crash se encontró a Daisy observándolo con una sonrisa sagaz en la cara.

–«Si no te importa» –dijo ella, imitándolo–. O eres asquerosamente coqueto, o muy corto.

–Pues dado que no sé de qué estás hablando...

–Es que eres muy corto. Nell. Estoy hablando de Nell –Daisy se quitó los zapatos y levantó las piernas para sentarse con ellas cruzadas–. Te lanza constante señales. Ya sabes, de ésas que dicen que quiere que te abalances sobre ella.

Crash se echó a reír al sentarse en el asiento de la ventana.

—Daisy...

Ella se inclinó hacia delante.

—Adelante. Pasa demasiado tiempo con la cabeza metida en un libro. Le sentará bien. Y a ti también.

Crash la miró.

—Hablas en serio.

—¿Cuántos años tienes ya?

—Treinta y tres.

Ella sonrió.

—Yo diría que ya va siendo hora de que pierdas la virginidad.

Crash no pudo evitar sonreír.

—Eres muy graciosa.

—No es del todo una broma. Que yo sepa, no has estado con ninguna mujer. Nunca traes a nadie a casa. Ni nos hablas de ninguna chica.

—Eso es porque valoro mi intimidad. Y la de las mujeres con las que salgo.

—Sé que ahora mismo no estás saliendo con nadie —dijo Daisy—. ¿Cómo vas a estar saliendo con alguien? Has estado cuatro meses fuera, volviste dos días y luego volviste a irte otra semana. A no ser que tengas una novia en Malaisia o Hong Kong, o donde te manden...

—No —dijo Crash—. No la tengo.

—Entonces, ¿qué haces? ¿Practicar la abstinencia? ¿O pagar por practicar el sexo?

Crash soltó una carcajada.

—Nunca en mi vida he tenido que pagar por eso. No puedo creer que me estés haciendo esa pregunta.

Daisy era asombrosamente franca y directa, pero siempre había eludido el tema de su vida sexual. Algunos asuntos son demasiado íntimos. O, al menos, lo habían sido hasta entonces.

—Ya no me preocupa escandalizar a nadie —le dijo ella—. He decidido que, si quiero conocer la respuesta a una pregunta, la hago y punto. Además, te quiero a ti y quiero a Nell. Sería fantástico que estuvierais juntos.

Crash suspiró.

—Daisy, Nell es estupenda. Me gusta y... me parece muy lista y muy guapa, y muy... agradable —no pudo evitar recordar lo bien que parecía encajar entre sus brazos, lo suave que era su pelo, lo bien que olía—. Demasiado agradable.

—No, no lo es. Es ingeniosa y divertida, y muy dura, y tiene esa enorme capacidad para...

—¿Muy dura?

Daisy levantó la barbilla, poniéndose a la defensiva.

—Puede serlo, sí. Si te dieras algún tiempo y llegaras a conocerla, estoy segura de que te enamorarías de ella.

—Mira, lo siento, pero yo no me enamoro —Crash sintió ganas de levantarse y ponerse a pasear por la habitación, pero no había sitio. Además, estaba seguro de que Daisy extraería algún significado oculto de su incapacidad para estarse quieto—. La verdad es que ni siquiera salgo con chicas a largo plazo. No podría, aunque quisiera. Y no quiero. Tú sabes que nunca estoy aquí más de un par de semanas seguidas. Y como soy muy consciente de ello, no doy falsas esperanzas a ninguna mujer trayéndola aquí a conoceros.

—Qué negativo eres. ¿Y qué es lo que haces? —preguntó Daisy—. ¿Tener líos de una noche? Eso es peligroso en los tiempos que corren, ¿sabes?

Crash miró por la ventana. El cielo había vuelto a nublarse. El mes de diciembre en Virginia era húmedo, sombrío y deprimente.

—Lo que hago es entrar en un bar —le dijo—, echar un vistazo y ver quién me está mirando. Si salta alguna chispa, me acerco. Pregunto si puedo invitarla a una copa. Si me dice que sí, la invito a dar un paseo por la playa. Y entonces, lejos del ruido del bar, le pregunto por su vida, por su trabajo, por su familia, por el imbécil de su ex novio, lo que sea... Y escucho con mucha atención lo que me dice porque eso muy poca gente se molesta en hacerlo, y sé que así gano muchos puntos. Y cuando llevamos andando medio kilómetro, la he escuchado tan bien que está deseando hacerlo conmigo.

Daisy se quedó callada, observándolo. Tenía una expresión triste, como si no fuera eso lo que esperaba oír. Aun así, no había desaprobación en su mirada.

—Pero yo la acompaño a su casa y le doy un beso de buenas noches —continuó Crash—, y le pregunto si puedo volver a verla, llevarla a cenar la noche siguiente, invitarla a algún sitio agradable. Siempre dice que sí, así que a la noche siguiente salimos y la trato como a una reina. Y luego, mientras tomamos el postre, le digo sin rodeos que quiero acostarme con ella, pero que no voy a quedarme mucho tiempo. Se lo digo allí mismo, en la mesa. Soy un SEAL y pueden llamarme en cualquier momento. Le digo que no busco nada duradero. Que tengo una semana, tal vez dos, y que quiero pasar ese tiempo con ella. Y ella siempre agradece tanto mi sinceridad que me lleva a su casa. Y durante la semana siguiente o el tiempo que pase hasta que me llaman para otra misión, cocina para mí y me lava la ropa, y me hace muy, muy feliz por las noches. Y cuando me marcho, me deja ir porque sabía lo que iba a pasar. Y yo me voy sin culpas, ni remordimientos.

–¿Es que no has aprendido nada de mí? Todos esos veranos que pasamos juntos...

Crash levantó la mirada. Daisy seguía teniendo una mirada triste.

–Aprendí a ser sincero –dijo–. Tú me lo enseñaste.

–Pero lo que haces parece tan... frío y calculado...

Él asintió.

–Lo es. No pretendo que no lo sea. Pero soy sincero, conmigo mismo y con las mujeres con las que estoy.

–¿Nunca has conocido a nadie que te hiciera arder? –preguntó ella–. ¿Alguien ante quien sientas ganas de postrarte y rendirte? ¿Alguien por quien vivir y morir?

Crash sacudió la cabeza.

–No –contestó–. Y no lo busco, ni lo espero. Creo que la mayoría de la gente pasa por la vida sin tener una experiencia de ese tipo.

–Es tan triste... –había lágrimas en sus ojos cuando lo miró–. Y también tan absurdo... Me estoy muriendo, pero ahora mismo me siento mucho más afortunada que tú.

Nell dobló a toda velocidad la esquina de la escalera y chocó con Crash.

Él logró agarrarla e impedir que cayeran ambos al suelo, enredados.

–Perdona –Nell sintió que se sonrojaba mientras él se aseguraba de que estaba bien plantada sobre sus pies.

–¿Pasa algo? –preguntó Crash, soltándola por fin–. ¿Daisy...?

—Está bien —dijo Nell—. Pero ha dicho que sí.

Crash no se molestó en preguntar. Esperó a que ella se explicara. Iba vestido de negro otra vez, pero, como empezaba a notarse el frío del invierno, se había puesto un jersey de cuello alto, en vez de su camiseta habitual.

Los hombres solían estar guapos con un jersey negro de cuello alto. William Hawken estaba espectacular.

El jersey se ceñía a sus hombros y a sus brazos, realzando sus músculos tensos. Tenía gracia: a Nell siempre le había parecido un poco delgado (más flaco y nervudo que musculoso), porque casi siempre llevaba ropa un poco ancha. Nunca se ponía camisetas estrechas, y siempre llevaba los pantalones un poco bajos y sueltos.

Pero, en realidad, era de complexión sólida como una roca.

Nell notó que volvía a sonrojarse al darse cuenta de que estaba allí parada, mirándolo.

—Hoy estás muy guapo —dijo—. Me gusta ese jersey.

—Gracias —contestó él. Si estaba sorprendido, no lo demostró. Claro que nunca demostraba nada. Con la única excepción de aquella vez en su apartamento, nunca ponía sobre el tapete las cartas de sus sentimientos.

—Voy a necesitar tu ayuda —Nell empezó a subir hacia el despacho del primer piso que compartía con Daisy—. ¿Sabes algo de bandas de swing y de servicios de catering de comida vegetariana? ¿O dónde encontrar una floristería especializada en flores de Pascua y acebo?

—Un centro navideño puede encontrarse en cualquier floristería —dijo Crash, poniéndose a su lado—. En cuanto a los servicios de catering... No tengo ni idea. Y respecto a las bandas de swing... A mí siempre me ha gustado Benny Goodman.

—Benny Goodman es genial, pero por desgracia está muerto —Nell encendió la luz del despacho, se sentó delante del ordenador y usó el ratón y el teclado para conectarse a Internet—. Tengo que encontrar a un buen músico que esté vivo y que pueda venir la víspera de Nochebuena —volvió a mirar a Crash—. ¿Alguna idea de dónde puedo encontrar media docena de árboles de Navidad de tres metros de alto y con raíz? Y además hay que pensar en las luces y los adornos. Pero no podemos contratar a un decorador, porque sólo hacen, y cito textualmente, «basura monocromática», así que no nos sirven. Necesitamos adornos de verdad, todos de distintos tamaños y colores.

Crash se sentó al otro lado de la mesa.

—¿Vamos a dar una fiesta de Navidad?

Nell se rió. Y luego, para su consternación, sus ojos se llenaron de lágrimas. Parpadeó, pero se dio cuenta de que Crash las había visto porque, durante una fracción de segundo, una extraña mezcla de nerviosismo y dolor cruzó su cara.

—No voy a llorar —le dijo, intentando con todas sus fuerzas no hacerlo—. Es sólo que... —se obligó a sonreír—. Estoy tan triste por Jake... En cierto modo, Daisy lo tiene más fácil, porque es Jake quien va a tener que seguir viviendo. Y a veces, cuando Daisy no está, veo en sus ojos una mirada que me parte el corazón.

Se echó hacia delante y apoyó la cabeza sobre la mesa. Crash sabía que intentaba no llorar, y que no quería que él la viera. Su lealtad lo impresionaba. De eso, él sabía mucho. Era la única emoción fuerte con la que podía identificarse. Y que podía permitirse sentir.

—No tienes por qué estar aquí —dijo.

Ella levantó la cabeza y lo miró con estupor, a través de una cortina de pelo revuelto.

—Claro que tengo que estar. Daisy me necesita más que nunca.

—Pero no te contrató para esto.

—Me contrató como ayudante personal.

—Te contrató para que te ocuparas de sus asuntos profesionales —puntualizó Crash—. Para que ella tuviera más tiempo para pintar.

—Una buena ayudante personal hace lo que sea necesario —contestó Nell—. Si hay que fregar los platos, los friego. O si hay que limpiar la pecera o...

—La mayoría de la gente se habría despedido hace semanas. Tú, en cambio, te has instalado aquí.

—Sí, bueno, me parecía inaceptable que Daisy tuviera que ingresar en una residencia —se apartó el pelo de la cara, agarró un pañuelo y se sonó la nariz enérgicamente—. Y ella detestaba la idea de contratar a una desconocida para que se ocupara de ella veinticuatro horas al día. Pero tampoco quería cargar esa responsabilidad sobre Jake, así que... —se encogió de hombros.

—Así que te ofreciste.

—No tengo formación médica, así que cuando necesite una enfermera tendrá que venir alguien de todos modos, pero al menos Daisy sabrá que estoy ahí —arrojó el pañuelo de papel arrugado al otro lado de la habitación y lo encestó hábilmente en la papelera—. No es para tanto —respiró hondo y fingió mirar la pantalla del ordenador.

—Eso no es cierto y tú lo sabes.

Nell volvió a mirarlo a los ojos.

—¿Vas a ayudarme o no, Hawken?

Crash tuvo que sonreír. Le gustaba su franqueza. Le

gustaba ella. Iba a ayudarla, desde luego, pero primero quería aclararle una cosa.

—Sé que todos intentamos parecer tan animados como Daisy —dijo con calma—, pero a veces resulta difícil. No quiero que te preocupes por lo que yo pueda decir o hacer si necesitas llorar un poco. No te preocupes por eso. Esto es muy duro para todos. No hay nada normal en esta situación, y no podemos esperar que los demás se comporten con normalidad. Así que hagamos un trato, ¿de acuerdo? Tú puedes llorar cuando te apetezca, pero no me guardarás rencor si me levanto y me voy cuando empieces a llorar, porque... yo también intento... luchar contra esos sentimientos.

Nell se quedó allí sentada, mirándolo. Tenía los ojos enrojecidos, no llevaba maquillaje y parecía haber dormido tan poco como él.

Tal vez dormirían mejor ambos si compartieran la cama.

Crash ahuyentó suavemente aquella idea. Sabía que tenía razón, pero también que lo último que necesitaba Nell en ese momento era complicarse la vida con él.

Era una de esas mujeres de las que Crash huía como de la peste cuando entraba en un bar. Se había dado cuenta nada más conocerla. Era demasiado dulce, demasiado lista, demasiado llena de inocencia, de vitalidad y de esperanza.

Era una de esas mujeres que no lo creería si le decía que no quería una relación a largo plazo. Una de esas mujeres que creían que podían cambiarlo.

Una de esas mujeres que llorarían cuando hiciera la maleta. Que le suplicarían que volviera.

No, en circunstancias normales, no se acercaría a Nell. Y ahora mismo ella era un caldero hirviente de emociones de alto octanaje. Crash sabía (no por vanidad, sino por simple experiencia) que no haría falta mucho para que se creyera enamorada de él. Lo sabía porque él mismo estaba experimentando los mismos altibajos anímicos.

Pero, tal y como le había dicho a Daisy, él no se enamoraba y se conocía lo bastante bien como para darse cuenta de que el arrebato de emociones que sentía era irreal. Tenía que serlo. Y ceder a aquella poderosa tentación física era lo peor que podía hacerle a aquella mujer, por más que deseara aferrarse a alguien. Por más que deseara la distracción del placer sexual.

Nell le gustaba demasiado: no podía utilizarla de esa manera. Y sabiendo lo que sabía de ella, estaría utilizándola.

Se obligó a dar un paso atrás, para distanciarse un poco más de sus emociones. Había encerrado su atracción por Nell en esa zona de espera que había creado en su mente, junto a toda la furia, la rabia, el dolor y la pena que sentía por la inminente muerte de Daisy. Lo único que tenía que hacer era poner un poco más de distancia, alejarse un poco más.

Nell, sin embargo, se movió por fin: le tendió la mano por encima de la mesa.

—Trato hecho —dijo—. Pero que conste que no suelo llorar así como así.

Crash tomó su mano. Era mucho más pequeña que la suya, de dedos delgados y frescos. Pero también era firme, y aquella firmeza, unida a la sonrisa ladeada que le lanzó, casi dio al traste con su determinación de mantenerse alejado de ella.

Estuvo a punto de preguntarle sin rodeos si quería intentar desahogar un poco de tensión con él esa noche. Daisy los había puesto a propósito en habitaciones contiguas. No sería difícil colarse en su cuarto y...

Nell lo miraba con los ojos muy abiertos, como si supiera lo que estaba pensando. Crash se dio cuenta entonces de que seguía agarrándole la mano. La soltó inmediatamente.

Tenía que distanciarse.

Carraspeó. Aquella conversación había empezado con abetos, bandas de swing y flores de Pascua.

—Entonces, ¿Jake y Daisy van a dar una fiesta de Navidad?

Nell levantó una ceja.

—¿De veras crees que harían algo tan pedestre y predecible... o tan fácil de organizar? No, no se trata de una fiesta de Navidad cualquiera —le dijo—. Estaba con Daisy en el estudio cuando entró Jake y le preguntó qué quería hacer esta noche. Pensaba que a lo mejor le apetecía ir al cine. Ella le dijo que últimamente sólo hacían lo que le apetecía a ella, y que no era justo. Que esta noche deberían hacer lo que le apeteciera a él. Y entonces empezaron a discutir sobre la lista de Daisy. Sobre la lista de todas las cosas que quiere hacer antes de... ya sabes.

Crash asintió. Lo sabía.

—Entonces Daisy dijo que lo más justo sería que Jake hiciera una lista parecida, y él dijo que no hacía falta. Que en su lista de deseos sólo había una cosa: que ella se pusiera bien y que viviera con él otros veinte años. Y que, si eso no podía ser, que su único deseo era que se casara con él.

Crash sintió que se le formaba un nudo en la garganta.

Después de tanto tiempo, Jake seguía queriendo que Daisy se casara con él.

–Y ella dijo que sí –continuó Nell suavemente.

Crash intentó deshacer el nudo, pero no pudo.

–¿Así, sin más?

Nell asintió.

–Sí. Por fin ha dado su brazo a torcer.

Pobre Jake. Siempre lo había deseado, y al final sólo iba a tener una engañifa.

Crash sintió que la impotencia y la rabia bullían dentro de él, intentando liberarse y arrastrarlo como una ola. No era justo. Tenía que apartar la mirada de los suaves ojos azules de Nell, o empezaría a llorar. Y, si empezaba, no podría parar.

–Tal vez –dijo Nell suavemente–, tal vez saber que Daisy lo quería tanto que estuvo dispuesta a ceder y a casarse con él ayudará a Jake. Puede que algún día encuentre consuelo en eso.

Crash sacudió la cabeza, incapaz de mirarla a los ojos. Se levantó, consciente de que ella lo entendería si se alejaba. Pero Nell también le había pedido su ayuda. Volvió a sentarse e intentó distanciarse un poco más, dejar de sentir tanto. Respiró hondo, exhaló lentamente. Y cuando habló, su voz sonó firme.

–Así que tenemos que planear una boda.

–Sí. Daisy dijo que sí, y luego se volvió hacia mí y me preguntó si podría ocuparme de todos los preparativos... en tres semanas exactas. Naturalmente, yo también dije que sí –se rió, y su risa sonó casi histérica y aturdida–. Por favor, dime que me ayudarás.

–Te ayudaré.

Ella cerró los ojos un momento.

—Menos mal.

—Pero no tengo mucha experiencia en estas cosas.

—Yo tampoco.

—De hecho, evito las bodas como si fueran una plaga —reconoció él.

—Todas mis amigas de la universidad que están casadas, o se escaparon o se casaron en la otra punta del país —dijo Nell—. Nunca he estado en una boda de verdad. Lo más parecido que he visto fue la boda de Carlos y Diana por la tele, de pequeña.

—Pues seguramente fue un pelín más ostentosa de lo que querrán Jake y Daisy.

Nell se rió, pero su risa se cortó en seco. Crash acababa de hacer una broma. Porque eso había sido una broma, ¿no?

Él no sonreía, pero había un destello en sus ojos. Un brillo de humor. ¿O eran lágrimas?

Crash volvió la cabeza y se quedó mirando la puntera de una de sus botas. Con los párpados bajados, Nell no podía verle los ojos, y cuando volvió a levantar la mirada, tenía un semblante completamente inexpresivo.

—Deberíamos hacer una lista de cosas esenciales para una boda —sugirió Crash.

—Tenemos a la novia y al novio. Son bastante esenciales, y ya podemos tacharlos de la lista.

—Pero necesitarán ropa.

—Un vestido de novia... Uno muy extravagante, para que Daisy sienta que no se está rindiendo a las convenciones sociales —Nell inició una búsqueda en Internet—. Tiene que haber una lista de boda en alguna parte que podamos usar para que no se nos olvide nada importante.

—Las alianzas, por ejemplo.

—O alguien que oficie la ceremonia. ¡Santo cielo! —levantó la vista y empujó hacia él el teléfono y las páginas amarillas—. Árboles —dijo—. Media docena de árboles de Navidad de unos tres metros de alto. Vivos.

—Y disponibles lo antes posible —dijo él—. Ya puedes tachar eso de tu lista —echó mano del teléfono, pero Nell no lo soltó. Crash la miró.

—Gracias —dijo ella suavemente. Ambos sabían que no sólo se refería a su ayuda con los preparativos de la boda.

Crash asintió con la cabeza.

—Eso también puedes tacharlo de tu lista.

—¿Un acuerdo prenupcial? —preguntó Nell, atónita.

Crash se detuvo en la puerta de la cocina y la vio sentada a la mesa frente a Dexter Lancaster, el abogado de Daisy y Jake.

Había preparado té y rodeaba con ambas manos su taza, como si tuviera frío.

Lancaster era un hombre muy corpulento. Medía al menos diez centímetros más que Crash y pesaba al menos treinta kilos más, pero la mayoría de esos kilos eran resultado de demasiados donuts y bollos por la mañana y demasiadas porciones de tarta de queso con arándanos por la noche. La edad y su debilidad por los dulces habían conspirado para limar las aristas de su físico y, como consecuencia de ello, irónicamente, era posiblemente más guapo a sus cuarenta y nueve años que cuando tenía treinta.

Lancaster era un tipo grandullón y campechano, de cálidos ojos azules que brillaban tras unas gafas redondas de metal. Su cabello era castaño claro, todavía abundante y sin una sola pincelada de gris.

Suspiró al responder a Nell.

—Sí, lo sé, parece una locura, pero en cierto modo aclarará exactamente qué quiere dejar Daisy a sus otros allegados, además de a Jake. Si sus últimas voluntades figuran tanto en el testamento como en el acuerdo prenupcial, todo será más rápido cuando ella... —sacudió la cabeza, se quitó las gafas y se enjugó los ojos con ambas manos—. Perdona.

Nell respiró hondo.

—No te preocupes. Va a pasar, ¿sabes? Daisy lo tiene asumido. Habla de ello con naturalidad. Nosotros deberíamos hacer lo mismo —soltó un sonido a medio camino entre una risa y un sollozo—. Pero es más fácil decirlo que hacerlo, ¿eh?

Dex Lancaster dejó sus gafas sobre la mesa y estiró el brazo para poner su mano sobre la de ella.

—Es fantástico para ellos que estés aquí, ¿lo sabías?

Eso mismo pensaba Crash al menos tres veces al día. Pero nunca lo decía en voz alta. Pensaba que Nell ya lo sabía.

Ella sonrió a Lancaster.

—Gracias.

El abogado le devolvió la sonrisa, sin soltarle la mano.

Nell le gustaba. Le gustaba mucho.

Dexter Lancaster estaba enamorado de ella. Le sacaba veinte años, como mínimo, pero Crash comprendió por sus gestos y por cómo la miraba que la encontraba innegablemente atractiva.

Lancaster no era tonto. Y teniendo en cuenta que su bufete era uno de los más afamados del país, tampoco era un perdedor. La invitaría a cenar en cualquier momento.

—Me preguntaba... —comenzó a decir.

Crash tosió y entró en la habitación. Nell apartó la mano de la de Lancaster y se volvió para mirarlo.

—Has vuelto —dijo, lanzándole una sonrisa. Una sonrisa más grande que la que había dedicado al abogado—. ¿Te ha costado encontrar los anillos?

Crash sacó del bolsillo interior de su chaqueta las dos cajitas y las puso sobre la mesa, delante de ella.

—No, nada.

—Conoces a Dex, ¿verdad? —preguntó ella.

—Nos hemos visto un par de veces —respondió Crash.

El abogado se levantó y le tendió la mano. Crash se la estrechó.

Pero aquel apretón no fue un saludo, sino un pulso. Saltaba a la vista, por la forma en que lo miraba Lancaster, que intentaba averiguar cuál era su relación con Nell.

Crash le sostuvo la mirada sin vacilar. Y después de estrecharle la mano, se situó detrás de la silla de Nell y apoyó la mano sobre el respaldo de su silla, en un gesto claramente posesivo.

¿Qué demonios estaba haciendo?

No quería a aquella chica.

Había resuelto mantenerse alejado de ella, guardar las distancias, tanto físicamente como sentimentalmente.

Se fiaba muy poco de los abogados, y Dexter Lancaster no era una excepción, pese a que sus ojos brillaran como los de Santa Claus.

El abogado miró su reloj.

—Tengo que irme —miró a Nell—. Hablaremos pronto —se despidió de Crash con una inclinación de cabeza mientras se ponía el abrigo—. Me alegra volver a verte.

Y un cuerno.

—Cuídate —mintió Crash, a su vez.

—¿De qué iba todo eso? —preguntó Nell en cuanto la puerta se cerró detrás de Dexter.

Crash abrió la nevera y fingió enfrascarse en su contenido.

—Es sólo una pequeña rivalidad entre el Ejército de Tierra y la Armada.

Nell se echó a reír.

—Será una broma. ¿Toda esa tensión sólo porque tú perteneces a la Armada y él estuvo en el Ejército de Tierra?

Crash sacó un refresco y cerró la puerta de la nevera.

—Absurdo, ¿no? —dijo mientras huía a la otra habitación.

CAPÍTULO 3

Al levantar la vista del ordenador, Nell vio a Crash en el despacho. Dio un respingo y estuvo a punto de volcar su taza de té, pero consiguió agarrarla a tiempo con las dos manos.

—¡Por Dios! —dijo—. ¡No hagas eso! Siempre apareces cuando menos me lo espero. Haz algún ruido cuando entres, ¿quieres? Intenta dar zapatazos.

—Creía que había hecho ruido al abrir la puerta. Lo siento. No quería asustarte.

Ella respiró hondo y exhaló lentamente.

—No, perdóname tú a mí. Llevo todo el día nerviosa. Habrá luna llena, o algo así —miró con el ceño la pantalla del ordenador, en la que se veía una carta a medio escribir—. Y ahora tengo tanta adrenalina en el cuerpo que no voy a poder concentrarme.

—La próxima vez, llamaré a la puerta.

Nell lo miró, exasperada.

—No quiero que llames. Trabajas tanto como yo. Éste es tu despacho. Pero... carraspea o toca la gaita, o silba, o lo que sea —se volvió hacia la carta.

Crash carraspeó.

—Me han encargado que te diga que, después de dos días lloviendo, por fin va a escampar y que está previsto que el sol se ponga en menos de quince minutos —dijo él.

La puesta de sol. Nell miró su reloj, maldiciendo para sus adentros. ¿Tan tarde era ya?

—Estoy esperando un fax del servicio de catering, y Dex Lancaster tenía que llamar para decirme si puede venir el viernes para hablar de unos cambios que quiere hacer Daisy en su testamento. Pero supongo que puede dejar un mensaje en el contestador —le dijo, pensando en voz alta—. Casi he terminado esta carta. Me daré prisa. Allí estaré. Te lo prometo.

Crash se acercó.

—Tengo órdenes de asegurarme de que llegas a tiempo, no cinco minutos después de que se ponga el sol, como el lunes pasado. Daisy me ha dicho que te diga que, según el pronóstico del tiempo, el cielo estará cubierto el resto de la semana. De hecho, se espera que nieve. Puede que incluso caigan dos o tres palmos de nieve. Puede que ésta sea la última puesta de sol que veamos durante una temporada.

La última puesta de sol. Cada puesta de sol que veían era una de las últimas de Daisy.

Desde hacía dos semanas, cada vez que había un día despejado, Daisy la hacía dejar lo que estuviera haciendo para que se reuniera con ellos en el estudio y contemplar desde allí la puesta de sol. Pero quedaba menos de una semana para la boda, y la lista de cosas que quedaban por hacer seguía siendo tan larga como su brazo. Además, el sol se ponía cada vez más temprano a medida que se aproximaba el invierno, y su jornada de trabajo era cada vez más corta.

Aquello le recordaba, por otro lado, que el paso del tiempo los acercaba constantemente al final de la vida de Daisy.

Miró su reloj de nuevo y fijó luego la mirada en los ojos acerados de Crash.

Vio con sorpresa que había en ellos un brillo de buen humor.

—He recibido órdenes de no fracasar —le dijo, lanzándole una sonrisa—. Lo que significa que tendré que tomarte en brazos y llevarte al estudio si no te levantas inmediatamente de esa silla.

Sí, ya. Nell volvió a mirar el ordenador.

—Deja que grabe este archivo. Y espera... Está llegando el fax del servicio de catering. Tengo que... ¡Eh!

Crash la levantó en brazos, como había dicho, se la echó al hombro como un bombero y salió de la habitación.

—Vale, Hawken, eres muy gracioso. Pero bájame —la nariz de Nell chocaba con su espalda, y sus brazos colgaban incómodamente. No sabía dónde poner las manos.

Él, en cambio, no parecía tener ese problema. Agarraba sus piernas firmemente con un brazo y la mantenía bien sujeta con la otra mano puesta directamente sobre su trasero. Su contacto, sin embargo, parecía impersonal. Una prueba más de que no le interesaba ni remotamente.

Y después de dos semanas viviendo bajo el mismo techo que él, durmiendo en habitaciones contiguas y trabajando juntos veinticuatro horas al día, siete días a la semana, para preparar una boda que, sin saber cómo, había pasado de ser una ceremonia íntima con cuarenta invitados a convertirse en un acontecimiento descomunal al que asistirían trescientas personas, Nell no necesitaba más pruebas de ello.

A William Hawken no le interesaba.

Nell se le había insinuado de todas las maneras posibles: mediante el lenguaje corporal, la mirada y hasta usando sutiles indirectas. Había hecho prácticamente de todo, excepto presentarse desnuda en su habitación.

Pero él siempre se mantenía a un metro de distancia de ella, como mínimo. Si estaba sentado en el sofá y ella se sentaba a su lado, se levantaba enseguida fingiendo que tenía que ir a buscar algo a la cocina. Siempre era educado, siempre le preguntaba si quería un refresco o una taza de té, pero cuando volvía tenía buen cuidado de sentarse al otro lado de la habitación.

Tampoco dejaba nunca que Nell se acercara a él en un sentido anímico. Ella había parloteado sin cesar sobre su familia y su infancia en Ohio; él, en cambio, no le había contado nada sobre sí mismo. Ni una sola vez.

No, no le interesaba, no había duda de ello.

Pero cada vez que Nell se daba la vuelta, cada vez que él creía que no lo miraba, allí estaba, observándola. Se movía con tanto sigilo que parecía surgir de la nada. Y siempre parecía estar mirándola.

Aquello bastaba para mantener viva la semillita de la esperanza. Tal vez estaba interesado, pero era tímido.

¿Tímido? Sí, ya. William Hawken podía ser sigiloso, pero no tenía ni un pelo de tímido. No, eso no era.

Tal vez estaba enamorado de otra, de una mujer que vivía muy lejos, con la que no podía verse estando allí, en la granja. En ese caso, mantener una distancia prudencial entre ellos lo convertía en un caballero.

O tal vez, sencillamente, no estaba interesado, pero no tenía nada mejor que mirar en ese momento, así que la miraba a ella.

Y tal vez ella debería dejar de obsesionarse y seguir con su vida. ¿Qué importaba que el hombre más guapo, atractivo y fascinante que había conocido nunca sólo quisiera que fueran amigos? ¿Qué importaba que cada vez que estaba con él le gustara más y más? ¿Qué más daba? Serían amigos. No era para tanto.

Nell cerró los ojos y deseó patéticamente que él la llevara a su habitación. Pero Crash bajó las escaleras y entró en el estudio de Daisy.

Jake había colocado las tumbonas delante del ventanal que miraba al oeste. Daisy estaba ya recostada, con las manos detrás de la cabeza, mientras Jake descorchaba una botella de vino.

La última puesta de sol. Las palabras de Crash resonaron en los oídos de Nell. Una de aquellas tardes, Daisy vería su último atardecer. Nell odiaba pensarlo. Lo odiaba. La rabia y la frustración bullían dentro de su pecho, impidiéndole respirar.

—Más vale que cierres la puerta antes de dejarla en el suelo —le dijo Daisy a Crash—. Podría escaparse.

—Tírala rápidamente y siéntate encima de ella —le recomendó Jake.

Pero Crash no la tiró sobre la tumbona. La depositó suavemente en ella.

—No la pierdas de vista —lo advirtió Daisy—. Seguro que intentará hacer una última llamada.

Nell la miró con exasperación.

—Estoy aquí. No voy a ir a ninguna parte, ¿vale? Pero no voy a beber vino. Todavía tengo muchas cosas que hacer y...

Jake le puso una copa en la mano.

—¿Cómo vas a brindar si no tienes vino?

Daisy se incorporó para tomar la copa que le ofrecía Jake, y él se sentó a su lado. Se inclinó ligeramente para mirar a Nell.

–Tengo una idea. Dejemos la boda tal y como está. Sin más preparativos. Tenemos el vestido, los anillos y la orquesta, y ya hemos llamado a casi todos los invitados. ¿Qué más necesitamos?

–Estaría bien tener comida.

–¿Quién come en las bodas? –dijo Daisy. Sus ojos gatunos se entornaron mientras miraba a Nell–. Pareces agotada. Creo que necesitas tener un día libre. Mañana, Jake y yo vamos a ir a esquiar a Virginia Occidental. ¿Por qué no te vienes?

¿A esquiar? Nell soltó un bufido.

–No, gracias.

–Te encantará –insistió Daisy–. La vista desde el telesilla es espectacular, y el subidón de adrenalina del descenso por la montaña es una experiencia increíble.

–No es mi estilo –ella prefería acurrucarse delante del fuego con un buen libro a experimentar un subidón de adrenalina. Lanzó a Crash una sonrisa tensa–. Verás, soy una de esas personas que en el parque de atracciones se montan en el trenecito, en vez de en la montaña rusa.

Él asintió con la cabeza mientras servía refresco en la delicada copa de vino que le había reservado Jake.

–No te gusta perder el control. No hay nada de malo en eso –se sentó junto a ella–. Pero esquiar no es lo mismo que subirse a una montaña rusa. Cuando esquías, sigues teniendo el control.

–No es mi caso –dijo Daisy con una risa gutural.

Crash la miró y su boca se curvó en una de sus raras sonrisas.

—Si te hubieras molestado en aprender, en vez de ponerte por primera vez los esquís en lo alto de una montaña...

—¿Cómo iba a perder el tiempo en una pista para aprendices cuando esa enorme montaña estaba allí, esperándole? —replicó Daisy—. Billy, convéncela de que venga con nosotros.

Crash miró a Nell, y ella se preguntó si notaba lo irascible que estaba ese día. Unos minutos antes se había puesto tensa, pero ahora se sentía a punto de estallar.

Crash, por su parte, parecía estar como siempre. Un poco distante y absolutamente dueño de sí mismo. Así era como lo conseguía, pensó Nell de repente. Lograba dominarse distanciándose de la situación y de la gente implicada en ella.

Se había alejado de todas sus emociones. Seguramente no tenía la impresión de que la rabia y la pena iban a salir disparadas de él como una especie de horrible vómito de emoción. Pero por otro lado tampoco se reía mucho. De vez en cuando Daisy o ella lo pillaban desprevenido y sonreía. Pero Nell nunca lo había visto reírse a mandíbula batiente.

Se había protegido del dolor, pero al mismo tiempo se había distanciado de la dicha.

Y eso también era una tragedia. Daisy, tan llena de vida, se estaba muriendo; él, en cambio, había elegido vivir emocionalmente medio muerto.

Nell se sentía al borde mismo de un precipicio (el precipicio de su dominio de sí misma), y la sola idea de que así fuera le crispaba los nervios.

Crash se inclinó ligeramente hacia ella.

—Puedo enseñarte a esquiar, si quieres —dijo suavemente–. Con toda la tranquilidad que quieras. Mandarás tú, te lo prometo –bajó la voz un poco más–. ¿Estás bien?

Nell sacudió la cabeza rápida y bruscamente, como un bateador de béisbol haciéndole señas a su receptor.

–No puedo ir a esquiar. Tengo muchas cosas que hacer –se volvió hacia Daisy, incapaz de mirarla a los ojos–. Lo siento.

Daisy no dijo nada delante de Jake y Crash, pero Nell sabía lo que estaba pensando: lo llevaba escrito en la cara. Creía que Nell se estaba perdiendo algo. Que dejaba pasar la vida por su lado.

Pero vivir consistía en tomar decisiones, maldita sea, y Nell prefería quedarse en casa, calentita, en vez de atarse unos trozos de madera a los pies y arriesgarse a romperse los brazos y las piernas deslizándose a velocidad alarmante por una ladera cubierta con nieve artificial helada. Lo único que se estaba perdiendo era pasar miedo, penurias y un viaje al hospital.

Se recostó en su silla. Tenía la impresión de que el repentino silencio que se había hecho en la habitación era culpa suya, por ser tan irascible. Sintió una opresión aún mayor en el pecho y aquella sensación de asfixia que intentaba controlar se apoderó de ella. Miró a Crash. Él estaba contemplando cómo cambiaba de color el cielo mientras bebía refresco en la copa de vino. ¿Qué era lo que veía? ¿Contemplaba aquel hermoso color rosa y anaranjado con la misma distancia con que observaba todo lo demás? ¿Veía el tenue encaje de las nubes altas únicamente como fenómeno meteorológico, como formaciones de cirros? Y en vez de aquellos colores brillantes, ¿veía sólo el polvo de la atmósfera, que enturbiaba y distorsionaba la luz del sol?

—¿Cómo es que tú no bebes vino? —su tonó sonó beligerante, casi hosco. Pero él no pareció notarlo.

—No bebo alcohol —contestó con calma—, a menos que tenga que hacerlo.

Aquello no tenía sentido. Nada en la vida de Nell tenía sentido.

—¿Y por qué ibas a tener que hacerlo?

—A veces, en otros países, cuando me reúno con... ciertas personas, se consideraría un insulto que no bebiera con ellos.

Eso era. Nell estalló. Se levantó bruscamente y dejó su copa, derramando su contenido intacto sobre el mantel.

—¿No podrías ser un poco más vago aún cuando hablas de ti mismo? No te molestes en añadir ni un solo detalle, por favor. A mí me importa un comino.

Estaba furiosa, pero Crash sabía que su ira no iba dirigida contra él. Sencillamente, se había visto sorprendido por el fuego cruzado de sus emociones.

Durante las dos semanas anteriores, Nell se había dominado tanto como él. Pero por algún motivo (y en realidad no importaba cuál hubiera sido el detonante), esa noche había alcanzado su límite.

Lo miraba con la cara pálida y macilenta y los ojos muy abiertos, llenos de lágrimas, como si de pronto se hubiera dado cuenta de que todo aquello había sonado muy impropio de ella.

Crash se levantó despacio, temiendo que, si se movía demasiado deprisa, ella escapara de la habitación.

Pero Nell no escapó. Compuso una tensa sonrisa.

—Vaya, esta noche soy el alma de la fiesta, ¿no? —miró a los demás, intentando aún sonreír—. Lo siento, Daisy. Creo que tengo que irme.

—Sí, yo también —dijo Crash. Confiaba en que, si se

mostraba tranquilo y espontáneo, Nell dejaría que lo acompañara.

Llevaba semanas sometida a un estrés muy intenso. No merecía estar sola, y él era el único que podía evitar que lo estuviera. La tomó del brazo y la condujo suavemente hacia la puerta.

Ella no dijo ni una sola palabra hasta que llegaron a las escaleras que llevaban al primer piso de la extensa granja. Entonces, mientras el ventanal del cuarto de estar enmarcaba el esplendor rosado del cielo, dijo:

—Les he estropeado una puesta de sol estupenda, ¿eh?

Crash deseó que se echara a llorar. Si lloraba, él sabría qué hacer. La abrazaría hasta que ella dejara de necesitarlo.

Pero no sabía qué hacer con aquella pena infinita que, al igual que las lágrimas de sus ojos, amenazaba con desbordarse, sin llegar a hacerlo.

—Habrá otras —dijo por fin.

—¿Cuántas podrá ver Daisy? —se volvió hacia él y lo miró directamente a los ojos, como si él supiera la respuesta exacta—. Seguramente menos de cien. Puede que ni siquiera cincuenta. Veinte, ¿tú crees? Veinte no son muchas.

—Nell, no...

Ella dio media vuelta y subió corriendo las escaleras.

—Tengo que hacerlo mejor. Esto no puede volver a ocurrir. Estoy aquí para ayudarla, no para ser otra carga.

Crash la siguió, subiendo los escalones de dos en dos para alcanzarla.

—Eres humana —dijo—. Date un respiro.

Nell se detuvo con la mano en el pomo de la puerta de su habitación.

—Siento haber dicho... lo que he dicho —le tembló la voz—. No quería tomarla contigo.

Crash deseaba tocarla, y sabía que ella también quería que la tocara. Pero no podía hacerlo. No podía correr ese riesgo. No, sin la excusa de las lágrimas. Y ella seguía sin llorar.

–Yo siento... crisparte tanto.

Era una afirmación cargada de sentido. Y cierta a muchos niveles. Pero Nell no levantó la mirada. No se dio por enterada.

–Creo que me voy a dormir –musitó–. Estoy muy cansada.

–Si quieres, puedo... –¿qué? ¿Qué podía hacer?–. Sentarme contigo un rato.

Al principio, no supo si Nell le había oído. Se quedó callada largo rato. Pero luego sacudió la cabeza.

–No, gracias, pero...

–Estaré aquí al lado, en mi cuarto, si me necesitas –le dijo él.

Nell se dio la vuelta y lo miró.

–¿Sabes, Hawken?, me alegro de que seamos amigos.

Parecía agotada, y Crash sintió de pronto una oleada de aquel mismo cansancio. Era un sentimiento casi aplastante, acompañado por una irracionalidad casi igual de poderosa. Le costó un inmenso esfuerzo no tender los brazos, no tocar su cara suave y besarla.

Dio un paso atrás, alejándose de ella. Distanciándose.

Y Nell entró en su cuarto y cerró la puerta con firmeza a su espalda.

Los árboles llegaron a las dos de la tarde.

Cuando el enorme camión apareció en el camino de entrada, Nell se puso su cazadora de cuero marrón sobre la sudadera que llevaba y, anudándose la bufanda al cuello, salió a recibirlo. Pero se paró en seco al llegar al camino de grava.

Crash estaba junto a uno de los camiones.

¿Qué hacía allí?

Llevaba uno de sus deliciosos jerséis de cuello alto negros y hablaba con el conductor mientras señalaba hacia el establo.

Estaba empezando a nevar, y los delicados copos brillaban sobre su pelo oscuro y su jersey.

¿Qué hacía allí?

El conductor volvió a montar en la cabina del camión y Crash se dio la vuelta cuando Nell se acercó a él.

—Creía que te habías ido a esquiar —tuvo que levantar la voz para hacerse oír por encima del ruido del motor y el chirrido de los frenos.

—No —contestó Crash mientras observaba cómo rodeaba la casa el camión—. Al final decidí quedarme.

Echó a andar tras el camión, pero Nell se quedó quieta, mirando hacia la casa.

—Deberías ponerte una chaqueta —de pronto estaba ridículamente nerviosa. Después de lo de la noche anterior, Crash debía de considerarla una idiota. O una tonta, al menos. O una tonta y una idiota. O...

—Estoy bien —se volvió para mirarla, pero no dejó de andar—. Quiero asegurarme de que el establo está abierto.

Nell lo siguió por fin.

—Sí, lo está. He estado allí antes. Esta mañana fui a recoger los adornos al pueblo.

—Me lo imaginaba. Te fuiste antes de que pudiera ofrecerme a ayudarte.

Nell no podía soportar ni un segundo más seguir soslayando el asunto de la noche anterior.

—No te has ido a esquiar porque pensabas que necesitaría una niñera —dijo, mirándolo directamente a los ojos.

Él esbozó una sonrisa.

—Sustituye «niñera» por «amigo» y darás en el clavo.

Amigo. Allí estaba otra vez esa palabra. Ella misma la había empleado la noche anterior. «Me alegro de que seamos amigos». Si pudiera convencerse de que le bastaba con eso... Pero no era fácil convencerse de ello cuando con sólo ver a aquel hombre se le aceleraba el corazón; cuando ansiaba pasar las manos y la boca por la dura musculatura de sus hombros y su pecho, enfundados en aquel jersey de cuello alto...

No había duda: estaba loca por un SEAL de la Armada que se hacía llamar Crash. Loca por un hombre que se había divorciado limpiamente de todas sus emociones.

—Quiero pedirte disculpas —empezó a decir, pero él la cortó.

—No hace falta.

—Pero quiero hacerlo.

—Está bien. Disculpa aceptada. Daisy llamó mientras estabas fuera —dijo, cambiando de tema hábilmente. Rodearon el camión, que se había detenido junto al edificio al que Jake y Daisy llamaban en broma «el establo».

Pero con sus suelos de madera bruñida, sus altos ventanales que daban a las montañas y su pared de espejos para reflejar la vista panorámica, aquel «establo» no se usaba para albergar animales. Provisto de calefacción y aire acondicionado, con una cocina completa unida a la habitación principal, del tamaño de un salón de baile, no era un establo corriente. Hasta las vigas rústicas del techo tenían un aire elegante. Los anteriores propietarios usaban aquel lugar como estudio de danza y gimnasio.

Crash abrió las puertas.

—Ha dicho que Jake y ella van a quedarse en un hotel de la estación de esquí y que seguramente no volverán hasta mañana por la tarde, casi de noche.

Crash y ella estarían solos en casa esa noche. Nell se alejó, temiendo que él adivinara lo que estaba pensando. Aunque poco importaba. Seguramente ya lo sabía. Tenía que ser consciente de lo que quería. Ella no había sido muy sutil al respecto durante las semanas anteriores. Pero él no quería lo mismo.

Amigos, se recordó. Crash quería que fueran amigos. Ser amigos era lo menos arriesgado, y a él ninguna emoción podía afectarlo (Dios no lo quisiera).

Crash se apartó y tiró suavemente de Nell mientras tres operarios metían uno de los abetos en el edificio.

Nell se desasió, pero no porque no quisiera que la tocara. Al contrario. Le gustaba demasiado sentir su mano sobre el brazo. Pero temía que, si se quedaba allí, a su lado, no tardaría en recostarse en él.

Y no era eso lo que hacían los amigos.

Los amigos guardaban las distancias.

Y no hacía falta ponerse en evidencia delante de Hawken dos días seguidos.

CAPÍTULO 4

Crash sujetaba la escalera mientras Nell colocaba el ángel en lo alto de uno de los árboles.
Ella había llevado un lector de CD portátil al establo, y Bing Crosby cantaba *Blanca Navidad* a través de unos altavoces de sonido muy natural. Nell cantaba también, en la misma tonalidad que Bing, con voz baja y gutural.
Al bajar de la escalera miró por la ventana. Seguía nevando.
—No recuerdo cuándo fue la última vez que nevó por Navidad. Desde luego no ha nevado desde que vivo en Virginia. Y el año pasado fui a ver a mis padres a Florida. Pasé la Nochebuena en la playa. La arena era blanca, pero no es lo mismo.
Crash se quedó callado mientras acercaba la escalera al último árbol y Nell desenvolvía el último ángel.
—Tú no viniste las Navidades pasadas, ¿verdad?
—No.
Nell lo miró y él comprendió qué estaba buscando. Le había lanzado la pelota de la conversación y quería

que se la devolviera. Quería que le dijera dónde había pasado las Navidades anteriores.

Él se aclaró la garganta.

—En diciembre del año pasado tomé parte en una operación militar encubierta que sigue siendo de alto secreto. Ni siquiera puedo decirte en qué hemisferio estuve.

—¿En serio? —sus ojos se habían agrandado. Y eran muy azules. Azules como el mar. Pero no del azul turbulento del Atlántico, ni del azul turquesa del Caribe. Los ojos de Nell eran del azul puro del mar del Sur de China. Había, de hecho, una playa que... Crash se detuvo inmediatamente. ¿Qué estaba haciendo? ¿Sumirse en las profundidades de los ojos de aquella mujer? Eso era una locura.

Se apartó para asegurarse de que la escalera estaba lo bastante cerca del árbol.

—No puedo hablar de la mayoría de las cosas que hago. Con nadie.

—Dios mío, debe de ser durísimo... teniendo en cuenta lo charlatán que eres.

Pilló desprevenido a Crash y él se echó a reír.

—Sí, bueno... ¿Qué puedo decir?

—Exacto —se detuvo en un peldaño de la escalera, al llegar a la altura de sus ojos—. La verdad es que no debería bromear. Seguramente es muy duro para ti, ¿no?

Malasia. Esa playa estaba en Malasia, y el mar era de un tono perfecto de azul. Se había pasado horas sentado en la arena, deleitándose en ella, viendo cómo danzaba la luz del sol sobre las olas.

—Es mi trabajo —dijo con calma.

Se obligó a apartar la mirada.

Sintió que ella lo miraba fijamente unos segundos antes de seguir subiendo por la escalera. Nell puso el ángel en la rama más alta del árbol, ajustándole cuidadosamente el halo.

—Sé que el trabajo de Jake tiene que ver en parte con esas... operaciones encubiertas a las que te mandan. Aunque... no las llaman así, ¿verdad? ¿Las llamaba «operaciones negras»?

Crash esperó unos segundos antes de hablar.

—¿Cómo sabes eso?

Algo en su voz parecía haber cambiado, porque Nell bajó la mirada hacia él.

—Oh, oh. Se supone que no debo saberlo, ¿no? Ahora vas a tener que matarme, ¿verdad?

Él no se rió.

—Técnicamente, el hecho de que tengas acceso a esa información constituye una violación de la seguridad. Necesito saber qué has visto u oído para asegurarme de que no vuelva a ocurrir.

Ella bajó lentamente de la escalera.

—Hablas en serio.

—Sólo hay cinco personas en el mundo, o mejor dicho seis, que saben que trabajo en operaciones encubiertas para el almirante Robinson —le dijo Crash—. Una de ellas es el presidente de los Estados Unidos. Y ahora tú.

Nell se sentó en el antepenúltimo peldaño de la escalera.

—Dios mío, sí que vas a tener que matarme —lo miró—. O votarme en las próximas elecciones.

Crash estuvo a punto de echarse a reír. Pero lo cierto era que aquello no tenía ninguna gracia.

—Nell, si supieras lo serio que... —sacudió la cabeza.

—Pero de eso se trata precisamente —dijo ella, implorante—. No lo sé. ¿Cómo voy a saberlo, si ni siquiera acabas las frases? No sé prácticamente nada sobre ti. Somos amigos casi únicamente por una cuestión de fe. O por una vaga intuición visceral y por el hecho de que Jake y Daisy te ponen por las nubes. ¿Sabes que en estas dos semanas no me has contado nada sobre ti? Hablamos de libros y me dices que estás leyendo el último de Grisham, pero no si te gusta. Ni siquiera me has dicho cuál es tu color preferido. ¿Qué clase de amistad es ésa?

El problema que Nell tenía con él no era nada comparado con el que Crash tenía con ella. Clavó en ella su mirada.

—Nell, esto es muy importante. Necesito saber cómo sabes que trabajo con Jake. ¿Se lo has dicho a alguien? ¿A alguna otra persona?

Ella sacudió la cabeza sin apartar la mirada.

—No.

—¿Estás segura?

—Sí —contestó ella—. Mira, oí hablar de pasada a Jake y Daisy. No era mi intención, pero estaban hablando en voz alta. Estaban... un poco alterados. No fue una discusión, pero casi. Daisy acusó a Jake de haberte mandado a una operación negra. Ésas fueron sus palabras exactas. Una operación negra. Lo recuerdo porque me dio escalofríos. El caso es que Daisy quería saber dónde estabas. Fue en la época en que hubo todos esos problemas en Oriente Medio, y estaba preocupada por ti. Quería que Jake dejara de mandarte a operaciones secretas de alto riesgo, y cito literalmente, y él le dijo que no había nadie en quien confiara más que en ti para cumplir esa labor. Y que, además, sabías valerte solo.

Crash se quedó callado.

—Te quieren muchísimo los dos —le dijo Nell.

Él no pudo evitarlo: comenzó a pasearse de un lado a otro.

—Antes de que empezaras a trabajar para Daisy, se hicieron averiguaciones sobre ti —dijo, pensando en voz alta.

—No creo.

Él le lanzó una mirada.

—Seguramente no te enteraste, pero no me cabe ninguna duda de que la Fincom tiene un archivo sobre ti del que la Navintel, la Oficina de Inteligencia Naval, tiene una copia. Piénsalo: trabajas para la pareja del almirante Robinson. Créeme, hicieron averiguaciones sobre ti antes de que conocieras siquiera a Daisy —respiró hondo—. Voy a hablar con Jake. Seguramente abrirán una investigación más exhaustiva sobre ti —dejó de pasearse y la miró—. Te pedirán que hagas una lista completa de las personas a las que conoces. Una lista completa. Familiares, amigos, novios... Hasta simples conocidos, para...

Nell se rió, escéptica.

—Dios mío, ¿es que no captas el tufillo de ironía que se desprende de todo esto? Porque apesta. Estaba quejándome de que nunca me cuentas nada de ti, y ahora soy yo quien tiene que darte una lista de mis novios... —sacudió la cabeza—. Pero ¿qué te pasa?

—No tienes que darme la lista a mí. Será la Fincom la que se ponga directamente en contacto contigo.

—Pero tú seguramente la verás —se levantó—. Porque ya has visto mi archivo, ¿verdad?

Crash cerró la escalera, trabando cuidadosamente sus dos lados.

—¿Guardo esto?

—No, déjala fuera. Seguramente habrá que usarla otra vez antes de la fiesta.

Crash apoyó la escalera en la pared de la cocina.

—¿Qué te parece si pedimos una pizza para cenar?

—Estás eludiendo mi pregunta —Nell se puso su chaqueta y se anudó la bufanda alrededor del cuello—. Lo haces siempre, no creas que no lo he notado. Cambias de tema para no tener que contestar a mis preguntas. Y lo odio, ¿sabes?

Crash pareció suspirar.

O quizá sólo fueron imaginaciones de Nell. Crash era tan poco expresivo... Ella cruzó los brazos.

—¿No tienes hambre? —preguntó él—. Yo sí.

—Estoy esperando —contestó ella—. Creo que la pregunta era: ¿has visto ya el archivo que la Fincom tiene sobre mí?

Él apagó las luces. En la penumbra, los seis árboles que habían decorado ofrecían un espectáculo deslumbrante. Las luces de colores y los adornos brillaban y refulgían.

—No voy a mirar los árboles. No pienso permitir que me distraigas —se puso las manos junto a los ojos, como si llevara anteojeras—. Voy a quedarme aquí hasta que contestes.

Crash casi sonrió, y por una vez Nell adivinó lo que estaba pensando. ¿Cómo podía ella soñar siquiera con vencer en aquella competición?

La respuesta era muy sencilla. No podía vencer. No había absolutamente nada que pudiera hacer para obligarlo a responder a su pregunta.

Así que contestó ella.

—Sí —dijo—. Lo has visto. Sé que lo has visto. Si no, ya

me habrías dicho que no. Así que ¿qué más da? Seguramente está lleno de detalles aburridos. Crecí en Ohio, a las afueras de Cleveland, soy la mayor de tres hermanos y estudié humanidades en la Universidad de Nueva York. Encontré trabajo por casualidad como ayudante de un director de musicales de Broadway que tenía además una cadena de supermercados y un par de años después empecé a trabajar para Daisy. ¿Te suena algo de eso?

Él no dijo nada. Pero Nell no esperaba que contestara.

—Mi vida personal es muy aburrida. En los últimos seis años, he salido con tres hombres, todos profesionales serios y respetables con un sólido futuro por delante. Dos me propusieron matrimonio. Creo que les parecí una ganga: una esposa que además trabajaba como ayudante personal. La mujer ideal para un ejecutivo. Con un poco de lencería de Victoria's Secret, sería perfecta. Les dije que no. Me encapriché, en cambio, del que no quería casarse conmigo. Así que me empeñé en perseguirlo... y descubrí que era tan aburrido como los demás. Mi madre está convencida de que soy una víctima de los cuentos de hadas que leía de pequeña. Cree que sufro una especie de síndrome del príncipe azul. Y seguramente tiene razón, aunque no estoy segura de que eso figure en mi expediente.

Crash habló por fin.

—Seguramente no con esas mismas palabras. Pero todos los expedientes de la Fincom incluyen evaluaciones psicológicas. Tus motivos para permanecer soltera se habrán mencionado de pasada.

Nell soltó un bufido.

—Dios mío, me imagino a esos sesudos psiquiatras reunidos para psicoanalizarme. «El sujeto de estudio es una cobarde. Se pasa el día leyendo. Nunca hace nada interesante, como esquiar. Es una perfecta fracasada que tiene miedo de su propia sombra» —dio media vuelta y salió por la puerta sin mirarlo.

Y entonces se paró en seco. Seguía nevando. El cielo se había oscurecido y la nieve giraba en torno a su cara, reflejando la luz de las lámparas que alumbraban el camino hacia la casa.

Miró los copos que caían por millones del cielo. Oía el levísimo siseo de la nieve al posarse en el suelo.

—Es precioso —susurró. Si algo había aprendido aquellas últimas semanas, era a pararse a contemplar la belleza del mundo que la rodeaba.

—Hacía mucho que no veía nevar.

Nell se volvió y lo vio justo detrás de ella. Crash había hecho un comentario personal sin necesidad de que se lo arrancara a la fuerza. Y no se detuvo ahí.

—Que seas precavida no significa que seas una fracasada —dijo.

Nell miró el campo que se extendía por detrás del establo y subía hasta la mitad de la loma, acabando en un muro de piedra que lindaba con el bosque. Estaba cubierto de nieve blanquísima y tentadora.

—Antes me gustaba hacer muchas cosas que ahora me asustan —reconoció—. Si de pequeña hubiera visto la ladera de esa loma, habría ido corriendo a buscar mi trineo —se volvió para mirarlo—. Pero ahora la sola idea de esquiar hace que me entren sudores fríos. ¿Desde cuándo soy tan asustadiza?

—No a todo el mundo le gusta sentir el viento en la cara.

—Sí, pero lo absurdo es eso: que una parte de mí quiere sentirlo. Y a esa parte de mí le fastidia no haber ido a esquiar con Jake y Daisy. Y tiene fantasías increíbles...

Él levantó casi imperceptiblemente una ceja, y Nell se apresuró a añadir:

—Fantasías como conducir una moto. Siempre he deseado una enorme Harley. Y llegar a una reunión importante montada en mi moto, con el manillar lleno de flecos largos y negros y uno de esos cascos con el visor tintado. Me imagino a mí misma quitándome el casco y sacudiendo la melena, y sacando el maletín de la parte de atrás y... —sacudió la cabeza—. Pero conduzco un utilitario y ni siquiera tengo valor para ir a esquiar. Y tú estás sin chaqueta —se interrumpió—. Deberíamos entrar en casa y pedir esa pizza.

—Una grande, con extra de queso, salami, pimiento y cebolla —le dijo Crash—. A no ser que no te gusten el salami, el pimiento o la cebolla. Si no te gustan, elige tú. Llama tú desde el establo mientras yo voy a buscar mi chaqueta. Nos vemos en la puerta del garaje.

¿En la puerta del garaje?

—¿Quieres ir a recogerla?

—No, pide que nos la traigan.

—Pero...

Crash ya se había ido. Había desaparecido entre las sombras con la misma facilidad con que había aparecido.

—¿En la puerta del garaje? ¿Por qué? —gritó Nell.

Pero Crash no respondió. Y Nell tampoco esperaba que lo hiciera.

Se quedó inmóvil al ver a Crash sosteniendo el trineo que acababa de sacar del garaje.

—Ah, no —dijo, riendo—. No, no...
La nieve seguía cayendo con un susurro en torno a ellos. Era la tarde perfecta para deslizarse en trineo.
—Por lo visto, la nieve se convertirá en lluvia antes de medianoche —le dijo él—. Mañana estará toda derretida.
—En otras palabras, es ahora o nunca, ¿no?
Crash no contestó. Se limitó a mirarla. La bufanda roja que llevaba Nell realzaba la blancura de su cara, y los copos de nieve se adherían a su cabello denso, del color de la miel. En otra mujer, aquella combinación de piel pálida y cabello castaño habría parecido anodina, pero sus ojos eran tan azules y cálidos y su sonrisa tan perfecta que...
Crash la encontraba muy bella, y sabía que su intento de llevarla a montar en trineo no era más que una excusa para acercarse a ella. Quería rodearla con sus brazos y para ello había recurrido a un subterfugio.
—La pizza llegará dentro de treinta minutos —le dijo—. No tenemos tiempo de...
—Tenemos tiempo de lanzarnos un par de veces por la colina.
Ella señaló detrás del establo.
—¿Por esa colina?
—Vamos —Crash le tendió la mano. Llevaba guantes, y ella mitones. En realidad, no la estaba tocando.
Pero cuando Nell le dio la mano, Crash comprendió que se equivocaba. Tocarla era tocarla. Pero ya no podía dar marcha atrás. No quería dar marcha atrás. Tiró de ella colina arriba, arrastrando el trineo tras ellos.
La nieve resbalaba, pero por fin lograron llegar arriba.
La nieve era aún más bonita lejos de las luces de la casa. Caía del cielo sin esfuerzo y parecía resplandecer en

la oscuridad, sobre el suelo, reflejando la poca luz que había.

Era casi de noche. Con aquella oscuridad, Crash no tenía que preocuparse de que Nell viera los pensamientos (y los deseos) que brillaban en sus ojos.

—No sé si voy a poder —Nell parecía sin aliento. Su voz sonaba más ronca de lo normal—. No sé si me acuerdo.

—Siéntate en el trineo y dirige con los pies.

Ella se sentó cautelosamente en el trineo y lo miró.

—¿Tú no vienes?

Había sitio para él, aunque poco. Tendrían que apretarse, con Nell sentada entre sus piernas. Crash se obligó a acercarse.

—¿Tú quieres?

—No pienso lanzarme sin ti —se echó un poco hacia delante—. Pon aquí el trasero, Hawken.

—Conviene poner la parte delantera del trineo mirando hacia la pendiente.

Nell no se movió.

—He pensado que podíamos ir en zigzag, tranquilamente.

Crash tuvo que sonreír.

—Vale, vale —gruñó ella, dando la vuelta al trineo—. Si tú sonríes, es que debo de estar ridícula. Monta y agárrate fuerte, Mona Lisa. Vamos derechos al establo.

Nell cerró los ojos y Crash se sentó en el trineo, tras ella. Tuvo que apretarse contra su espalda: era imposible que cupieran en aquel cacharro, si no se pegaban. Las piernas de Crash eran mucho más largas que las de ella y, como ella tenía las botas apoyadas sobre la parte exterior de la caña del timón, no tenía donde poner los pies.

Al volverse un poco, Nell vio la cara de Crash a pocos

centímetros de la suya y se quedó paralizada, con los ojos fijos en los de él. Podían ser imaginaciones suyas, o tal vez sólo un efecto de la oscuridad, pero Crash parecía casi vulnerable, casi inseguro. Olía deliciosamente, a menta y café. Nell bajó la mirada hacia la tensa y hermosa línea de su boca. ¿Qué haría él si lo besaba?

No tuvo valor.

—Quizá deberías dirigir tú.

—No. Te toca a ti. Tú tienes el control.

El control. Ay, si él supiera. Nell estaba temblando, pero no sabía si era porque temía caerse del trineo y romperse una pierna, o porque él estuviera sentado tan cerca. Sentía el calor de su cuerpo en la espalda y se moría de ganas de sentir sus brazos rodeándola. Porque ésa era la única razón por la que había aceptado lanzarse en trineo: quería que Crash la estrechara entre sus brazos.

—Déjame poner las piernas debajo de las tuyas —continuó él.

Nell levantó las piernas obedientemente y él apoyó las botas contra el parachoques metálico. Ella bajó las piernas, descansando los muslos sobre los de él, y las estiró para sujetar la caña del timón. Pero ya no llegaba.

—Échate hacia delante —ordenó él.

Ella no quería moverse. Le gustaba tanto sentir el cuerpo de Crash pegado al suyo que se resistía a apartarse de él. Pero al ver que dudaba, Crash empujó hacia la parte frontal del trineo. Los pies de Nell tocaron la barra, y él seguía pegado a su espalda.

Crash la rodeó con los brazos y la sujetó con firmeza. Aquello era el paraíso. Nell cerró los ojos.

—¿Lista?

—Dios mío, no. ¿A qué se supone que tengo que agarrarme? —su voz jadeante la delataba. No alcanzaba la barandilla lateral: las piernas de Crash estaban en medio.

—Agárrate a mí.

Nell tocó sus piernas y deslizó indecisa las manos bajo sus muslos. Era todo músculo: fuerte, sólido y masculino. Nell se preguntó si Crash sentía cómo le martilleaba el corazón bajo la ropa.

—¿Lista? —repitió él.

Nell sintió su aliento en la nuca, justo debajo de la oreja.

—Tú conduces —su voz era casi un susurro—. Arranca echándote un poco hacia delante...

Ella abrió los ojos.

—¿No podrías dar un empujoncito?

—Podría, pero entonces sólo sobrevivirías al descenso. No serías tú quien lo controlara. Tú ya me entiendes. Vamos. Lo único que tienes que hacer es echarte un poco hacia delante.

Nell miró colina abajo. El establo parecía muy lejano y la ladera repentinamente empinada. Empezaba a costarle respirar.

—No sé si voy a poder.

—Tómate tu tiempo. Puedo esperar. Al menos, hasta que llegue el repartidor con la pizza.

—Si nos quedamos aquí parados, nos cubrirá la nieve.

—¿Tienes frío? —preguntó él. Su aliento rozó cálidamente su oreja y sus brazos la apretaron un poco más.

¿Frío? Nell no se acordaba ni de su nombre. Ni siquiera sabía lo que era el frío: era un concepto demasiado complejo.

—Tal vez podríamos ir paso a paso —dijo—. Ya sabes, quedarnos aquí sentados un rato. Ya he subido hasta aquí y me he montado en el trineo. Es un principio. Debería estar orgullosísima de mí misma. Y quizá la próxima vez que nieve me atreva a...

—Estamos en Virginia —le recordó él—. Puede que no vuelva a nevar este año. Vamos, Nell. Échate un poco hacia delante.

Nell volvió a mirar ladera abajo. No podía lanzarse. Hizo amago de levantarse, pero Crash la sujetó.

—El azul —dijo él suavemente—. Mi color preferido es el azul. El color del mar del Sur de China. Y el último libro de Grisham no me ha gustado tanto como los anteriores.

Nell volvió la cabeza y lo miró.

—Y tienes razón: he visto tu archivo de la Fincom —continuó él—. Ayudé a reunir la información que contiene.

Nell sabía lo que intentaba. Lo sabía con toda exactitud. Quería demostrarle que él también podía correr pequeños riesgos. Lanzarse en trineo por una colina no le daba ningún miedo, pero hablar de sí mismo era otro cantar. Ella sabía que jamás ofrecía ningún dato sobre sí mismo.

No le había contado nada íntimo, claro, pero Nell sabía que aun así aquello tenía que haberle resultado terriblemente difícil.

Tan difícil, al menos, como era para ella lanzarse en trineo por una ladera relativamente suave. Si se caía, no se rompería una pierna. Sólo se lastimaría el trasero y el orgullo, quizá. No era para tanto.

Echó el trineo hacia delante.

—Sabía que podías hacerlo —le susurró Crash al oído cuando el trineo se tambaleó y se deslizó luego por el borde de la colina.

Al principio avanzó lentamente, gruñendo bajo su peso. Después, comenzó a ganar velocidad.

Nell chilló. Los patines del trineo siseaban al resbalar sobre el suelo y la nieve que caía parecía dispersarse y girar en torno a ellos.

Iban cada vez más deprisa, hasta que casi pareció que volaban. Nell se aferró a las piernas de Crash cuando pasaron por encima de un bache y por un instante parecieron abandonar el suelo. Cuando aterrizaron, el trineo ya no estaba bajo ellos.

Nell sintió, más que oírla, la carcajada eufórica que escapó de ella cuando resbalaron por la nieve, deslizándose por la falda de la colina, entrelazados. Crash seguía sujetándola con fuerza.

Ella se reía aún cuando se detuvieron. Entonces se dio cuenta de que Crash también se estaba riendo.

—No has parado de gritar en toda la bajada —dijo él.

—¡Qué va! ¿En serio? —estaba tumbada a medias sobre él, en medio de la nieve. Se tumbó de espaldas y se relajó, apoyada en Crash, mientras recuperaba el aliento y veía caer los copos de nieve.

—Ya lo creo. ¿Estás bien? —preguntó él.

—Sí —de hecho, nunca había estado mejor, que ella recordara. Crash seguía abrazándola y tenía una de sus piernas sobre las de ella. Sí, estaba muy a gusto—. Ha sido casi... divertido.

—¿Quieres tirarte otra vez?

Ella volvió la cabeza para mirarlo, incrédula.

Crash sonrió al ver su expresión. Era extraordinariamente guapo cuando estaba en reposo, pero cuando sonreía, aunque fuera sólo un poco, estaba impresionante.

Se levantó y le tendió la mano.

Ella debía de estar loca o hipnotizada, porque aceptó su mano y dejó que la ayudara a levantarse.

Crash la soltó y corrió en busca del trineo. Luego subió otra vez corriendo por la colina, la agarró de la mano y tiró de ella.

Esta vez, no preguntó. Se sentó detrás de ella y la enlazó por la cintura con total naturalidad.

Nell no podía creer que fuera a lanzarse de nuevo.

—Esta vez, intenta esquivar ese bache —dijo Crash, y su aliento cálido volvió a rozarle la oreja.

Nell asintió con la cabeza.

—Tú tienes el control —añadió él.

—Ay, Dios —dijo ella, y echó el trineo hacia delante.

CAPÍTULO 5

—Recuerdo que de pequeño —dijo Crash suavemente—, Jake me enseñó a hacer ángeles de nieve.

Estaban tumbados al pie de la colina, viendo caer la nieve sobre ellos. Era asombroso verla así, desde esa perspectiva. Era como estar dentro del salvapantallas de un ordenador, o de un salto al hiperespacio al estilo *Star Wars*.

Habían salido disparados del trineo en distintas direcciones. No se tocaban, y Crash ansiaba desesperadamente no perder el calor y la suavidad del cuerpo de Nell.

Nell se incorporó sobre un codo.

—¿Jake? ¿No Daisy?

—No, fue Jake. Era el cumpleaños de Daisy y Jake y yo hicimos ángeles de nieve por todo el patio y... —al mirarla, la descubrió observándolo atentamente, con los ojos muy abiertos.

—Por lo que me ha dicho Daisy, he deducido que a veces pasabas las vacaciones de verano y de invierno con ellos —dijo Nell suavemente.

Crash titubeó.

Pero estaba hablando con Nell. Con Nell, que había confiado en él lo suficiente como para lanzarse por la colina en un viejo trineo no una ni dos veces, sino cinco. Su amiga Nell. Si fueran amantes, no habría podido arriesgarse a contarle nada, pero no eran amantes, ni iban a serlo.

—Siempre pasaba las vacaciones con ellos —reconoció—. Desde los diez años... cuando murió mi madre. Estaba previsto que fuera directamente del internado al campamento de verano. No fui a casa entre medias. Mi padre estaba de viaje de negocios y... —se interrumpió, comprendiendo lo patético que parecía.

—Debió de ser muy triste para ti —dijo ella en voz baja—. Me imagino lo que habría sentido yo si me hubieran mandado a un internado a los diez años. ¿Y tú te fuiste con cuántos? ¿Con ocho?

Crash sacudió la cabeza.

—No fue tan terrible.

—A mí me parece horroroso.

—Mi madre se estaba muriendo. Y mi padre estaba desbordado. Imagínate, si Jake y Daisy tuvieran un hijo de ocho años.

Nell soltó un bufido.

—Puedes apostarte lo que quieras a que Jake Robinson no mandaría a su hijo a un internado. Te viste privado de tu madre dos años antes de que fuera absolutamente necesario. Y tu pobre madre...

—Mi madre estaba tan atiborrada de calmantes que las pocas veces que me dejaban verla ni siquiera me reconocía y... No quiero hablar de eso —sacudió la cabeza y maldijo en voz baja—. Ni siquiera quiero pensar en ello, pero...

—Pero está pasando otra vez, con Daisy —dijo Nell suavemente—. Dios, esto debe de ser el doble de duro para ti. Yo me siento ya al límite de mi resistencia. ¿Qué vamos a hacer cuando el tumor le afecte al cerebro hasta el punto de que no pueda caminar?

Crash cerró los ojos. Sabía lo que él quería hacer. Quería huir, recoger sus cosas y largarse. Sólo tendría que hacer una llamada y en el plazo de una hora revocarían su permiso y le asignarían una misión especial. Veinticuatro horas después, estaría al otro lado del mundo. Pero huir no le serviría de nada. Ni le serviría a Daisy. Si ella lo había necesitado alguna vez (si Jake lo había necesitado alguna vez), era ahora.

Y ellos siempre habían estado a su lado. Siempre había podido contar con ellos.

Nell seguía observándolo con los ojos llenos de compasión.

—Lo siento —susurró—. No debería haber hablado de eso.

—Los dos vamos a tener que afrontarlo.

A ella se le saltaron las lágrimas.

—Me aterroriza no ser lo bastante fuerte.

—Lo sé. Me da miedo que... —Crash se interrumpió.

—¿Qué? —se acercó a él, casi hasta tocarlo—. Cuéntamelo. Sé que no vas a hablar con Jake o con Daisy de esto. Y tienes que hablar con alguien.

Crash miró hacia la casa entornando los ojos un poco. Nell nunca había visto su boca tan tensa. Cuando habló, su voz sonó tan baja que ella tuvo que inclinarse para oírle.

—Me da miedo que cuando llegue el momento, cuando el dolor se vuelva insoportable y Daisy no pueda moverse, me pida que la ayude a morir –al levantar la vista hacia ella, no se molestó en disimular su angustia–. Sé que jamás se lo pediría a Jake.

Nell exhaló un suspiro trémulo.

–Dios mío...

–Sí –dijo él.

Nell no pudo soportarlo más. Lo rodeó con sus brazos, consciente de que seguramente él se apartaría. Pero Crash no se apartó: la atrajo hacia sí y la apretó con fuerza mientras, a su alrededor, la nieve empezaba a adensarse y a convertirse en una llovizna gélida.

–Recuerdo como si fuera ayer el día en que Daisy fue a buscarme al campamento de verano –dijo él suavemente, con la cara oculta entre su pelo. Su aliento le rozó el cuello–. Sólo llevaba dos días allí cuando el director me avisó de que Daisy iba a ir a verme –levantó la cara y apoyó la mejilla en la cabeza de Nell–. Llegó como un vendaval. Te juro que subió por el camino que llevaba a la oficina del campamento como Juana de Arco marchando a la batalla. Llevaba una falda larga que flotaba a su alrededor cuando caminaba, una veintena de pulseras en cada brazo y un gran collar de cuentas. Tenía el pelo suelto. En aquella época lo tenía largo, le llegaba por debajo de la cintura, y llevaba sandalias. Se le veían los pies, y recuerdo que tenía las uñas pintadas de rojo brillante.

–Yo estaba esperándola en el porche de la oficina, y ella se paró delante de mí, me abrazó con fuerza y me preguntó si me gustaba estar allí. No me gustaba, pero le dije lo que me había dicho mi padre: que no tenía dónde ir. Yo no la conocía muy bien. Era prima de mi madre y no estaban muy unidas. Pero se quedó allí parada y me preguntó si me gustaría pasar el verano en California con ella y con Jake. Yo no supe qué decir y ella me dijo que no tenía que irme con ella si no quería, pero... —se aclaró la garganta—, que a Jake y a ella les apetecía muchísimo que fuera a pasar una temporada con ellos.

Se quedó callado un momento y Nell oyó el latido de su corazón.

—Me parece que no la creí, porque no me fui a mi cabaña a recoger mis cosas cuando entró en la oficina. Me quedé en el porche, y la oí hablar con el gerente. Él se negaba a dejarme marchar sin permiso de mi padre, que en aquel momento estaba en París. Así que Daisy lo llamó desde allí mismo, pero no pudo hablar con él. Estaba en medio de unas negociaciones y no respondería a ninguna llamada hasta que pasara el fin de semana. No quería que lo interrumpieran. Tenía... mucho carácter.

»Así que Daisy volvió a salir, me dio otro abrazo y me dijo que volvería al día siguiente a la hora de la cena. Dijo: «Cuando llegue, tienes que estar preparado y listo para irte».

Crash hizo otra pausa.

—Recuerdo la desilusión que sentí cuando se fue sin mí. Era una sensación extraña, porque llevaba mucho tiempo sin tener ninguna ilusión. Y esa noche recogí mis cosas. Me sentí un tonto al hacerlo, porque no podía creer que Daisy fuera a volver. Pero algo me impulsó a hacerlo. Supongo que aún me quedaba un poco de esperanza, aunque casi me la habían quitado del todo. Deseaba tanto que volviera que apenas podía respirar.

Ahora llovía con más fuerza, pero Nell temía moverse. Casi no se atrevía a respirar, por miedo a romper aquel momento de intimidad y que él dejara de hablar.

Pero Crash se quedó callado tanto tiempo que al final levantó la cabeza y lo miró.

—¿Pudo hablar con tu padre?

—No, no consiguió que nadie interrumpiera sus reuniones, así que se fue a París —Crash se rió con desgana, curvando la boca en una media sonrisa—. Se presentó delante de él y le pidió que firmara una carta dándole permiso para sacarme del campamento. Recuerdo que sumé las horas y que me di cuenta de que, para llegar a París y volver en el mismo día, tuvo que viajar sin descanso desde que se fue del campamento. Aquello me pareció increíble —continuó suavemente—. El hecho de que alguien se interesara tanto por mí. Y era cierto: Daisy y Jake querían tenerme en su casa. Pienso en todo el tiempo que pasó Jake conmigo ese verano en especial, y todavía me asombra. Me querían de verdad. No les estorbaba.

Nell no pudo impedir que las lágrimas que llenaban sus ojos se desbordaran, mezclándose con la lluvia que caía. Crash le tocó delicadamente la mejilla con los nudillos.

—No quería hacerte llorar.

Ella se apartó ligeramente y se limpió la cara con las manos.

—No estoy llorando —dijo—. Yo nunca lloro. No soy una llorona, te lo aseguro. Es que... me alegra tanto que me lo hayas contado...

—Haría cualquier cosa por Daisy y por Jake —dijo Crash con sencillez—. Cualquier cosa —hizo una pausa—. Pero ver así a Daisy es bastante duro. Si tengo que ayudarla a... —sacudió la cabeza—. Está lloviendo. Y ha llegado nuestra pizza.

Así era, en efecto. La camioneta de reparto acababa de aparecer en el camino.

Nell se levantó y siguió a Crash colina abajo. Guardó el trineo en el garaje mientras él pagaba la pizza.

Por desgracia, habían perdido el apetito.

—¿Que vamos a hacer qué?

—Aprender a bailar claqué —dijo Daisy antes de beber un sorbo de zumo de naranja.

Nell levantó la mirada. La expresión de Crash era casi tan buena como la de Jake.

—No creo que a los SEAL se nos permita bailar claqué —dijo Crash.

Daisy dejó su vaso.

—La profesora llegará dentro de una hora. Le he dicho que nos veríamos en el establo.

—Es una broma —dijo Jake. Y miró a Daisy—. ¿No?

Ella se limitó a sonreír.

Nell apuró su café y dejó la taza sobre la mesa con un golpe seco.

—Yo ya sé bailar claqué —anunció—. Y como tengo un millón de llamadas que hacer, voy a saltarme esta actividad matutina.

Crash se echó a reír.

—Ni lo sueñes —dijo.

—¿Sabes bailar claqué? —preguntó Daisy, intrigada—. ¿Por qué no me lo habías dicho?

—Oh, vamos, Daisy, es un farol —dijo Crash—. Mírala.

—No te lo he dicho porque no es un tema que suela salir en una conversación normal —dijo Nell—. Cuando me presento a alguien, no le digo: «Hola, soy Nell Burns y, por cierto, sé bailar claqué».

—No me lo trago —Crash sacudió la cabeza—. Imposible. Sólo intenta librarse.

Estaba bromeando. Nell se dio cuenta por el brillo de sus ojos. Desde la tarde que pasaron lanzándose en trineo (la tarde en que Crash le habló de su vida), su relación había seguido creciendo. Pero sólo en una dirección. Seguían siendo amigos.

Aquello la estaba volviendo loca.

—Te crees que porque estés ayudando a la Fincom a investigarme lo sabes todo sobre mí —contestó—. Me alegra que no me creas. Eso demuestra que todavía puedo tener secretos. Todo el mundo necesita tener al menos un secretito, aunque sólo sea que sabe bailar claqué.

Lo cierto era que tenía más de un secreto. Y uno de ellos era inmenso. Se estaba enamorando de Crash. Cada segundo que pasaba estaba más enamorada de aquel hombre, que sólo quería ser su amigo.

Miró a Daisy, que la observaba con una sonrisa. Adiós a su secreto: al parecer, lo que sentía por Crash resultaba evidente para ciertas personas presentes en la habitación.

—Yo te creo —le dijo Jake—. Pero al teniente Escéptico, aquí presente, sólo podrás convencerlo de una manera: vas a tener que bailar claqué.

—Exacto —Crash señaló la espaciosa cocina—. Vamos, Burns. Lúcete.

—¿Aquí? ¿En la cocina?

—Claro —se recostó en la silla, esperando.

Nell sacudió la cabeza.

—No tengo... zapatos de claqué.

—He comprado un par para cada uno —dijo Daisy—. Están en el establo.

Nell se quedó mirándola.

—¿Has comprado un par...?
Crash se levantó.
—Vamos.
—¿Ahora?
Él se dirigió hacia la puerta.
—Jake tenía razón. Sólo dejaré que te libres de la clase para principiantes si de verdad sabes bailar.

Nell miró a Daisy levantando los ojos al cielo y siguió a Crash al establo. Se estremeció cuando él abrió la puerta.

Crash la miró.
—¿Y tu chaqueta?
—Tú no has traído la tuya.
—No suelo necesitarla.
—Sueles trabajar en las junglas del sureste asiático, donde la temperatura media en diciembre es de treinta grados centígrados.
—Se supone que no debes saber eso —sostuvo la puerta para que ella entrara y la cerró a su espalda—. Aquí también hace frío. Voy a subir la calefacción.
—No. A los árboles no les va bien el calor —explicó Nell—. Si los mantenemos dentro a veintidós grados durante una semana y luego los sacamos cuando fuera estemos bajo cero... se volverán locos.
—Son árboles —dijo Crash con sorna—. No pueden volverse locos.
—No es eso lo que piensa mi madre. Ella habla con todas sus plantas. Y yo creo que funciona. La casa de mis padres es como un experimento botánico descontrolado.
—Siento decírtelo, Burns, pero eso sólo demuestra el poder del CO_2.
—Sí, sí —dijo ella—. Como tú quieras.

La mañana era gris y encendió las luces del techo.

Bajo uno de los árboles de Navidad que Crash y ella habían decorado había cuatro cajas de zapatos pulcramente apiladas.

Zapatos de claqué. Dos pares de hombre y dos de mujer. Todos negros, de piel; los de mujer, con gruesos tacones de cinco centímetros.

Daisy había descubierto su número exacto de pie. Nell se sentó en el suelo y se puso los zapatos.

—Hace mucho tiempo —dijo, mirando a Crash mientras se los ataba—. Aprendí a bailar cuando estaba en el instituto. En aquella época quería estudiar interpretación. Pero siempre salía en el coro de los musicales que hacíamos. Nunca me daban el papel principal. No bailaba mal del todo, pero no tenía suficiente talento para entrar en una escuela superior de interpretación. Por lo menos, en la que yo quería.

Se levantó. Era muy propio de Daisy gastarse el dinero en zapatos de calidad que se ajustaban como un guante.

Nell se vio en los espejos. Vestida con vaqueros y un jersey de cuello alto, se sentía rara con los elegantes zapatos negros de tacón. Pero más extraño aún le parecía que Crash estuviera allí, apoyado en la pared, con los brazos cruzados, esperando para verla bailar. Sabía, sin embargo, que no se reiría de ella... al menos, en voz alta.

Ella lo miró por encima del hombro.

—¿Sabes?, no debería hacer esto —dijo—. Somos amigos. Deberías creerme. Deberías fiarte de mí.

Él asintió.

—Está bien. Te creo. Ahora, baila.

—No, deberías decirme que me crees y que, por tanto, no necesitas verme bailar.

—Pero quiero verte bailar.

—Está bien, pero te advierto que hace años que no bailo y que ni siquiera cuando recibía clases se me daba muy bien.

Crash se volvió hacia las ventanas.

—¿Qué es eso?

—¿Qué?

Él se incorporó, apartándose de la pared.

—Una sirena.

—Yo no oigo... —entonces lo oyó. A lo lejos, acercándose.

Se acercó a la puerta, pero Crash fue más rápido. La abrió y salió corriendo. Ella lo siguió, haciendo ruido con los zapatos de claqué sobre las baldosas. La puerta de la cocina se había cerrado. Rodearon la casa a toda prisa y llegaron a la puerta justo en el momento en que una ambulancia aparecía en el camino de entrada.

¿Qué había pasado? Hacía un cuarto de hora que habían dejado a Jake y a Daisy en la cocina.

—¡Jake! —Crash irrumpió en la casa.

—¡En el estudio! —gritó el almirante.

Nell sostuvo la puerta abierta para que entrara el personal de la ambulancia.

—Por el pasillo, a la izquierda —les indicó, apartándose para dejarlos pasar. Luego corrió tras ellos.

Por favor, Dios mío... Se detuvo en la puerta del estudio mientras tres médicos rodeaban a Daisy.

Estaba tendida en el suelo, como si se hubiera caído, con Jake a su lado y Crash agachado junto a éste. Nell se quedó atrás, comprendiendo de pronto que no formaba parte de la familia.

—Se ha desmayado —les estaba diciendo Jake a los médicos—. Había pasado otras veces, pero no así. No he podido despertarla –se le quebró la voz–. Al principio pensé que...

—Estoy bien —oyó Nell que murmuraba Daisy—. Estoy bien, cariño. Sigo aquí.

Nell se estremeció, intentando contenerse. Sabía lo que había pensado Jake. Que Daisy había entrado en coma. O algo peor.

Los médicos se pusieron a hablar con Jake y Daisy. Querían llevarse a Daisy al hospital, a hacerle unas pruebas.

—Nell...

Al levantar la vista, Nell vio a Crash observándola. Se había incorporado y le tendía la mano, invitándola a acercarse.

Ella aceptó su invitación y su mano, entrelazando sus dedos con los de él.

—Tienes las manos frías —musitó él.

—Creo que se me ha parado el corazón un momento.

—Daisy está bien —le dijo él.

—Por ahora —Nell sintió que sus ojos se llenaban de lágrimas.

Crash asintió.

—El ahora es lo único que tenemos. Es horrible, pero es mejor que la alternativa.

Nell cerró los ojos y procuró refrenar sus lágrimas.

Para su sorpresa, Crash la tocó: apartó suavemente un mechón que se había prendido en sus pestañas y acarició su cabello.

—Pero recuerda que esa idea no puede aplicarse a cualquier situación —dijo en voz baja—. A veces, aprovechar el momento no hace ningún bien a nadie.

¿Estaba hablando... de ellos? ¿Era posible? Nell lo miró, pero él le soltó la mano y miró a Jake, que se estaba incorporando para dejar que el personal de la ambulancia pusiera a Daisy en una camilla.

—No quiere ir a hacerse más pruebas, ¿verdad? —preguntó Crash.

Jake lo miró con sorna.

—Ni pensarlo. Sólo va a dejarles que la lleven al dormitorio. Está todavía un poco mareada —se obligó a sonreír cuando Daisy pasó a su lado—. Enseguida voy, nena —le dijo antes de volverse hacia Nell—. Sé que es mucho pedir, pero... ¿podríamos adelantar la boda unos días?

Nell miró a Jake y a Crash.

—¿Cuántos?

—Todos los que sea posible. Para mañana, si puede ser.

Mañana. Oh, Dios.

—Me temo... —Jake se aclaró la garganta y volvió a empezar—. Me temo que se nos está agotando el tiempo.

Nell tendría que llamar al pastor, ver si podía hacerles un hueco en su agenda. Y al del servicio de catering iba a darle un ataque. No era fin de semana, así que tal vez la orquesta pudiera cambiar las fechas. Pero... ¡los invitados! Tendría que llamarlos a todos: casi doscientas llamadas telefónicas. Pero primero tendría que buscar sus números y...

Crash le tocó el hombro. Asintió cuando ella lo miró, como si pudiera leerle el pensamiento.

—Yo te ayudaré.

Nell respiró hondo y se volvió hacia Jake.

—Hecho.

CAPÍTULO 6

La boda había sido perfecta.
O lo habría sido, si la novia no se estuviera muriendo.
Crash cerró los ojos. No quería seguir por ese camino. Llevaba todo el día evitándolo.
El establo brillaba y relucía, lleno de adornos, de risas y música, de luz y calor.
La orquesta era fantástica, la comida de primera, los invitados parecían estupefactos por el repentino cambio de planes de los novios: ninguno de ellos sabía la verdad.
Y entre todo aquel fulgor y aquella dicha, Crash casi podía fingir que él tampoco sabía lo que estaba pasando.
El champán que había tomado le había sentado bien.
Eran casi las once y los invitados empezaban a marcharse. Crash vio a Nell al otro lado de la habitación, bailando en brazos de un hombre al que había conocido esa misma tarde. Intentó recordar su nombre. Era alto, moreno y de aspecto distinguido. Ignoraba quién era, pero acababa de ser elegido para el Senado. Mike no sé qué. De California. Garvin. Eso era. Senador Mark Garvin.

Garvin le dijo algo a Nell y ella se rió.

Crash estaba seguro de que Garvin (junto con los otros 299 invitados a la boda) no notaba que, durante los dos días anteriores, Nell no había dormido más de dos horas. Crash lo sabía porque a él tampoco le había dado tiempo a echar más que una cabezada.

Pero él estaba acostumbrado a no dormir. Estaba entrenado para permanecer alerta en situaciones extremas.

A Nell, sólo la adrenalina y el tesón la mantenían en pie.

—Es fantástica, ¿eh?

Al levantar la vista, Crash vio que Dexter Lancaster estaba a su lado, observándolo. Estaba hablando de Nell.

—Sí —contestó Crash—. Lo es.

—Te he descubierto, ¿sabes? —Lancaster tomó un sorbo de su bebida—. He bailado con Nell cuatro veces esta noche. Ese tal Garvin ha bailado dos. Y hay unos cuantos más que la han sacado a bailar. Pero tú no, amigo mío, tú no.

—Yo no bailo.

Lancaster sonrió y sus ojos azules brillaron cálidamente.

—No tiene ni idea de que estás loco por ella, ¿verdad?

Crash le sostuvo fijamente la mirada.

—Somos amigos —dijo con calma—. Sé que ahora mismo se siente muy vulnerable. No necesita que yo, ni que nadie, se aproveche de ella.

El abogado asintió y dejó su copa vacía en una mesa cercana.

—Muy bien. Esperaré hasta la primavera o principios del verano para llamarla.

Crash apretó los dientes y se obligó a asentir con un gesto. En primavera o principios de verano, él estaría al otro lado del mundo, a no ser que sucediera un milagro y Daisy se recuperara.

—Muy bien.

—Despídeme de ella —dijo Lancaster.

Al otro lado de la habitación, Mark Garvin besó galantemente la mano de Nell antes de soltarla. ¿Qué tenía Nell, que atraía a hombres mayores como la miel a las moscas? Garvin era de la edad de Jake, quizá más mayor, incluso. Era un anuncio andante de Grecian 2000.

Nell no parecía impresionada por el destello de las fundas dentales de Garvin cuando se volvió para acercarse a un grupo de mujeres que se estaban poniendo el abrigo.

Estaba preciosa.

Llevaba un vestido largo y elegante, perfecto para la fiesta de gala. Era de manga larga y tenía un escote en forma de corazón que se prolongaba elegantemente entre sus pechos. Era de un intenso tono esmeralda: Daisy le había dicho que, como dama de honor, estaba obligada a ir de verde porque ese color realzaba el de los ojos de la novia. Pero el vestido estaba hecho de una tela elástica y aterciopelada que, por su modo de ajustarse a la figura de Nell, lograba que Crash (lo mismo que Garvin y Lancaster, al parecer) no se fijara precisamente en los ojos de Daisy.

Nell se rió de algo que dijo una de las mujeres. Entonces levantó la vista y lo miró fijamente.

Crash estaba metido en un lío. Sabía que llevaba escrito en la cara todo lo que había intentado ocultarle durante tanto tiempo. Que todo lo que sentía, todos sus anhelos y su deseo, ardía en sus ojos. Pero no podía apartar la mirada.

La sonrisa de Nell se desvaneció lentamente mientras lo miraba, atrapada por su mirada, como él por la suya. Crash notó que empezaba a sonrojarse.

En cualquier momento apartaría la mirada. Crash lo sabía. En cualquier instante daría media vuelta y...

Pero Nell no dio media vuelta. Se dirigió hacia él, cruzando la pista de baile.

Sí, Crash estaba con el agua al cuello, y lo sabía. Pero aun así no podía dejar de mirarla.

—Te debo un baile.

Mala idea. Si la tomaba en sus brazos, si tocaba el suave terciopelo de su vestido, si sentía el calor de su cuerpo...

—No es claqué, ya lo sé —dijo Nell—, pero de momento tendrá que servir.

Lo tomó de la mano y lo condujo a la pista de baile. Y así, sin querer, Crash se descubrió abrazándola. No sabía exactamente qué había hecho ella, pero sabía que no había sido del todo culpa suya. Él también tenía que haber hecho alguna estupidez, como abrir los brazos.

Y ahora que Nell estaba allí y que habían empezado a bailar, sus sospechas se vieron confirmadas: aquélla era una idea pésima. Tenía que haber bebido mucho, si se había metido en aquel lío.

—No soy muy buen bailarín.

—Lo estás haciendo bien —Nell había cerrado suavemente los dedos de la mano derecha alrededor de su pulgar y apoyado la mano izquierda sobre su hombro. Él la sostenía sin apretarla, con la mano sobre la parte baja de su espalda por encima del suave y cálido vestido. Las piernas de Nell rozaban las suyas mientras se movían lentamente al compás de la música. Ella desprendía un olor deliciosamente dulce. Tenía la cara levantada hacia arriba y la boca tan cerca que habría podido besarla–. ¿Qué tal te va? –preguntó, mirándolo a los ojos.

Crash se estaba muriendo.

–Voy tirando –contestó.

Ella asintió.

–He notado que esta noche has roto tu norma de no beber nunca a no ser que sea necesario.

Crash bajó la mirada hacia el azul balsámico de sus ojos.

–No, no la he roto. Esta noche tenía que beber.

–Hasta que la muerte nos separe –dijo ella en voz baja–. Eso me hizo polvo.

–Sí –Crash asintió. No quería hablar de eso–. ¿Crees que, si esta noche te besara, mañana podríamos fingir que no ha ocurrido?

A ella se le agrandaron los ojos.

–No lo decía en serio –se apresuró a añadir Crash–. Sólo quería cambiar de tema. Ha sido un mal intento y un chiste aún peor.

Ella no se reía.

–¿Sabes, Hawken...?

–No quiero ir por ahí, Nell. No debería haber dicho eso. Mira, no sé qué estoy haciendo aquí, bailando contigo. Soy un pésimo bailarín –se obligó a soltarla, a retroceder, a alejarse. Tenía que apartarse de ella. Necesitaba espacio. Distancia. Separación. No podía besarla...

Se volvió para marcharse. Era lo mejor que podía hacer por ella. Lo sabía. Lo creía de todo corazón. Pero Nell le puso la mano en el brazo y él vaciló.

«El que vacila está perdido...».

Se volvió y la miró a los ojos. Y, en efecto, se perdió.

–Esta noche está siendo como un cuento de hadas

—musitó Nell—. Como un ensueño. Si cierro los ojos, puedo fingir que Daisy va a ponerse bien. Dame un respiro, ¿quieres? Déjame bailar con el príncipe azul. Dentro de poco mi vida se convertirá en una calabaza podrida.

—Te equivocas —dijo él ásperamente—. Yo no soy ningún príncipe.

—No he dicho que lo seas en realidad. Es sólo una fantasía, ¿recuerdas? Sólo quiero abrazar a alguien... y soñar.

Volvió a sus brazos y Crash la estrechó con más fuerza. Sentía todo su cuerpo apretado contra el suyo. La mano de Nell ya no estaba en su hombro, sino alrededor de su cuello, y sus dedos se habían colado entre su pelo. Era delicioso.

Crash ya no se sentía morir: había muerto... e ido al cielo.

—¿Sabes qué es lo más estúpido de todo? —susurró ella.

Él. Era increíblemente estúpido y estaba loco de atar. Debería haberse marchado. Debería marcharse. Debería dar media vuelta, salir del establo y quedarse un rato a la intemperie, en medio del frío. Y luego volver a la casa, subir las escaleras, meterse en su cuarto y encerrarse allí hasta que al día siguiente recuperara la cordura.

Pero inclinó la cabeza para frotar la mejilla y la nariz contra el pelo suave y fragante de Nell. Dejó que sus dedos recorrieran su espalda enfundada en cálido terciopelo. No podía besarla. Ni una sola vez. Sabía que no se conformaría con un solo beso.

—Es una tontería, pero después de todas estas semanas todavía no sé cómo llamarte —murmuró ella.

Crash sentía su aliento cálido sobre la piel. Sus labios eran un susurro sobre su garganta. Sus palabras no parecían tener sentido.

Nada de aquello tenía sentido.

—No sé qué quieres decir —su voz sonó ronca. Era tan delicioso sentirla apretada contra él, notar el contacto de sus pechos, la suavidad de su tripa, la tensión de sus muslos...

Nell levantó la cabeza para mirarlo.

—No sé qué nombre utilizar cuando hablo contigo —explicó—. Crash me suena tan... en fin, tan raro.

Él estaba hipnotizado por sus ojos, embriagado por el olor de su perfume, cautivado por la hermosa curva de sus labios.

—¿Qué se supone que debo decir? ¿«Hola, Crash»? ¿«Qué tal, Crash»? Tengo la expresión de estar hablando con uno de los X-Men. «Perdona, Crash, ¿podríais tu amigo Cíclope y tú llevar esta bandeja al despacho de Daisy?» —sacudió la cabeza—. Pero por otro lado me resulta casi imposible llamarte Billy, como hacen Daisy y Jake. Llamarte Billy es como llamar «minino» a un tigre de Bengala. Supongo que podría llamarte Bill, pero no parece gustarte mucho —entornó los ojos, sin dejar de mirarlo—. Puede que William...

Crash seguía sin apartarse.

—No, gracias. Mi padre siempre me llamaba William.

—Vaya, entonces olvídalo.

—Supongo que podrías llamarme «el SEAL antes conocido como Billy».

Ella se rió.

—Entonces tendría que llamarte «el SEAL», para abreviar.

—Buena idea.

Los ojos de Nell brillaron.

—Si puedo elegir, creo que voy a tener que pensarme

otra vez lo de Crash. Tal vez después de diez o veinte años consiga acostumbrarme al nombre.

Crash no la besó. Por un instante pensó que perdería el control y lo haría. Incluso bajó la cabeza, pero sin saber cómo logró refrenarse. Sintió que empezaba a sudarle el labio superior, notó que una gota se deslizaba por detrás de su oreja. Tenía fama de no perder nunca los nervios, pero en ese momento estaba a punto de perderlos.

Nell no pareció notarlo.

—¿Qué se sabe de mi expediente?

—De momento, todo va bien. Cuando esto acabe, podrás conseguir trabajo en el cuartel general de la Fincom, si quieres —en cuanto dijo aquello, se dio cuenta de lo mal que había sonado—. Me refería a las comprobaciones sobre tu pasado —añadió—. No a...

Pero el brillo ya había abandonado los ojos de Nell.

—Lo sé —dijo en voz baja—. Es sólo que... no me permito pensar en el futuro. Sé que va a llegar, pero... —sacudió la cabeza—. Maldita sea, con lo bien que lo estábamos haciendo...

La canción terminó. Crash se apartó de ella y la condujo fuera de la pista de baile.

—Lo siento.

—No es culpa tuya. Es que estoy muy cansada —se rió suavemente—. Dios mío, estoy cansadísima.

Crash se metió las manos en los bolsillos para no volver a tocarla.

—¿Tienes algo más que hacer esta noche? Porque podría sustituirte.

—No, casi he acabado. Jake ha pagado no sé cuánto a la orquesta para que toque una hora más, aunque la mayoría de los invitados ya se han ido a casa. Y los del catering recogieron hace horas. Sólo tengo que acordarme de bajar la calefacción del establo para que los árboles no se cuezan esta noche.

—Eso puedo hacerlo yo —le dijo Crash—. ¿Por qué no te vas a la cama? Vamos, te acompaño a la casa.

Nell no protestó, y Crash comprendió que estaba más cansada aún de lo que decía.

Jake y Daisy seguían en la pista de baile, abrazados, ajenos a todo el mundo. Crash abrió la puerta, la sujetó para que pasara Nell y salió tras ella a la fría noche de diciembre.

Ella no llevaba abrigo y Crash se apresuró a echarle la chaqueta del esmoquin sobre los hombros.

—Gracias.

A pesar de lo cansada que estaba, su sonrisa hizo que le cosquilleara el estómago. Tenía que llevarla a la casa y alejarse de ella. La acompañaría a la cocina, nada más. Abriría la puerta y volvería a cerrarla tras ella.

Pero las estrellas brillaban y el cinturón de Orión refulgía como una sarta de gemas contra el telón aterciopelado del firmamento. Y en vez de correr hacia la puerta de la cocina, Nell se quedó inmóvil contemplando el cielo.

—Es precioso, ¿verdad?

¿Qué podía decir él?

—Sí.

—Éste sería un momento perfecto para que me besaras —lo miró y en la oscuridad sus ojos parecieron incoloros y etéreos—. Sólo por esta noche, como tú has dicho. Será la guinda de una noche perfecta.

Crash sintió los labios secos y se los humedeció.

—No sé si es buena idea —cielo santo, ¿qué estaba diciendo? ¿No lo sabía? Estaba absolutamente seguro de que besarla era una pésima idea.

Nell volvió a mirar el cielo.

—Sí, me lo imaginaba. No pasa nada. Ha sido una fantasía muy bonita, de todos modos.

Dios, cuánto deseaba besarla. Pero también quería que entrara de una vez en la casa para no tener que enfrentarse a aquella horrible tentación.

Nell respiró hondo y exhaló rápidamente al volverse para mirarlo.

—Dime una cosa, SEAL antes conocido como Billy, ¿crees en Dios?

La pregunta lo pilló desprevenido, pero por suerte aquel brusco cambio de tema también le dio tiempo para rehacerse.

—No irás a llamarme de verdad así, ¿no?

Ella sonrió.

Crash volvió a sentir un cosquilleo en el estómago.

—¿No quieres? —preguntó ella.

—¿Tú sí? —contestó él.

—Sí. Si quieres puedo llamarte Billy para abreviar. Pero te aseguro que voy a pensármelo detenidamente —otra sonrisa.

Esta vez, el corazón le dio un salto mortal. Asintió con la cabeza.

—Sí.

—¿Sí quieres que te llame Billy, o sí crees en Dios?

—Sí a lo de Billy y... sí, creo en algo a lo que posiblemente podría llamar Dios —sonrió con desgana—. Nunca se lo había dicho a nadie. Claro que nadie se había atrevido a hacerme esa pregunta. Supongo que todo el mundo da por sentado que soy un desalmado, teniendo en cuenta las cosas a las que me dedico a veces.

—¿Y a qué te dedicas a veces?

Crash sacudió la cabeza.

—No podría decírtelo aunque quisiera, pero, créeme, no quiero. Y tú tampoco.

—Yo sí.

Él se quedó allí un momento, mirándola.

—De verdad —insistió ella.

—Hay ciertas... operaciones encubiertas —dijo Crash lentamente, eligiendo con todo cuidado sus palabras—, en las que un equipo debe localizar y eliminar a terroristas confesos. La palabra clave es ésa, «confesos». Escoria capaz de volar un 747 lleno de personas inocentes y luego... alardear de ello.

Los ojos de Nell se agrandaron.

—¿Eliminarlos?

Él le sostuvo la mirada.

—¿Todavía quieres que te bese?

—¿Me estás diciendo que Jake te pide que...?

Crash sacudió la cabeza.

—No, no te estoy diciendo nada. Ya he dicho demasiado. Vamos. Aquí fuera hace frío. Entra antes de que pilles un resfriado.

Nell se puso delante de él.

—Sí —dijo—, todavía quiero que me beses.

Crash tuvo que pararse en seco para no chocar con ella.

—No, no quieres. Te lo aseguro.

Ella se rió. Y se puso de puntillas, y rozó sus labios, y a Crash le pareció que de pronto el mundo se movía a cámara lenta.

Un segundo.

No podía moverse. Sabía que lo más sensato era acercarse a la puerta de la cocina. Sabía que debía abrirla, empujar dentro a Nell y volver a cerrarla.

Pero se quedó allí, conteniendo el aliento y esperando a ver qué hacía ella.

Dos. Tres. Cuatro.

Entonces ella volvió a besarlo, más despacio esta vez. Lo miró a los ojos mientras se ponía de puntillas, bajó los ojos hacia su boca, volvió a subirlos y luego tocó de nuevo su boca con los labios... y la punta de la lengua. Lo saboreó suavemente, con ligereza, y Crash perdió por completo el dominio de sí mismo.

La estrechó con fuerza entre sus brazos y la besó. La besó de verdad, bajando la cabeza, apoderándose de su boca y hundiendo la lengua entre sus dulces labios. Su corazón latía con violencia. Sintió los dedos de Nell en su pelo mientras ella lo besaba con el mismo ardor, con la misma ansia. Nell se apretó contra él, y Crash intentó pegarla más aún a su cuerpo. Comprendió entonces sin ninguna duda que ella quería algo más que un beso. Lo único que tenía que hacer era pedírselo, y Crash sabía que podría pasar la noche en su cama.

La tenía en el bote. Podía saciarse con el consentimiento entusiasta de Nell. Podía hundirse en ella. Podía extraviarse por completo en la dulzura de su cuerpo.

Y al día siguiente, ella lo despertaría con un beso, con el pelo deliciosamente revuelto en torno a la linda cara, los ojos soñolientos y una sonrisa, y...

Y la luz y el buen humor de su mirada se apagarían en cuanto él tratara de explicarle con calma por qué no podía quedarse en su cama. Por qué no podía, ni quería. En realidad, no la quería. Sólo deseaba a alguien, y ella estaba allí, dispuesta y preparada y...

Y él sabía que no podía hacerle eso a Nell.

Encontró fuerzas para apartarla con suavidad. Ella respiraba trabajosamente, sus pechos subían y bajaban rápidamente bajo el vestido. Sus párpados parecían cargados de pasión. Santo cielo, ¿qué estaba haciendo Crash? ¿A qué estaba renunciando?

—Lo siento —dijo. Lo decía demasiado últimamente.

Ella pareció comprender y una expresión de vergüenza apareció en sus ojos.

—Dios mío, lo siento —contestó—. No era mi intención agredirte.

—No me has agredido —se apresuró a decir él—. He sido yo. Ha sido culpa mía.

Nell se apartó aún más.

—Ha sido sólo... bueno, una fantasía, como todo lo que ha pasado esta noche, ¿verdad?

Escudriñaba sus ojos, y Crash comprendió que confiaba en que él le respondiera que no. Pero asintió con la cabeza.

—Sí —dijo—. Sólo ha sido eso. Los dos estamos cansados y... No ha pasado nada.

Nell se ciñó su chaqueta como si de pronto sintiera el frío.

—Será mejor que entre.

Crash subió los peldaños y abrió la puerta de la cocina. Ella se quitó la chaqueta y se la devolvió.

—Buenas noches —dijo él.

Ella le sorprendió tocándole la mejilla.

—Es una lástima —dijo en voz baja.

Y luego se fue.

Crash se quedó mirando la puerta.
—Sí —dijo—. Es una lástima.

En el establo, la orquesta había empezado a recoger. Pero cuando Crash miró desde las sombras de más allá de la entrada, Jake y Daisy seguían bailando al son de una música que sólo ellos oían.

El almirante Jacob Robinson y señora.

Aquélla había sido una noche de fiesta y alegría. Jake había aceptado las felicitaciones de amigos y compañeros. Había conseguido sonreír cuando, al brindar, algún invitado les deseaba larga vida y décadas de felicidad. Se había reído cuando sus amigos, en broma, habían intentado sonsacarle cómo había convencido por fin a Daisy de que aceptara las cadenas del matrimonio.

Por fin había conseguido lo que siempre había querido. Y sin embargo Crash sabía que lo cambiaría todo por una cura milagrosa.

Mientras los miraba, vio a Jake enjugarse los ojos con cuidado de que Daisy no viera que estaba llorando.

Jake estaba llorando.

Crash se había pasado toda la noche luchando por olvidar que Daisy se iba a morir.

Pero la sombra de la muerte había vuelto.

Esperó hasta que la orquesta se marchó, hasta que Daisy y Jake salieron lentamente hacia la casa.

Entonces bajó la calefacción, cerró la puerta del establo y se fue a su cuarto.

La puerta de Nell estaba cerrada y siguió estándolo cuando pasó delante de ella.

Crash se alegró de que así fuera. Se alegró de que estuviera dormida, de que no lo estuviera esperando. No se creía con fuerzas para rechazarla de nuevo.

Vaciló frente a la puerta de su habitación y miró hacia el cuarto de Nell.

Sí, se alegraba. Pero al mismo tiempo sentía una dolorosa decepción.

CAPÍTULO 7

Nell estaba sentada en la cama, junto a su maleta. Era consciente de que tendría que levantarse y acercarse a la cómoda si quería guardar sus calcetines y su ropa interior en la maleta.

No podía haber ocurrido tan deprisa. Parecía imposible. Pero había ocurrido.

Dos días después de la boda, Daisy sufrió otro desvanecimiento. Había tardado más aún en volver en sí y, al recobrar la conciencia, descubrió que ya no podía caminar sin ayuda.

El médico fue a verla y al marcharse les dejó con un diagnóstico inapelable y estremecedor: el fin estaba cerca.

Sin embargo, Jake y Daisy habían seguido celebrando su nuevo estado civil. Bebían champán mientras contemplaban la puesta de sol desde el estudio de Daisy. Jake la llevaba en brazos allí donde ella quería ir, y cuando lloraba, lo hacía lejos de su vista.

Luego, tres días después de Navidad, se acostaron en su dormitorio y sólo Jake volvió a despertar.

Así de sencillo, en un abrir y cerrar de ojos, en lo que tarda en latir un corazón, Daisy había muerto.

La noche anterior se habían reunido todos en la cocina. Nell se estaba preparando una taza de té y Jake se había pasado por allí, con Daisy en brazos, para decirle buenas noches. En ese momento Crash había llegado de la calle, con ropa de correr y un chaleco reflectante. Aunque Nell se había ofrecido a prepararle un té, él había subido a acostarse poco después que Daisy y Jake. Desde la noche de la boda, evitaba cuidadosamente quedarse a solas con ella.

Pero a la mañana siguiente había entrado en su habitación para despertarle y decirle que Daisy había muerto apaciblemente y sin dolor mientras dormía.

Ese día y el siguiente habían pasado en un torbellino.

Jake expresó su dolor abiertamente, igual que ella. Pero, si Crash lloró, lo hizo en la intimidad de su habitación.

Muchas de las personas que habían asistido a la fiesta apenas una semana antes acudieron al velatorio: senadores, congresistas, mandos de la Armada.

La élite de Washington.

Cuatro personas distintas le dieron su tarjeta a Nell, sabedoras de que no sólo había perdido a una amiga, sino también su empleo. Nell intentó convencerse de que era un gesto de generosidad. Pero aun así no podía quitarse de la cabeza la idea de que de pronto se había convertido en una especie de presa que se disputaba un banco de peces hambrientos. Era difícil encontrar una buena secretaria personal, y ella estaba disponible.

El senador Mark Garvin estuvo diez minutos hablándole de que su prometida necesitaba una ayudante. Faltaban sólo un par de meses para su boda y tenía prisa por organizar su agenda. Nell había aguantado el chaparrón, incómoda, hasta que Dex Lancaster había ido a rescatarla.

A pesar de todo, el velatorio había sido precioso. Todos contaron sus recuerdos especiales de Daisy Owen Robinson, y se oyeron tantas risas como en la boda.

El funeral también se convirtió en una gozosa celebración de una vida bien vivida. Daisy habría dado su aprobación.

Pero, mientras tanto, Crash había guardado silencio. Había escuchado, pero sin responder. No contó ninguna historia, ni rió, ni lloró.

Nell había sentido varias veces la tentación de acercarse a tomarle el pulso, sólo para comprobar que estaba vivo.

Crash se había distanciado por completo de la pena y la confusión que había a su alrededor. Nell no dudaba ni por un momento de que también se había distanciado de lo que sentía en su fuero interno.

Y eso era un error. Un grave error. ¿De veras creía que podía mantener sus sentimientos encerrados eternamente?

Nell se levantó, sacó los calcetines del cajón y los arrojó en la maleta. Las cosas empezaban a cambiar con la misma rapidez con que había muerto Daisy. Ella iba a irse por la mañana. Su trabajo allí había acabado.

Deseaba quedarse, pero confiaba en que, al quedarse a solas con Jake, Crash fuera capaz de asumir su dolor.

Su par de calcetines favorito se había salido de la maleta y al recogerlo notó que los talones empezaban a clarear. Aquello la hizo llorar. Últimamente, lloraba por casi todo.

Se tumbó de espaldas en la cama, apretando los calcetines hechos una bola contra su pecho, y mientras miraba las grietas del techo, que tan bien conocía, dejó que las lágrimas se deslizaran hasta meterse en sus oídos.

Le encantaba estar allí, en la granja. Le encantaba trabajar allí y vivir allí. Quería a Daisy y a Jake, y quería...

Se incorporó y se limpió la cara con el dorso de la mano. No. No quería a Crash Hawken. Ni siquiera ella haría algo tan estúpido como enamorarse de un hombre como él.

Metió los calcetines en la maleta y volvió a la cómoda a buscar la ropa interior.

Quería a Crash, claro, pero no en un sentido romántico. Sólo como quería a Daisy, o a Jake. Eran amigos.

Sí, ya. Se sentó de nuevo en la cama. ¿A quién intentaba engañar? Tenía tantas ganas de ser amiga de Crash como de ser la ayudante personal de la prometida del untuoso Mark Garvin, senador por California. Dicho con una sola palabra: no.

Lo que quería era ser su amante. Quería que volviera a besarla como la había besado la noche de la boda. Quería sentir sus manos en la espalda, apretándola. Quería que le arrancara la ropa y compartir con él la experiencia sexual más ardiente y poderosa de toda su vida.

Pero esos sentimientos no tenían necesariamente el amor como fundamento. Eran fruto de la atracción. De la lujuria. Del deseo.

Alguien llamó a su puerta y Nell casi se cayó de la cama. Con el corazón acelerado, fue a abrir.

Pero era Jake, no Crash. Parecía exhausto y tenía los ojos enrojecidos.

—Sólo quería decirte que esta noche también voy a dormir abajo.

Nell tuvo que hacer un esfuerzo para que no se le notara la desilusión.

—Está bien —¿de veras había creído que podía ser Crash? ¿En qué estaba pensando? Llevaban un mes durmiendo bajo el mismo techo y, con la sola excepción de la noche de la boda, Crash no había hecho ni un solo acercamiento. Nunca había hecho nada que sugiriera, ni siquiera remotamente, que estaba interesado en algo que no fuera su amistad. Así que ¿por qué demonios había pensado que iba a llamar a su puerta?

—¿A qué hora te vas mañana? —preguntó Jake.

Nell iba a ir a pasar una o dos semanas a su casa, en Ohio.

—A primera hora. Antes de las siete. Quiero evitar la hora punta.

Jake metió la mano en el bolsillo de su chaqueta y sacó un sobre.

—Entonces será mejor que te dé esto ahora. Quiero dormir todo lo que pueda por la mañana —su boca se tensó en algo parecido a una sonrisa—. Hasta abril, por ejemplo —le dio el sobre—. La liquidación. O la paga extra. Llámalo como quieras. Pero acéptalo.

Nell intentó devolvérselo.

—No lo quiero, Jake. Ya me siento bastante mal porque Daisy me haya dejado todo ese dinero en su testamento.

Jake logró esbozar una sonrisa más natural.

—Sí, bueno, lo que de verdad quería era darte a Crash. Sintió mucho que no funcionara.

Nell notó que se sonrojaba.

—No es que no haya funcionado —dijo—. Es sólo que... no había nada. No había chispa.

Jake soltó un bufido.

—¿De veras piensas que Daisy y yo no nos dábamos cuenta de cómo os mirabais cuando creíais que el otro no estaba mirando? No había chispa. Ya. Lo que había eran fuegos artificiales de potencia nuclear.

Ella sacudió la cabeza.

—No sé qué crees haber visto —bajó la voz—. He hecho de todo, menos lanzarme en sus brazos. Te aseguro que no le intereso.

—Lo que pasa es que le das miedo —Jake la atrajo hacia sí para darle un rápido abrazo—. Tú sabes que nunca podré darte las gracias por todo lo que has hecho, pero ahora mismo necesito tumbarme y quedarme inconsciente. O intentarlo, al menos.

—Almirante, ¿seguro que quieres estar solo? Podría llamar a Billy y preparar algo de cenar...

—Tengo que acostumbrarme, ¿sabes? A estar solo.

—Puede que esta noche no sea la mejor para empezar.

—Sólo quiero dormir. El médico me ha dado algo suave para ayudar a relajarme. No estoy orgulloso, pero si me hace falta, me lo tomaré —Jake le dio un suave coscorrón en la coronilla—. Llámame cuando llegues a casa de tus padres para que sepa que has llegado bien.

—Lo haré —prometió Nell—. Buenas noches, señor —todavía sostenía el sobre que él le había dado—. Y gracias.

Jake ya se había ido.

Nell se volvió y miró la puerta de Crash.

Estaba cerrada a cal y canto, como siempre que él estaba dentro.

«Lo que pasa es que le das miedo».

¿Y si Jake tenía razón? ¿Y si la atracción que sentía por Crash era mutua?

Si no hacía algo inmediatamente, si no se acercaba a aquella puerta cerrada y llamaba a ella, si no conseguía reunir valor para mirarlo a los ojos y decirle lo que sentía, podía perder una oportunidad única: la oportunidad de empezar una relación con un hombre que la excitaba a todos los niveles, emocional, física e intelectualmente. No había duda de ello. William Hawken la apasionaba.

Cuando se levantara por la mañana, él ya habría vuelto de correr y estaría abajo. Ella cargaría su coche, le estrecharía la mano y ahí se acabaría todo. Se marcharía y seguramente no volvería a verlo.

Corría el riesgo de ponerse en ridículo, pero ¿qué importaba, si no iba a volver a verlo?

Mientras estaba allí parada, mirando la puerta cerrada de Crash, casi oyó a Daisy susurrarle al oído:

—Lánzate.

Dejó el sobre de Jake en la maleta, cuadró los hombros, volvió a salir al pasillo y se encaminó a la habitación de Crash.

Crash estaba sentado a oscuras, intentando dominar su ira.

Había asistido al funeral como si lo viera desde lejos. Le parecía imposible que Daisy estuviera muerta. Una parte de él seguía buscándola a su alrededor, esperando que apareciera en cualquier momento, aguzando el oído en busca de su risa, acechando su sonrisa radiante.

No sabía cómo podía soportarlo Jake. Pero durante los dos días anteriores había aceptado el pésame de la gente con una elegancia y una serenidad que Crash no lograba reunir.

No podía dominar su ira. Siempre se le había dado bien controlar su furia. Sabía cómo distanciarse de sus sentimientos. Pero la pena y el dolor que estaba sintiendo ahora amenazaban con apoderarse de él.

Había descubierto que podía pisotear la pena, que podía controlarla con sentimientos de ira aún más fuertes. Pero después de dos días, cada vez le resultaba más difícil controlar la furia.

Por eso se sentaba a oscuras, con las manos temblorosas y los dientes apretados, y dejaba que la cólera se apoderara de él en silencio.

Nell se iba por la mañana. Y esa idea lo ponía aún más furioso. La ira lo embargaba en grandes y densas oleadas.

Oyó un ruido en el pasillo. Era Jake, que había llamado a la puerta de Nell. Oyó que la puerta se abría, oyó que hablaban. Sentía el murmullo de sus voces, pero no distinguía sus palabras. Aun así, entendió lo que decían. Se estaban despidiendo. Luego oyó alejarse a Jake.

Cerró los ojos y aguzó aun más el oído, pero no oyó cerrarse la puerta de Nell. Abrió los párpados al oír crujir una tabla en el pasillo. Nell estaba justo delante de su puerta.

Santo cielo, ¿cómo iba a luchar contra la tentación al mismo tiempo que contra el dolor y la pena?

Volvió a cerrar los ojos y deseó que ella se marchara.

Pero no se marchó. Llamó a la puerta.

Crash no se movió. Tal vez si no respondía, ella se marcharía. Tal vez...

Volvió a llamar.

Y entonces abrió la puerta el ancho de una rendija, se asomó y miró hacia la cama.

—¿Billy? ¿Estás dormido?

Él no contestó, y Nell entró en la habitación.

—¿Hawken? —la luz del pasillo dio en la cama. Crash vio que ella se daba cuenta de que estaba vacía—. ¿Estás aquí, Crash?

Él habló entonces.

—Sí.

Nell se sobresaltó al oír su voz al otro lado del cuarto.

—Esto está muy oscuro —dijo, buscándolo entre las sombras—. ¿Puedo encender la luz?

—Sí.

—Entonces, ¿qué haces sentado a oscuras?

Crash no respondió.

—Todo esto debe de parecerte una horrible repetición de algo ya vivido —dijo Nell en voz baja.

—¿Has venido a psicoanalizarme o a otra cosa?

Había demasiada oscuridad para verla claramente, incluso con la luz del pasillo, pero Crash se imaginó el leve rubor de sus mejillas.

—He venido porque me voy por la mañana y quería... decirte adiós.

—Adiós.

Nell dio otro respingo, pero en lugar de volverse y salir de la habitación, como él esperaba, se acercó a él.

Estaba sentado en el suelo, con la espalda contra la pared. Nell se sentó a su lado.

—No eres el único que se siente así —dijo—. Pero ninguno de los tres podíamos impedir que muriera.

—Así que has venido a psicoanalizarme. Pues hazme un favor y ahórratelo.

No veía sus ojos, pero notó por la silueta de su perfil que la aspereza de sus palabras no la afectaba.

—La verdad —comenzó a decir, pero le tembló un poco la voz y se detuvo. Se aclaró la garganta y, cuando volvió a hablar, su voz sonó muy débil—. La verdad es que he venido porque no quería estar sola esta noche.

Crash sintió una opresión en el pecho. Se le cerró la garganta y los ojos se le llenaron de lágrimas. Su amarga ira comenzó a disiparse, dejando tras ella un dolor y una angustia demasiado intensos para refrenarlos. No podía distanciarse del dolor que sentía. Era demasiado fuerte.

—Lo siento mucho —murmuró—. Lo que he dicho ha sido una grosería y estaba fuera de lugar.

Intentó enfadarse consigo mismo. Se había comportado como un cretino desde el momento en que Nell había entrado en la habitación. Como un completo imbécil. Había intentado enfurecerse, porque la furia era lo único que podía impedir que se derrumbara y se echara a llorar como un niño.

Nell se movió en la oscuridad, a su lado, y él comprendió que se estaba secando los ojos con la manga del jersey.

—No importa —dijo ella—. Prefiero que te enfades conmigo a verte con esa cara de zombi.

—Quizá deberías irte —dijo Crash, desanimado—. Porque no me siento muy firme y...

Ella se volvió en la oscuridad para mirarlo.

—He venido porque quería decirte algo antes de marcharme —alargó la mano y tocó su brazo—. Quería...

—Nell, no sé si puedo...

—...asegurarme de que sabías que...

—...estar aquí sentado contigo así —quería apartarle la

mano, pero en lugar de hacerlo la agarró con fuerza por el codo.

—...que he querido que fuéramos amantes desde la primera vez que nos vimos —musitó ella.

Oh, Dios.

Todos los sentimientos de los días anteriores, de las semanas anteriores (el deseo, la culpa, el anhelo, el dolor implacable) comenzaron a agitarse dentro de él formando un inmenso torbellino de emociones.

—Sólo quería que lo supieras antes de irme —añadió ella—, por si acaso sientes lo mismo y aunque sólo tengamos una noche...

Crash la besó. Tenía que besarla, o todo dentro de él, aquella hirviente marea de desesperación, pena y mala conciencia saldría a borbotones como una erupción, partiéndolo en dos, dejándolo expuesto y abierto en canal. La besó y de pronto dejó de sentir ganas de llorar. La atrajo hacia sí, y ya no sintió la necesidad de romper cosas, de desfogar su ira, de desgarrarse de dolor.

Nell casi estalló en sus brazos. Se aferró a él con la misma desesperación que Crash, lo besó con la misma furia, lo abrazó con idéntica vehemencia. Él la sentó sobre su regazo, a horcajadas sobre él, apretada contra su cuerpo.

Santo Dios, hacía tanto tiempo que deseaba aquello...

Pero era un error. Crash lo sabía, pero ya no le importaba. Lo necesitaba. La necesitaba a ella, del mismo modo que Nell lo necesitaba a él esa noche.

¡Y cómo lo necesitaba!

Pasaba los dedos por su pelo, deslizaba las manos por su espalda como si no se cansara de tocarlo. Lo besaba como si quisiera absorberlo por entero. Se apretaba contra él como si se sintiera morir si él no la llenaba.

No había nada más. En ese instante, no había pasado, ni futuro: sólo ese momento. Sólo ellos dos.

Mientras se besaban, Crash la tocó con ansia, deslizando una mano entre los dos para tocar la dulce blandura de su pecho. Nell dejó escapar un gemido bajo y deliciosamente sensual; luego apartó los labios el tiempo justo para agarrar el bajo de su jersey y sacárselo rápidamente por la cabeza.

Entonces volvió a besarlo como si los escasos segundos que habían pasado separados hubieran sido una eternidad.

Su piel era tan tersa, tan perfecta bajo las manos de Crash... Nell se desabrochó el sujetador y el placer se hizo casi insoportable; ella tiró de su jersey y él comprendió que, si sentía su cuerpo desnudo pegado al suyo, se volvería loco, no podría dar marcha atrás.

—¿De veras es esto lo que quieres? —jadeó, apartándole el pelo de la cara para intentar ver sus ojos en la penumbra.

—Sí, sí —besó la palma de su mano, mordisqueó su pulgar, lo tocó con la lengua, y Crash estuvo a punto de perder el control.

Esta vez, cuando ella volvió a tirar de su jersey, él la ayudó, quitándoselo de un tirón.

Y entonces ella lo tocó: deslizó las manos por sus hombros mientras le besaba la garganta y el cuello. Sus labios delicados le hacían enloquecer.

Crash la apretó contra sí, devoró su boca, apretó sus pechos contra la dura musculatura de su torso.

Piel con piel.

Crash quería tomarse su tiempo. Quería apartarse y mirarla, saborearla, llenarse las manos con ella, pero no podía refrenarse sin que el torbellino de emociones que llevaba dentro se liberara y sembrara el caos.

No pensaba, sin embargo, hacerla suya allí, en el suelo.

Deslizó las manos hasta la suave curva de sus nalgas y se levantó, alzándola en vilo. Con dos zancadas se acercó a la puerta y la cerró con el pie. Con otras dos se acercó a la cama. La depositó sobre ella y se apartó para quitarse las botas. Cuando se dio la vuelta, vio que Nell había descorrido las cortinas de la ventana que había encima de la cama.

La pálida luz de la luna invernal daba a su hermosa piel un resplandor plateado.

Crash le tendió los brazos y ella se acercó y, besándolo, tiró de él para que se tumbara a su lado. Crash sintió sus manos en la cinturilla de los pantalones al tiempo que él le desabrochaba el botón de arriba de sus vaqueros.

—Por favor, dime que tienes un condón —jadeó ella mientras lo ayudaba a bajarle los pantalones por las largas y suaves piernas.

—Tengo un condón.

—¿Dónde?

—En el cuarto de baño.

Nell se bajó de la cama mientras él luchaba con sus propios pantalones. Aun así, Crash logró llegar antes que ella al baño de la habitación. Siempre llevaba preservativos en el neceser que había dejado sobre la encimera, al lado del lavabo. Buscó el envoltorio cuadrado sin encender la luz.

Nell se arrimó a él, lo rodeó con los brazos, apretó los pechos contra su espalda y deslizó las manos hasta más debajo de la cinturilla de sus calzoncillos. Crash encontró lo que estaba buscando, y ella también. Cerró los dedos alrededor de su sexo y él tuvo que hacer un esfuerzo para no gemir.

Nunca, ni en sus fantasías más osadas, había soñado que Nell Burns fuera tan atrevida.

Podría haber disfrutado de aquello un mes entero. Podría haber...

Ella le quitó el envoltorio de las manos, lo rompió y empezó a ponerle el preservativo.

Pero tardaba demasiado, lo tocaba con demasiada levedad, y Crash se apartó, jadeante, y acabó de ponérselo rápidamente mientras ella le bajaba los calzoncillos. Cuando se volvió para mirarla, vio que se había quitado las bragas.

Allí, desnuda a la luz de la luna, estaba preciosa. La luna daba a su piel un brillo plateado y su cabello refulgía. Parecía una diosa, o una reina de las hadas.

Crash alargó los brazos hacia ella y Nell se acercó y lo besó con avidez. Él deslizó la mano entre sus cuerpos y al tocar su sexo la encontró lista para recibirlo.

Nell hizo que se diera la vuelta y se encaramó a la encimera del lavabo. Crash había descubierto ya que en cuestión de sexo no era nada tímida, pero cuando se sentó en la encimera y se abrió para sus dedos, apretándose contra él, pensó que el corazón se le paraba.

Luego, ella le rodeó la cintura con las piernas y lo atrajo hacia sí, y Crash dejó de pensar. Nell lo besó con ansia y él la penetró de un solo empellón. Se oyó gemir, oyó que su voz se mezclaba con la de ella.

Aquello era demasiado delicioso, demasiado increíble. Sentía las uñas de Nell arañándole la espalda, sentía cómo se tensaban sus piernas en torno a él. Ella deseaba que la penetrara rápidamente, con violencia, y él no estaba dispuesto a negarle nada.

Nell se movía debajo de él, saliendo al encuentro de cada una de sus embestidas con un furor, con una pasión que lo dejaron sin aliento. Y Crash sabía que aquello era también para ella algo más que sexo. Era un modo de hallar consuelo. Una forma de sentir que seguían estando vivos. Más que de obtener placer físico, se trataba de ahuyentar el dolor.

Crash siempre había sido un amante atento y considerado; siempre se tomaba su tiempo, hacía gozar sin prisas a la mujer con la que estaba, se aseguraba de que alcanzara el orgasmo varias veces antes de entregarse a su propia satisfacción. Siempre había sabido dominarse.

Pero esa noche su dominio sobre sí mismo se había esfumado, junto con su sensatez. Esa noche estaba en llamas.

La levantó de la encimera sin dejar de besarla, moviéndose aún dentro de ella. La llevó hacia la cama, deteniéndose para apoyarle la espalda contra la pared del baño, contra la puerta del armario, contra la pared de la habitación, hundiéndose en ella todo lo que podía.

Nell se tensó, echó la cabeza hacia atrás y contuvo el aliento cuando él se metió sus pechos en la boca, primero uno y luego el otro, y chupó con fuerza sus pezones deliciosamente endurecidos.

Fue allí, contra la pared que separaba sus dormitorios, donde la sintió alcanzar el clímax. Fue allí, mientras ella gemía, mientras se sacudía y se estremecía en torno a su sexo, cuando él perdió el escaso dominio que aún conservaba sobre sí mismo. Estalló y su orgasmo fue como un cohete que abrasó su alma.

Y entonces todo acabó, y al mismo tiempo no acabó. Nell seguía aferrada a él, seguía apretándose contra su cuerpo como si Crash fuera su única salvación. Y él seguía hundido en sus entrañas.

Crash se irguió y apoyó la frente en la pared, por encima de su hombro. Estaba exhausto. Emocionalmente exhausto.

Pasó un minuto, dos, tres, y Nell no se movía. Sólo lo abrazaba y respiraba. Él tenía los ojos cerrados. Temía abrirlos. Temía pensar.

Dios mío, ¿qué había hecho?

La había utilizado. Nell había acudido a él para que la consolara, le había ofrecido a cambio su dulce consuelo, y él había hecho poco más que utilizarla para desfogar su ira, su frustración y su dolor.

Levantó la cabeza y a pesar de que sentía flojas las piernas logró llegar a la cama. Se dejó caer en ella y se desasió de Nell. Enseguida echó de menos su contacto, pero ¿a quién pretendía engañar? No podían seguir unidos el resto de sus vidas. Se tumbó en el colchón, arrastrándola consigo de modo que se acurrucara de espaldas contra su pecho. Así no tendría que encontrarse con su mirada.

Nell levantó la cabeza ligeramente, no lo suficiente para mirarlo a los ojos.

—¿Puedo dormir contigo esta noche?

Parecía tan insegura, tan temerosa de lo que él pudiera decir... Crash sintió que algo se tensaba dentro de su pecho.

—Sí —contestó—. Claro.

—Gracias —musitó ella, estremeciéndose ligeramente.

Crash cambió de postura para taparse con la sábana y la

manta. Abrazó a Nell, envolviéndola en sus brazos, y deseó ser capaz de hacerla sentirse mejor. Deseó un montón de cosas que sabía que no podía tener.

Deseó poder mantenerla a salvo del resto del mundo. Pero ¿cómo iba a hacerlo? Ni siquiera había podido mantenerla a salvo de él.

CAPÍTULO 8

Crash se incorporó en la cama.
—¿Qué hora es?
Un instante antes estaba profundamente dormido; luego, de pronto, tenía los ojos abiertos como si llevara horas despierto y alerta.
—Casi las seis —Nell resistió el deseo de volver a meterse bajo la sábana y la manta. Se sentó al borde de la cama, de espaldas a él, cerró los ojos un momento y sintió que se sonrojaba.
Sus vaqueros estaban en el suelo. Su jersey y su sujetador, al otro lado de la habitación. Sus bragas... en el cuarto de baño, recordó de pronto, asaltada por una intensísima oleada de recuerdos.
Se puso los pantalones, sin las bragas. No pensaba cruzar desnuda la habitación delante de Crash. Sí, él la había visto desnuda, pero eso había sido la noche anterior. Ahora era por la mañana. Y eso lo cambiaba todo. Ella se marchaba a Ohio y, si Crash derramaba alguna lágrima por su partida, serían lágrimas de alivio.

Nell tenía la absoluta certeza de que lo ocurrido entre ellos había sido una excepción: el resultado de las emociones exacerbadas de los días anteriores, de la muerte de Daisy, el velatorio y el funeral, que se habían sucedido rápidamente.

Había sido una experiencia sexual increíble, pero Nell sabía muy bien que un encuentro esporádico, por fantástico que fuera, no equivalía a una relación de pareja. En el fondo, nada había cambiado entre ellos. Seguían siendo solamente amigos, aunque ahora fueran amigos que habían compartido un espectacular momento de pasión.

Se levantó y se abrochó los pantalones, consciente de que no podría seguir dándole la espalda cuando cruzara la habitación para ir en busca de su jersey y su sujetador. Iba a tener que comportarse con naturalidad. Eso era todo. Ella tenía pechos. Él no. No era para tanto.

Pero Crash la agarró del brazo antes de que pudiera dar un paso, y Nell notó en la piel desnuda el calor de sus dedos.

—Nell, ¿estás bien?

Ella no se volvió para mirarlo. Deseaba que Crash le demostrara que se equivocaba. Podía hacerlo: podía demostrarle que se equivocaba por completo. Podía deslizar la mano por su brazo en una caricia. Podía estrecharla tiernamente contra su cuerpo, apartarle el pelo de la cara, besarla en el cuello. Podía pasar aquellas manos increíbles por sus pechos, por su tripa, y desabrocharle los pantalones. Podía devolverla al calor de la cama y hacerle el amor lentamente, a la luz gris de la mañana.

Pero no lo hizo.

—Yo... —ella titubeó. Si decía que estaba bien, parecería tensa y crispada, como si no lo estuviera. Crash le soltó el brazo, y sus últimas esperanzas se apagaron. Cruzó la habitación y recogió su jersey.

Estaba del revés, claro, y se puso de espaldas a Crash para darle la vuelta. Se lo puso por la cabeza y sólo entonces fue capaz de mirarlo.

Su pelo oscuro, encantadoramente revuelto, sobresalía en todas direcciones. Parecía tener doce años, si no fuera porque al sentarse en la cama su poderosa musculatura se había tensado. Estaba muy sexy, hasta recién despierto.

Nell invirtió sus escasos talentos como actriz en aparentar normalidad.

—Todavía estoy... un poco aturdida por lo que pasó anoche.

—Sí —dijo él. Sus ojos azules claros tenían una expresión ilegible—. Yo también. Creo que te debo una disculpa...

—No —contestó ella, acercándose rápidamente—. No te atrevas a disculparte por lo de anoche. Los dos lo necesitábamos. Estuvo muy bien. No lo estropees.

Crash asintió con la cabeza.

—De acuerdo. Pero... —apartó la mirada y cerró los ojos un instante antes de volver a mirarla—. Todo este tiempo he tenido mucho cuidado de mantenerme alejado de ti —dijo—, porque no quería hacerte daño de este modo.

Nell se sentó lentamente a los pies de la cama.

—Créeme, lo de anoche no me hizo ningún daño.

Su intento de bromear no le hizo sonreír.

—Tú sabes tan bien como yo —dijo Crash en voz baja—, que no funcionaría, ¿verdad? Una relación entre nosotros... —sacudió la cabeza—. En realidad no me conoces. Sólo conoces... una versión de mí descafeinada, como de película de Disney.

Nell quiso protestar, pero Crash no había terminado y ella refrenó su lengua, temiendo que, si lo interrumpía, él se callara del todo.

—Si me conocieras de verdad, si supieras cómo soy, a lo que me dedico... no te gustaría mucho.

Ella no pudo contenerse por más tiempo.

—¿Por qué te crees con derecho a tomar esa decisión por mí?

—Puede que me equivoque. Quizá tengas debilidad por los asesinos crueles e insensibles...

—Tú no eres insensible.

—Pero soy un asesino.

—Eres un militar —repuso ella—. Es distinto.

—Está bien —contestó él con calma—. Tal vez eso podrías pasarlo por alto. Pero mantener una relación de pareja con un SEAL especializado en operaciones negras... Eso no se lo deseo ni a mi peor enemigo —su voz, siempre tan calmada, sonaba cargada de convicción—. No te lo deseo a ti, desde luego.

—¿Otra vez vas a decidir por mí?

Crash apartó la ropa de la cama, sin reparar en que estaba desnudo. Buscó sus pantalones, pero eran los que había llevado al funeral. Pantalones de vestir. Los dejó en una silla y sacó del armario unos pantalones militares de faena.

Un vívido recuerdo de la noche anterior asaltó a Nell. Cerró los ojos. Las manos de Crash alrededor de su cintura, su boca devorando la de ella, su cuerpo...

—Las operaciones negras son así —dijo él mientras se

abrochaba los pantalones–. Desaparezco literalmente, a veces durante meses. Y jamás sabrías dónde estoy, o cuánto tiempo voy a estar fuera.

Se pasó los dedos por el pelo, intentando en vano domeñarlo, y los músculos de sus brazos y su pecho sobresalieron en relieve.

–Si me mataran en acción de combate, no te lo dirían –continuó–. Sencillamente, no volvería. Jamás. Nunca sabrías nada de la misión que tuviera encomendada. No habría ningún rastro de papeles, ninguna forma de averiguar cómo o por qué he muerto. Sería como si nunca hubiera existido –sacudió la cabeza–. No creo que quieras pasar por eso.

–Pero...

–No funcionaría –la miró fijamente–. Lo de anoche fue... agradable, pero tienes que creerme, Nell. No funcionaría.

Agradable.

Nell se dio la vuelta. ¿Agradable? Había sido maravilloso, increíble, alucinante. No agradable.

–Lo siento –dijo Crash en voz baja.

Ella miró por la ventana. Miró la alfombra. Miró el cuadro que colgaba de la pared. Era de Daisy: una escena de playa, de su época de acuarelista.

Sólo entonces levantó la mirada hacia él.

–Yo también lo siento. Siento que pienses que no funcionaría –dijo por fin–. ¿Sabes?, me imaginaba lo que ibas a decir antes de que lo dijeras. Y pensaba fingir que estaba de acuerdo contigo. Ya sabes: «Sí, tienes razón, no funcionaría, somos distintos, vivimos en mundos muy diferentes, tenemos vidas opuestas...». Cualquier cosa. Pero al diablo con el orgullo. Porque la verdad es que no estoy de acuerdo contigo. Yo creo que sí funcionaría. Que lo nuestro funcionaría. Creo que sería fantástico. Que lo de anoche podría ser sólo el principio y... y me entristece que pienses lo contrario.

Crash no dijo nada. Ni siquiera la miró.

Nell hizo acopio del poco valor que le quedaba y lanzó por la borda el último jirón de su orgullo.

—¿No podemos intentarlo al menos? —se le quebró la voz ligeramente: la humillación definitiva.

Crash siguió callado, y ella encontró de nuevo el valor para continuar.

—¿No podemos ver qué pasa? ¿Tomarnos las cosas como vengan?

Él la miró, pero sus ojos tenían una expresión tan distante que parecía no estar allí.

—Lo siento —repitió—. Ahora mismo no quiero tener una relación de pareja. Ha sido un error ceder a esta atracción que hay entre nosotros. Quería consuelo y una satisfacción instantánea, y la pura verdad es que te utilicé, Nell. Eso es lo que pasó anoche. Apareciste y acepté lo que me ofrecías. No tenemos nada que intentar. No puede pasar nada más.

Nell se levantó, intentando desesperadamente ocultar su dolor.

—Bien —dijo—. Supongo que eso lo aclara todo.

—Es culpa mía y lo siento.

Ella se aclaró la garganta mientras se dirigía a la puerta.

—No —dijo—. Anoche sabía... Estaba claro lo que era. Consuelo, quiero decir. También lo fue para mí, más o menos, al principio, en cualquier caso y... Pero esperaba... No es culpa tuya, Billy.

Abrió la puerta y salió al pasillo. Crash no se había movido. Ella ni siquiera sabía si había parpadeado.

—Feliz Año Nuevo —dijo en voz baja, y cerró la puerta al salir.

CAPÍTULO 9

Un año después

Alguien abrió fuego.
Alguien abrió fuego y el mundo pareció moverse a cámara lenta.
Crash vio que Jake salía despedido hacia atrás por la fuerza del impacto, con los brazos extendidos y la cara paralizada en una mueca terrible. Una explosión de sangre roja apareció bruscamente en la pechera de su camisa.
Crash se oyó gritar, vio que el jefe Pierson también caía y sintió el impacto de una bala en el brazo. Impulsado por sus años de entrenamiento, rodó por el suelo, se cubrió y comenzó a disparar.
Cerró parte de su cerebro, como hacía siempre en un tiroteo. No podía permitirse pensar en términos humanos cuando repartía plomo por la habitación. No podía permitirse sentir nada.
Analizó desapasionadamente la situación mientras es-

quivaba las balas y devolvía los disparos. Jake había sacado la pistola compacta que siempre llevaba debajo del brazo izquierdo. A pesar de que la herida que Crash había visto en su pecho parecía mortal, el almirante había encontrado fuerzas para parapetarse y abrir fuego.

Podía haber un solo pistolero, o tres, como mucho. Crash notó que su capitán, Mike Lovett, y el jefe Steve Pierson, un SEAL al que llamaban el Zorro, estaban indudablemente muertos. Apuntó a uno de los pistoleros y lo eliminó con toda eficacia.

No era un hombre. Era un pistolero. El enemigo.

Había al menos dos armas más disparando.

Oyó el fragor de la sangre en sus oídos al volcar una de las mesas preferidas de Daisy y utilizarla como escudo para llegar a un rincón desde el que podía intentar cargarse a otro pistolero.

No a otro hombre, sino a otro pistolero.

Mike y el Zorro tampoco eran ya sus compañeros de equipo. Eran caídos en combate. Bajas.

Crash ya no podía hacer nada por ellos. Pero Jake no estaba muerto aún. Y si él podía eliminar al último pistolero, tal vez Jake pudiera salvarse...

Y Crash quería que viviera. Lo deseaba con una emoción tan intensa que inmediatamente intentó alejarla de sí. Tenía que distanciarse. Alejarse por completo. La emoción hacía que le temblaran las manos y enturbiaba sus sentidos. Podía ser la causa de su muerte.

Se escindió limpiamente del hombre que quería montar en cólera y llorar la muerte de sus compañeros. Se separó del hombre que deseaba casi frenéticamente correr al lado de Jake, restañar sus heridas, obligarlo a mantenerse con vida.

Se miró a sí mismo desde fuera y sintió que la lucidez se apoderaba de él. Notó que sus sentidos se aguzaban, que el tiempo se ralentizaba más aún. Sabía que el último pistolero estaba rodeando la habitación, que buscaba el modo de acabar con Jake, y luego con él.

Un segundo.

Oyó a los escoltas del almirante gritando y aporreando la puerta cerrada del despacho.

Dos segundos.

Oyó el ruido casi imperceptible que hizo el pistolero al cambiar de posición. Ahora sólo quedaba uno, y primero iría a por el almirante. Crash no lo dudaba ni por un momento.

Tres segundos.

Oyó que Jake luchaba por respirar. Comprendió sin emoción que uno de sus pulmones estaba inutilizado. Si no recibía atención médica enseguida, moriría.

Cuatro.

Otro ruido, y Crash localizó con toda exactitud al tirador.

Se levantó de un salto y disparó.

Y el último pistolero dejó de ser una amenaza.

—¿Billy? —la voz de Jake sonaba débil y jadeante.

Como si una aguja se deslizara por un disco de fonógrafo, el mundo pareció volver a moverse a su velocidad normal.

—Sigo aquí —Crash se acercó enseguida a su viejo amigo.

—¿Qué demonios ha pasado?

Tenía la camisa empapada de sangre.

—Eso iba a preguntarte —contestó Crash mientras apartaba suavemente la camisa para dejar al descubierto la herida. Cielo santo, con una herida así, era un milagro que Jake siguiera aferrándose a la vida.

–Alguien... quiere... matarme...

–Eso parece –Crash tenía formación médica (todos los SEAL la tenían), pero los primeros auxilios no servirían de nada. Le tembló la voz, pese a su determinación de mantener la calma–. Señor, tengo que ir a buscar ayuda.

Jake se agarró a su camisa, con los ojos enturbiados por el dolor.

–Tienes... que escucharme. Te he mandado... un archivo... con pruebas... sobre lo que pasó en el sureste asiático... hace seis meses... Tú estabas allí... ¿recuerdas?

–Sí –dijo Crash–. Lo recuerdo –en una pequeña isla independiente, dos grandes traficantes de drogas habían iniciado una guerra civil al enfrentar a sus ejércitos–. Murieron dos marines. Jake, por favor, podemos hablar de esto de camino al hospital.

Pero Jake no le soltó.

–La guerra... la instigó un americano... un comandante de la Armada...

–¿Qué? ¿Quién?

La puerta se abrió de golpe y los escoltas de Jake irrumpieron en el despacho.

–¡Necesito una ambulancia inmediatamente! –gritó el jefe de seguridad nada más echar un vistazo al almirante.

–No sé... quién –jadeó Jake–. Alguien... alguien que... que tenía una tapadera. Hijo, cuento... cuento contigo...

–¡No te mueras, Jake! –un equipo sanitario rodeó al almirante, apartando a Crash.

«Por favor, Dios mío, que no se muera».

–Por el amor de Dios, ¿qué ha pasado?

Crash se volvió y vio al comandante Tom Foster, el jefe de seguridad de Jake, detrás de él. Respiró hondo y soltó una bocanada de aire. Cuando habló, su voz sonó serena de nuevo.

—No lo sé.

—¿Cómo que no lo sabe?

Crash no se permitió reaccionar, no dejó que la ira lo dominara. Era lógico que Foster estuviera furioso y disgustado. Crash lo entendía muy bien. Ahora que el tiroteo había acabado, le temblaban las manos y estaba aturdido. Se agachó, deslizando la espalda por la pared del despacho privado de Jake, y se sentó en el suelo.

Entonces se dio cuenta de que el brazo le sangraba mucho. Había perdido bastante sangre. Dejó su arma y presionó la herida con la otra mano. Por primera vez desde que le habían dado, notó el dolor abrasador. Levantó la mirada.

—No he visto quién ha hecho los primeros disparos —dijo con firmeza.

Se volvió para ver cómo el equipo sanitario se llevaba a Jake de la habitación. «Por favor, que no se muera».

El jefe de seguridad lanzó una maldición.

—¿Quién querría matar al almirante Robinson?

Crash sacudió la cabeza. Él tampoco lo sabía. Pero iba a averiguarlo.

Dex Lancaster le dio un beso de buenas noches.

Nell comprendió por su mirada, y por el tenue ardor de sus labios, que esperaba que lo invitara a pasar.

Y no le sorprendió. Habían cenado juntos siete u ocho veces, y a ella le gustaba sinceramente.

Él bajó la cabeza para besarla de nuevo, pero ella volvió la cabeza y la boca de Dexter le rozó la mejilla.

Dexter le gustaba, pero no estaba preparada para aquello.

Forzó una sonrisa mientras abría la puerta.

—Gracias por la cena.

Él asintió con un brillo de humor y resignación en la mirada.

—Te llamaré —empezó a bajar los escalones, y su largo abrigo ondeó tras él como una elegante capa. Luego se detuvo y se volvió para mirarla—. ¿Sabes?, yo tampoco tengo prisa, así que tómate todo el tiempo que necesites. He decidido no dejar que me ahuyentes —con un rápido saludo, se marchó.

Nell sonrió con desgana al cerrar la puerta y encender la luz de la entrada de su casa. Las mujeres con las que compartía gimnasio habrían hecho cola para invitar a un hombre como Dexter Lancaster a sus casas.

¿Qué le pasaba a ella?

Tenía prácticamente todo lo que había soñado. Una casa propia. Un trabajo estupendo. Un hombre guapo e inteligente que quería estar con ella.

La casa la había comprado con el dinero que le había dejado Daisy Owen. Era una monstruosa mansión victoriana, vieja y llena de corrientes de aire, con cañerías prehistóricas y una instalación eléctrica tan vieja que todavía funcionaba con caja de fusibles. Nell la estaba arreglando poco a poco.

Había encontrado una ocupación que le encantaba: trabajaba a media jornada para Amie Cardoza, una actriz de cine legendaria. Amie había cosechado casi todos sus éxitos en los años setenta y ochenta, pero al hacerse mayor habían dejado de llamarla para papeles protagonistas y desde entonces se dedicaba al teatro. Había puesto en marcha un teatro en pleno centro de Washington, su ciudad natal. Le hacía mucha falta una ayudante: la compañía teatral todavía luchaba por consolidarse, y Amie, además, tenía una vida política muy activa.

Las había presentado Dex, y Nell había sentido una simpatía inmediata por ella. Amie era extravertida, divertida y apasionada. En muchos sentidos se parecía a Daisy. La existencia de su teatro pendía de un hilo, y no podía permitirse pagarle tanto como Daisy, pero a Nell no le importaba. Había utilizado lo que le había sobrado del dinero de Daisy para hacer algunas inversiones que empezaban a darle beneficios. Con eso y la casa completamente pagada, se daba por satisfecha con poder trabajar para alguien a quien admiraba y respetaba, aunque fuera por menos dinero.

Sólo llevaba cuatro meses con Amie, pero su vida transcurría en una cómoda rutina. Los lunes por la mañana trabajaba en casa de la actriz, ocupándose de sus asuntos domésticos. Los martes y miércoles por la tarde se veían en el teatro. Los jueves y viernes dependían de los proyectos que tuviera Amie. Y siempre tenía algún proyecto en marcha.

Dex se pasaba a verlas a menudo. Formaba parte de una organización llamada Abogados por las Artes y trabajaba gratis para el teatro. Aunque era más mayor que los otros hombres con los que Nell había salido, le gustaba. Y cuando, hacía unos meses, la invitó a cenar, no se le ocurrió ni un solo motivo para decirle que no.

Había pasado casi un año desde su último escarceo romántico. O, mejor dicho, desde su último escarceo no romántico. Se había liado con Crash Hawken, un hombre al que debería haber aceptado únicamente como amigo. Pero lo había presionado, buscando algo más, y había perdido su amistad.

Crash nunca la había llamado. Ni siquiera le había mandado una tarjeta en respuesta a las cartas que ella le había escrito. Cuando le había preguntado a Jake por él, el almirante le había dicho que Crash pasaba mucho tiempo en el extranjero. Y que, si estaba esperando a que Crash volviera, más valía que lo hiciera sentada.

Pero Nell no se había quedado sentada esperándolo. A veces, sin embargo, cuando bajaba la guardia, seguía soñando con él.

Incluso después de un año, el recuerdo de sus besos era más fuerte y poderoso que el recuerdo de los labios de Dex, impreso en su memoria desde hacía menos de dos minutos.

Cerró los ojos un momento y deseó olvidarse de Crash. Se negaba a perder el tiempo permitiendo que sus pensamientos vagaran conscientemente en esa dirección. Bastante malo era ya que tomaran ese camino inconscientemente.

Colgó su chaqueta en el armario de la entrada y entró en la cocina para prepararse un té.

La siguiente vez que Dex la invitara a cenar, le pediría que entrara. Se había equivocado. Ya iba siendo hora. Hora de exorcizar viejos fantasmas.

Sonó el teléfono y miró el reloj del microondas. Eran las once. Sería Amie para decirle algo urgente que había olvidado. Algo que tenía que hacer a primera hora de la mañana.

—¿Diga?

—¡Menos mal que estás en casa! —era Amie—. ¡Pon la tele, corre!

Nell pulsó el botón del pequeño televisor en blanco y negro que tenía sobre la encimera de la cocina.

—¿En qué canal? ¿Están diciendo algo en las noticias sobre el teatro?

—En el canal cuatro del cable. Pero no es sobre el teatro. Dios mío, Nell, es sobre ese hombre para el que trabajabas antes. Sobre el almirante Robinson.

—En el canal cuatro hay un anuncio.

—Lo he visto en uno de esos avances —Amie imitó la voz del presentador—. «A las once en punto...». ¡Han dicho algo de un asesinato!

—¿Qué? —el anuncio acabó—. ¡Espera, espera, ya empieza!

La cabecera se alargó interminablemente, pero por fin apareció el presentador, mirando a cámara muy serio.

—Nuestra noticia de portada de esta noche: el portavoz de la Armada ha confirmado que hace tres días se produjo un tiroteo en casa del almirante de la Armada de los Estados Unidos Jacob Robinson, en el que el almirante sufrió heridas de gravedad y varias personas resultaron muertas. Los primeros informes indicaban que los fallecidos podían ser cuatro o cinco. Se cree que todos ellos formaban parte de la escolta del almirante. Conectamos con Holly Mathers, en el centro de Washington.

Nell no podía respirar. Un tiroteo. ¿En la granja?

Una joven de aspecto gélido apareció en pantalla, frente a un edificio profusamente iluminado.

—Gracias, Chuck. Nos encontramos a las puertas del hospital Northside, donde acaba de hacerse pública la trágica noticia del fallecimiento de Jake Robinson. Repito, el almirante de la Armada de los Estados Unidos, de cincuenta y un años, ha muerto hace apenas una hora aquí, en Northside, como consecuencia de las heridas de bala que había sufrido en el pecho.

—Dios mío... —Nell buscó a tientas una silla a su espalda, pero no encontró ninguna y se dejó caer en el suelo de la cocina. Jake había muerto. ¿Cómo era posible?

—Los portavoces de la Armada han afirmado que el principal sospechoso de su asesinato se haya bajo custodia policial, también aquí, en el hospital de Northside —continuó la reportera—, donde se cree que está siendo tratado de heridas de escasa gravedad. Aún no se ha informado de la identidad del presunto asesino, ni se han facilitado los nombres de los agentes, al parecer todos ellos miembros de un equipo de los SEAL de la Armada, que dieron sus vidas intentando proteger al almirante Robinson.

SEAL de la Armada. Nell se sintió arder y un instante después se quedó helada. Cielo santo, que Crash no hubiera muerto también...

No se dio cuenta de que había hablado en voz alta hasta que Amie preguntó:

—¿Crash? ¿Quién es Crash?

Nell seguía sujetando el teléfono.

—Lo siento, Amie, tengo que colgar. Eso es... horrible. Tengo que colgar y...

¿Qué? ¿Qué podía hacer?

—Lo siento muchísimo, cariño. Sé cuánto apreciabas a Jake. ¿Quieres que vaya a verte?

—No, Amie, tengo que... —llamar a alguien. Tenía que

llamar a alguien y averiguar si Crash era uno los fallecidos en la granja.

—No vengas estos próximos días. Tómate todo el tiempo que necesites, ¿de acuerdo?

Nell no respondió. No podía. Se limitó a pulsar el botón del teléfono inalámbrico.

Intentaba pensar. Intentaba recordar los nombres de los amigos de Jake en las altas esferas, personas a las que había llamado para avisarlos del cambio de planes para la boda y, después, de la muerte de Daisy. Había algunos otros almirantes a los que Jake conocía bien. ¿Y cómo se llamaba aquel comandante de la Fincom? Tom algo. Había ido a la granja un par de veces para comprobar la valla de seguridad...

En el televisor, la reportera hablaba con el presentador acerca de la carrera de Jake en Vietnam, de su larga relación con la famosa pintora Daisy Owen, de su boda y de la muerte relativamente reciente de su esposa.

La reportera se tocó el auricular.

—Perdona —dijo, interrumpiendo al presentador en medio de una frase—. Acaban de informarnos de que el presunto asesino, el hombre al que se considera responsable de la muerte del almirante Jake Robinson y del asesinato de al menos cinco miembros de su escolta, va a ser trasladado desde el hospital a la sede central de la Fincom, a la espera de procesamiento.

La cámara se movió bruscamente cuando el operador corrió a ocupar su posición. Las puertas del hospital se abrieron y por ellas salió una multitud de policías y hombres uniformados. Nell se puso de rodillas, con el teléfono aún en la mano, y se acercó al televisor intentando vislumbrar la cara del hombre que había matado a su amigo.

El presunto asesino estaba en medio del gentío. Su cabello largo y oscuro se abría por el medio y colgaba, lacio, hasta sus hombros. Pero la imagen seguía oscilando y Nell vio poco más que el pálido borrón de su cara.

—¡Almirante Stonegate! —gritó la reportera a uno de los hombres de la multitud—. ¡Almirante Stonegate! ¡Señor! ¿Puede identificar a ese hombre para nuestros espectadores?

La cámara enfocó al sospechoso, y el teléfono inalámbrico cayó de las manos de Nell y se estrelló con estrépito contra el suelo.

Era Crash. El hombre al que conducían al coche policial era Crash Hawken.

Tenía el pelo largo y grasiento, con la raya al medio. Aquel peinado le favorecía muy poco, pero Nell habría reconocido su cara en cualquier parte. Esos pómulos, esa nariz elegante, esa boca severa. Sus ojos, en cambio, tenían una mirada casi inexpresiva. Parecía no darse cuenta de la explosión de preguntas y flashes que lo envolvía.

Nell sintió un alivio tan intenso que casi se dobló sobre sí misma.

Crash estaba vivo.

Gracias a Dios, estaba vivo.

—Dispongo de autorización oficial para hacer pública la siguiente declaración: el hombre al que se ha detenido es el ex teniente de la Armada William R. Hawken —dijo un hombre con voz ronca.

En la pantalla, Crash era introducido en la parte de atrás de un coche. La cámara enfocó un instante sus manos esposadas a la espalda antes de volver a fijarse, a través de la ventanilla manchada de lluvia, en sus ojos aparentemente inexpresivos.

—Está acusado de conspiración, traición y asesinato en primer grado —continuó aquella voz de hombre. Cuando el coche se alejó, la cámara enfocó a la reportera, que formaba parte de la multitud de periodistas congregada en torno a un hombre bajo y de cabello blanco—. Con las pruebas que tenemos, el caso está cerrado. No me cabe ninguna duda de que Hawken es culpable. Jake Robinson y yo éramos amigos íntimos y pienso hacer cuanto esté en mi mano para que en este caso se aplique la pena de muerte.

La pena de muerte.

Nell se quedó mirando el televisor mientras aquellas palabras atravesaban por fin el alivio que había sentido al ver que Crash estaba vivo.

Crash había sido detenido. Estaba esposado. Lo acusaban de conspiración, había dicho aquel hombre. De traición. Y de asesinato.

Aquello era absurdo. ¿Cómo podía creer alguien que se decía amigo de Jake que Crash lo había matado? Cualquiera que los conociera a ambos sabría que eso era ridículo.

Era imposible que Crash hubiera matado a Jake, del mismo modo que era imposible que ella se acercara a la ventana, la abriera y volara dos veces alrededor de la casa antes de volver a entrar. Era ridículo. Inconcebible. Totalmente absurdo.

Nell se levantó del suelo y entró en el cuartito que había convertido en despacho. Encendió la luz y el ordenador. En alguna parte, en algún archivo olvidado en las entrañas de su disco duro, tenía aún los nombres y los números de teléfono de los invitados a la boda de Daisy y Jake. Alguien podría ayudarla a demostrar que Crash era inocente.

Se enjugó la cara y se puso manos a la obra.

Crash tenía que arrastrar los pies al andar. Iba esposado y encadenado como un delincuente común, incluso para recorrer el corto trayecto entre su celda y la sala de visitas. Sus manos y sus pies se consideraban armas letales debido a su conocimiento de las artes marciales. No podía levantar las manos para apartarse el pelo de la cara sin que un guardia lo apuntara con un rifle.

No se explicaba quién había ido a verlo, quién había tenido el valor de pedir una entrevista cara a cara con un hombre acusado de conspiración, traición y asesinato.

Sin duda no era ninguno de sus compañeros de equipo en los SEAL. De sus ex compañeros de equipo. Había sido despojado de su rango y apartado del ejército nada más ingresar en la prisión federal. Se lo habían arrebatado todo, salvo su nombre, y estaba casi seguro de que eso también se lo habrían quitado si hubieran podido.

Pero no, no había nadie en su antiguo equipo que quisiera sentarse a hablar con él. Todos pensaban que había matado al capitán Lovett y al Zorro (al jefe Steven Pierson) en el tiroteo en casa de Jake Robinson.

¿Y por qué no iban a creerlo? El informe balístico demostraba que la munición hallada en los cuerpos de los SEAL pertenecía a su arma, a pesar de que Crash estaba justo al lado del Zorro cuando éste recibió el primer impacto.

Seguramente, si seguía vivo, era porque el Zorro había caído delante de él al desplomarse y las balas dirigidas contra Crash habían impactado en su cuerpo.

No, aquel misterioso visitante no era un miembro del Equipo Doce de los SEAL. Pero tal vez fuera un miembro del Equipo Diez, la Brigada Alfa. Crash había trabajado con ellos el verano anterior, ayudando a entrenar a un equipo de lucha antiterrorista que integraba a efectivos de la Fincom y de los SEAL.

Había trabajado con la Brigada Alfa en la misma operación en el sureste asiático que, según Jake, había causado aquella horrible tragedia. Jake estaba investigando aquella operación justo antes de su muerte, y había detallado sus conclusiones en el archivo codificado que había enviado a Crash. Éste no podía negar que la operación no podía haber salido peor. Jake estaba convencido de que aquella metedura de pata no había sido un accidente, y de que se estaba echando tierra sobre los errores que se habían cometido.

Y Jake no podía permitirlo.

Pero ¿era ésa razón suficiente para asesinar a un almirante?

Crash había pensado en ello día y noche durante la semana anterior.

En ese momento, sin embargo, tenía una visita y se preguntaba quién estaría sentado al otro lado de la ventanilla de la sala de visitas.

Tal vez fuera Cowboy Jones, su compañero de inmersión, el hombre con el que había superado el durísimo curso de entrenamiento de los SEAL. Cowboy no podía condenarlo. Al menos, sin hablar con él antes. Y luego estaba Blue McCoy. Crash había conocido a aquel taciturno oficial de la Brigada Alfa el verano anterior, y había llegado a confiar en él.

Le gustaba pensar que Blue también querría oír primero su versión.

Aun así, le costaba creer que alguien a quien había conocido sólo seis meses antes se molestara en ir a preguntarle por lo que había pasado, cuando sus propios compañeros de equipo, los hombres con los que trabajaba desde hacía años, ya lo habían juzgado y hallado culpable.

Crash esperó mientras uno de los guardas abría la puerta. Ésta se abrió y...

No era Cowboy, ni tampoco Blue McCoy.

Nell Burns era la última persona a la que Crash esperaba ver sentada en aquella silla, al otro lado del cristal blindado.

Y sin embargo allí estaba, con las manos fuertemente unidas sobre la mesa, delante de ella.

Estaba casi igual que la última vez que se habían visto, la mañana en que ella salió de su habitación tras pasar la noche juntos.

Hacía casi un año, pero Crash recordaba aún esa noche como si hubiera sido el día anterior.

Llevaba todavía el pelo cortado a media melena. Sólo su ropa había cambiado: iba vestida con un traje de chaqueta de aspecto severo, con hombreras, y una camisa blanca y rígida que escondía las suaves curvas de sus pechos.

Pero no hacía falta que llevara ropa provocativa. Podía ponerse un saco de arpillera o un traje elegante; lo mismo daba: la imagen de su cuerpo perfecto se había grabado para siempre en el recuerdo de Crash.

Dios, era patético. Después de tanto tiempo, seguía deseando a Nell más de lo que había deseado nunca a ninguna otra mujer.

El guardia retiró la silla y Crash se sentó. Se negaba a reconocer cuánto la había echado de menos; no quería que le importara que el cristal divisorio le impidiera sentir su dulce perfume, o que ella tuviera que verlo así, encadenado como un animal.

Pero le importaba. Dios, cómo le importaba.

Separarse. Distanciarse. Tenía que empezar a pensar como lo que era: un hombre sin futuro. Un hombre con una última misión.

Ahora sólo tenía una meta: cazar y destruir al responsable de la muerte de Jake Robinson. No había podido salvarle la vida a Jake, y ello significaba que había perdido mucho más que a su oficial superior. Había perdido a un amigo que había sido como un padre para él. Y había perdido también todo lo que le importaba: la confianza de sus compañeros de equipo, su rango, su profesión, su estatus como SEAL. Sin esas cosas no era nada. No existía.

Pero era eso precisamente lo que le daba ventaja sobre el desconocido que se ocultaba detrás de su caída en desgracia. Porque habiendo desaparecido todo lo que le importaba, no tenía ya nada que perder. Estaba decidido a conseguir lo que se proponía, aunque tuviera que pagar con su vida por ello.

Mientras miraba a Nell a través del cristal, le sorprendió la ironía de la situación. Se había esforzado por alejarse de Nell... por no tener que perderla. Y sin embargo allí estaba; al parecer, lo había perdido todo en la vida, excepto su confianza.

Sí, era una ironía asombrosa. Su única aliada, la única persona que creía que no había matado a Jake Robinson era una mujer que tenía motivos de sobra para no querer tener nada que ver con él.

Sabía que Nell no creía que hubiera matado a Jake. A pesar de llevar un año separados, todavía podía leer en ella como en un libro abierto.

Veía que se negaba a escapar. Veía brillar la lealtad en sus ojos.

Se quedó sentado y esperó a que ella hablara.

Nell se inclinó hacia delante ligeramente.

—Siento muchísimo lo de Jake.

Era exactamente lo que él esperaba que dijera. Crash asintió con la cabeza.

—Sí. Yo también —su voz sonó áspera y rasposa, y se aclaró la garganta.

—Intenté ir a su entierro, pero por lo visto había pedido que fuera privado y... A ti tampoco te dejaron ir, ¿no?

Crash negó con la cabeza.

—Lo siento —musitó ella.

Él volvió a asentir.

—Habría venido antes —le dijo Nell—, pero he tardado casi una semana en conseguir que me dejaran venir.

Una semana. Crash sintió una opresión en el pecho al imaginársela batallando por él día tras día, durante una semana entera. No sabía qué decir, así que no dijo nada.

Ella miró el vendaje que todavía tenía en el hombro.

—¿Estás bien?

Al ver que no respondía, se recostó en la silla y cerró los ojos un momento.

—Lo siento. Ha sido una pregunta idiota. Claro que

no estás bien —volvió a inclinarse hacia delante—. ¿Qué puedo hacer para ayudarte?

Sus ojos eran tan azules... Por un momento, Crash se creyó de nuevo en Malasia, contemplando el mar del Sur de China.

—Nada —dijo con calma—. No puedes hacer nada.

Ella se removió en la silla, visiblemente molesta.

—Tiene que haber algo. ¿Estás contento con tu abogado? Es importante tener un abogado en el que confíes.

—Mi abogado está bien.

—Es tu vida lo que está en juego, Billy.

—Mi abogado está bien —repitió él.

—No es suficiente con eso. Mira, conozco a un abogado criminalista muy bueno. ¿Te acuerdas de Dex...?

—Nell, no necesito otro abogado, y menos aún a... —se interrumpió. Y menos aún a Dexter Lancaster. Sabía que no tenía derecho a estar celoso, sobre todo en esos momentos. Había pasado un año entero desde el momento en que renunció a su derecho a estar celoso. Pero no pensaba sentarse a hablar con Dexter Lancaster para planear una defensa que ni siquiera iba a necesitar. Se pasaría todo el tiempo torturándose, preguntándose si al marcharse Dex se iría a casa de Nell y...

«No sigas por ahí, no sigas por ahí, no sigas por ahí».

Dios, estaba a punto de perder la razón. Sólo le hacía falta que Nell averiguara que durante el año anterior le había seguido la pista, que sabía que se veía con Lancaster. Y lo único que necesitaba ella era descubrir que se había esforzado por descubrir si estaba bien (y que había sido un esfuerzo ímprobo, teniendo en cuenta que había tenido que hacerlo desde un rincón remoto del mundo). Entonces, creería descubrir en ello un significado oculto.

Pensaría que le había seguido la pista porque le importaba. Y él tendría que explicarle que sólo lo había hecho por cierto sentido de la responsabilidad, y ella volvería a sentirse dolida.

Lo que tenía que hacer era conseguir que se marchara. Lo había hecho ya. Podría hacerlo otra vez.

—¿Qué pasó de verdad en la granja la semana pasada?

Crash podía responder sinceramente a esa pregunta.

—No lo sé. Alguien empezó a disparar. Yo no estaba preparado y... —sacudió la cabeza.

Nell se aclaró la garganta.

—Me han dicho que los informes balísticos demuestran que mataste a Jake y a casi todos los demás. Son pruebas muy contundentes.

Lo eran, en efecto. Demostraban que ese «comandante» del que le había hablado Jake, el hombre al que el almirante creía responsable de orquestar su asesinato, tenía mucha influencia en Washington. Era un hombre poderoso, con contactos poderosos. Tenía que serlo, si había conseguido que se falsificaran los resultados de las pruebas balísticas. Y los resultados se habían falsificado.

Alguien le había tendido una trampa y Crash pensaba descubrir quién era. Sabía que, cuando lo averiguara, encontraría al responsable de la muerte de Jake.

Pero era posible que quien le había tendido aquella trampa estuviera vigilándolo incluso en ese momento. Sin duda sabría que Nell había ido a verlo. Era importante que, por su seguridad, Nell no tomara por costumbre ir a visitarlo a la cárcel.

Ella se acercó un poco más al cristal protector.

—Billy, no puedo creer que lo mataras, pero... ¿no es

posible que, en medio de aquel caos, dieras accidentalmente a Jake?

—Sí, claro. Debe de ser eso lo que pasó —mintió él. Luego se levantó. Lo último que le hacía falta era que Nell empezara a lanzar hipótesis y diera con la teoría de que alguien le había tendido una trampa para incriminarlo. Si se le ocurría aquella idea y hablaba de ella, se estaría poniendo en peligro—. Tengo que irme.

Ella lo miró como si se hubiera vuelto loco.

—¿Adónde?

Crash se acercó mucho al micrófono que permitía que Nell lo oyera al otro lado del cristal. Habló en voz muy baja, rápidamente.

—Nell, no quiero tu ayuda ni la necesito. Quiero que te levantes y que salgas de aquí. Y no quiero que vuelvas. ¿Entiendes lo que te digo?

Ella sacudió la cabeza.

—Sigo considerándote mi amigo. No puedo...

—Márchate —dijo él con aspereza, pronunciando cada sílaba muy claramente—. Márchate.

Se dio la vuelta y caminó arrastrando los pies hacia los guardias de la puerta, consciente de que ella no se había movido, de que seguía mirándolo. Odió entonces sus cadenas, se odió a sí mismo. Uno de los guardias abrió la puerta mientras el otro sostenía el rifle en guardia.

Crash salió sin mirar atrás.

CAPÍTULO 10

La gente había acudido en tropel a ver el espectáculo.
Los grilletes de Crash tintineaban cuando lo condujeron a la sala del tribunal para el inicio de la vista. Intentó no mirar las caras que lo observaban desde la galería.
Pero fracasó.
Los supervivientes de su equipo SEAL (sus ex compañeros) estaban sentados al fondo, con los brazos cruzados y una mirada venenosa. Lo creían responsable de la muerte del capitán Lovett y del Zorro. Creían que los informes balísticos eran ciertos. Pero ¿por qué no iban a creerlo? Todo el mundo lo creía.
Excepto Nell Burns. Ella también estaba allí sentada. Crash sintió un arrebato de calor y luego de frío al pensar que no había logrado ahuyentarla. ¿Qué le pasaba a aquella mujer? ¿Qué tenía que decir o hacer para que se alejara de él para siempre?
No quería tener que perder el tiempo preocupándose porque Nell fuera por ahí proclamando su inocencia, removiendo las cosas y atrayendo la atención de un hom-

bre capaz de matar a un almirante para mantener oculta su identidad.

Prefería imaginársela a salvo en casa. Cielo santo, incluso prefería imaginársela desayunando en la cama con Dexter Lancaster a tener que preocuparse porque se convirtiera en blanco de un hombre sin escrúpulos.

No la miró a los ojos, aunque dejó claro que la había visto. Le dio la espalda a propósito y rezó para que ella se marchara.

Pero cuando se dio la vuelta vio otra cara conocida entre la multitud.

El teniente Blue McCoy, de la Brigada Alfa, estaba sentado en la primera fila del palco lateral.

Crash no esperaba que Blue fuera a mirarlo boquiabierto, ni a quedarse allí sentado, escupiéndole para sus adentros, listo para prorrumpir en vítores cuando el presidente del tribunal afirmara su intención de condenarlo a muerte.

Le había gustado trabajar con Blue. Había confiando en él casi inmediatamente. Y creía que Blue también confiaba en él.

No intentó mirar hacia Blue, pero un movimiento llamó su atención.

Se volvió y Blue volvió a hacerlo. Moviéndose rápidamente, casi imperceptiblemente, le hizo una seña con la mano. «¿Estás bien?».

No había reproche en sus ojos, ni odio, ni animosidad. Sólo preocupación.

Crash se volvió para mirar al juez sin responder. No podía hacerlo. ¿Qué podía decir?

Cerró la mano alrededor del trozo de metal doblado que había ocultado en su palma y sintió el roce áspero de sus bordes. Estaba deseando liberarse de aquellas cadenas. Ansiaba volver a ver el cielo.

Se moría de ganas de encontrar al hombre que había matado a Jake y mandarlo directamente al infierno.

Ya sólo era cuestión de minutos.

Aguantó la vista sin oír apenas las voces monótonas de los abogados. Sentía las miradas de sus ex compañeros fijas en su espalda. Sentía a Blue observándolo.

Y si cerraba los ojos y respiraba muy hondo, podía fingir que sentía el dulce perfume de Nell.

Cuando los dos guardias sacaron a Crash de la sala del tribunal, Nell deseó que volviera la cabeza y la mirara.

No esperaba que sonriera, ni que inclinara la cabeza. Lo único que quería era que la mirara a los ojos.

Se había puesto un jersey rojo de cuello alto para destacar entre los trajes oscuros y los abrigos de invierno. Sabía que él la había visto. Había mirado hacia ella al entrar... pero no a los ojos.

Crash salió sin mirarla. Su conducta era como un eco de las palabras que le había dicho tres días antes: «márchate».

Pero Nell no podía hacer eso.

No iba a hacerlo.

Se levantó y pasó por delante de las rodillas de la gente que seguía sentada en sus asientos, se habían quedado allí a esperar la vista de la fianza, que se celebraría esa tarde.

La vista acabaría casi antes de empezar: el abogado de Crash pediría la libertad bajo fianza. A fin de cuentas, su cliente se había declarado inocente. Pero el juez miraría a

Crash, encadenado como un monstruo debido a que sus manos y sus pies se consideraban armas letales, pensaría que, siendo un antiguo SEAL, podía desaparecer sin dejar rastro, y le negaría la libertad bajo fianza.

Nell se subió un poco más la tira del bolso por el hombro y, con la cazadora en el brazo, salió al pasillo.

El abogado de Crash, el capitán Phil Franklin, un negro alto con el uniforme de la Armada cargado de condecoraciones, andaba por allí, y Nell estaba decidida a hablar con él.

Al salir al pasillo lo vio entrar en el ascensor.

Había mucha gente esperando para subir o bajar, así que Nell sólo pudo ver qué dirección tomaba el ascensor.

Bajaba. Cuatro pisos seguidos, hasta el sótano. Allí había una cafetería. Con un poco de suerte, encontraría al abogado allí.

Abrió la puerta de la escalera. Al cruzarla, estuvo a punto de chocar con un hombre que bajaba del piso de arriba a toda velocidad, saltando los escalones de dos en dos y de tres en tres.

Crash la reconoció al mismo tiempo que ella lo reconocía a él. Nell se dio cuenta porque se quedó paralizado.

Entonces miró sus ojos azules. Crash estaba solo. No había guardias con él, y sus grilletes habían desaparecido.

Nell comprendió enseguida lo que había ocurrido. Crash se había escapado.

Le lanzó su chaqueta.

—Toma esto —dijo—. Las llaves de mi coche están en el bolsillo.

Él no se movió.

—¡Corre! —exclamó ella—. ¡Márchate!

—No puedo —dijo él, moviéndose por fin. Dio un paso

atrás, luego dos–. No voy a permitir que vayas a la cárcel por ayudarme.

–Les diré que agarraste mi chaqueta y saliste huyendo.

Él levantó la comisura de la boca.

–Ya. Como si fueran a creerlo, teniendo en cuenta nuestra historia.

–¿Y cómo van a saber eso? Yo no le he dicho a nadie lo de esa noche.

Algo brilló en los ojos de Crash.

–Me refería a nuestra amistad –dijo en voz baja–. Vivimos en la misma casa un mes entero.

Nell sintió que se sonrojaba.

–Claro.

Crash sacudió la cabeza.

–Tienes que mantenerte alejada de mí. Tienes que salir de aquí, irte a casa y no mirar atrás. No pienses en mí, no hables de mí con nadie. Finge que no me conoces. Olvídate de que existo.

Ella cerró los ojos.

–Márchate, ¿quieres? Sal de aquí, maldita sea, antes de que te atrapen.

Nell no lo oyó marcharse, pero cuando abrió los ojos Crash había desaparecido.

Cuatro horas. Habían pasado casi cuatro horas, y aún nadie podía entrar o salir del juzgado federal.

La alarma había saltado apenas treinta segundos después de que Crash desapareciera en la escalera. Cinco minutos después, el edificio estaba sellado y la policía había emprendido la búsqueda del fugitivo.

Parecía imposible que no lo hubieran atrapado, pero

no había duda de que se había ido. Era como si se hubiera esfumado.

Los agentes de la Fincom habían interrogado intensivamente a su abogado, pero ahora el capitán Phil Franklin estaba sentado a solas en la cafetería, leyendo un periódico.

Nell se sentó frente a él.

—Discúlpeme, señor. Me llamo Nell Burns, y soy amiga de su cliente desaparecido.

Franklin la miró inexpresivamente por encima del periódico.

—¿Amiga?

—Sí. Amiga. Y sé que no mató al almirante Robinson.

Franklin bajó su periódico.

—Conque lo sabe, ¿eh? ¿Estaba usted allí, señorita...? Lo siento, ¿cómo ha dicho que se llama?

—Nell Burns.

—¿Estaba usted allí, señorita Burns? —repitió él.

Nell negó con la cabeza.

—No, pero estuve allí el año pasado. Fui la ayudante personal de Daisy Owen, o de Daisy Robinson, mejor dicho, hasta el día de su muerte. Viví bajo mismo el techo que Daisy, que Jake y que William Hawken durante un mes entero. Lo siento, señor, pero el hombre al que yo conozco quería a Jake. Habría preferido morir a hacer daño al almirante.

Franklin bebió un sorbo de su café mientras la observaba con sus ojos desconcertantemente oscuros.

—El ministerio fiscal tiene testigos que aseguran haber visto al almirante Robinson discutiendo con el teniente Hawken en enero pasado —dijo por fin—, antes de que Hawken se marchara al extranjero para una larga temporada. Al parecer, mi cliente... su amigo, Billy, y la víctima mantuvieron una discusión muy acalorada.

—No creo que eso sea posible —contestó ella—. Esos testigos deben de estar en un error. Durante todo el tiempo que viví con Crash... aunque en realidad no vivimos juntos —puntualizó rápidamente—. Me refería a que durante el tiempo que vivimos bajo el mismo techo... —se estaba sonrojando, pero siguió con determinación—, jamás oí al teniente Hawken alzar la voz. Ni una sola vez.

—Los testigos aseguran que estaban discutiendo por una mujer.

—¿Qué? —Nell soltó un bufido, incrédula y avergonzada—. Eso es imposible. La única mujer que les importaba era Daisy, y murió unos días antes de Navidad —se inclinó hacia delante—. Capitán, quiero declarar. Como testigo de descargo, ¿no es así como se llama?

—Sí, así es. Pero cuando el acusado consigue burlar a sus guardias y quitarse los grilletes con el equivalente a un clip para papel... —Franklin sacudió la cabeza—. Ese hombre ha huido, señorita Burns. Si lo atrapan, si alguna vez va a juicio, no creo que su declaración como testigo de descargo vaya a servir de gran cosa. Porque cuando un detenido huye, a ojos del juez y del jurado se convierte inmediatamente en culpable.

—No ha huido —Nell no tenía ninguna duda al respecto—. Ha ido en busca de la persona responsable de la muerte de Jake.

Franklin la miró fijamente.

—¿Sabe usted dónde está?

—No. Pero no creo que vayan a encontrarle hasta que él mismo se entregue. Y le aseguro que, cuando vuelva, llevará consigo al verdadero asesino del almirante.

—¿Cabe la posibilidad de que intente ponerse en contacto con usted?

Nell deseó que así fuera. Pero sacudió la cabeza.

—No. Ha sido muy tajante: quería que me mantuviera apartada de todo esto.

Franklin levantó las cejas.

—¿Y así es como le hace usted caso?

Ella no contestó.

El abogado se quedó callado unos segundos.

—Para serle sincera, señorita Burns, durante las conversaciones que he mantenido con el teniente Hawken no me ha dado la impresión de que le importara mucho esta vista. Parecía muy... distante y... ajeno, supongo que sería la palabra más adecuada para describirlo. Cuando le pregunté, me dijo que no había conspirado para matar al almirante Robinson. Pero las pruebas balísticas son irrefutables. Y no puedo evitar preguntarme si el teniente no sufriría una especie de crisis nerviosa o...

—No —dijo Nell.

—...o un episodio de estrés postraumático, o...

—No —dijo ella en voz más alta.

—Se portaba de forma muy extraña.

—Él es así. Cuando le cuesta enfrentarse a algo, se cierra en banda. Quería a Jake —dijo de nuevo—. Y estas últimas semanas tienen que haber sido un infierno para él. Perder a un hombre al que quería como a un padre y ser luego acusado de su muerte... —Nell le sostuvo fijamente la mirada—. Mire, capitán, he estado pensando. Quien mató a Jake sabía de su relación con Billy. Lo utilizaron para meter a los asesinos en su casa. Ése es el único motivo por el que Billy, o Crash, estaba allí esa noche.

Franklin no disimuló su escepticismo.

—¿Y los informes balísticos se equivocan por completo?

—Sí —dijo Nell—. Se equivocan. Creo que alguien cometió un error en el laboratorio. Creo que habría que repetir esas pruebas. De hecho, como abogado de Crash, debería exigir que se analizaran de nuevo las armas.

El capitán se limitó a mirarla. Luego suspiró.

—Cree de veras que Crash es inocente, ¿verdad?

—No es que lo crea, es que lo sé —respondió ella—. Billy no mató a Jake.

Franklin volvió a suspirar. Luego sacó una libreta y un bolígrafo del bolsillo interior de su chaqueta. Tomó una tarjeta con su nombre y su número de teléfono y la deslizó hacia ella por la mesa.

—Ahí tiene mi número —dijo—. Convendría que me diera el suyo. Y también su dirección. Y deletréeme su apellido, ya que está.

—Gracias —Nell casi se sentía aturdida de alivio cuando se guardó la tarjeta y le dio toda la información que le había pedido.

—No me las dé aún —dijo él—. Hablaré con el juez sobre la posibilidad de repetir esas pruebas. Pero no se haga ilusiones. Es muy posible que el tribunal no esté dispuesto a invertir su dinero en eso.

—Yo pago —dijo ella—. Dígale al juez que yo pagaré las pruebas balísticas. No importa lo que cuesten. Yo corro con los gastos.

El capitán Franklin cerró la libreta y volvió a guardársela en el bolsillo. Al levantarse, le tendió la mano.

—Gracias, capitán —repitió ella.

Él no le soltó la mano enseguida.

—Señorita Burns, confío en no verme nunca en la situación del teniente Hawken, pero si alguna vez me ocurre algo semejante, espero que alguien crea en mí como usted cree en él —sonrió—. No puedo creer que esté diciendo esto, pero es muy afortunado por tener una amiga como usted.

—Por favor, llame al juez, capitán —repuso Nell—. Cuanto antes, mejor.

Nell no podía dormir.

A las dos de la madrugada acabó de redactar una propuesta para conseguir una subvención para el teatro, pero después de mandarle a Amie una copia del borrador por correo electrónico seguía estando demasiado inquieta para echarse a dormir.

Crash estaba allí fuera, en alguna parte. Por primera vez desde hacía semanas, ella no sabía dónde estaba exactamente.

Dio una vuelta por la cocina y abrió la nevera, pero dentro no encontró nada que le apeteciera. Así que se puso las zapatillas deportivas y la chaqueta de cuero. Dunkin' Donuts la llamaba. A cinco calles de allí, había un donut bañado en miel con su nombre escrito encima.

Apagó la luz y cerró la puerta, dispuesta a ir a pie, pero hacía tanto frío que corrió a su coche. Recordó que en diciembre del año anterior también había habido una ola de frío. Hasta había nevado. Crash la obligó a lanzarse en trineo y...

Y no la besó. Sí, aquélla había sido otra de las muchas noches en que no la besó.

Arrancó, revolucionando el motor con la esperanza

de que el coche se calentara pronto para poder encender la calefacción.

Su lealtad hacia Crash parecía haber impresionado al capitán Franklin. Pero, a decir verdad, era una idiota. Una loca de remate.

No había nada que la uniera a Crash, salvo sus anhelos, mal encaminados.

Un año antes, se había acostado con él. Y eso había sido todo. Sexo. Punto y final. La intensidad y las emociones del momento no significaban que Crash sintiera algo por ella. Lo que habían sentido esa noche se debía a la muerte de Daisy. Cuando Crash la besó con tanta fiereza, cuando la penetró, no fue porque quisiera unirse sentimentalmente a ella. No, aquello había sido puramente físico. Crash se había servido del sexo para descargar su dolor y su ira. Había buscado un consuelo fugaz dejándose envolver por la calidez de su cuerpo. Ella podía haber sido cualquier otra, una mujer anónima y sin rostro. Su identidad no importaba, en realidad.

Lo más absurdo de todo era que Nell se había sentido más dolida porque Crash pusiera fin a su amistad que porque admitiera sinceramente que aquello sólo había sido sexo.

Le había escrito cartas. Y en ellas había hecho gala de una sinceridad brutal: le decía que esperaba que lo ocurrido entre ellos no afectara a su amistad y le pedía que la llamara cuando estuviera en la ciudad.

Él no la había llamado.

Ni le había escrito.

Y si no se hubiera armado todo aquel lío, Nell estaba segura de que no habría vuelto a saber nada de él.

Al acercarse a Dunkin' Donuts, vio que el letrero luminoso estaba apagado. La tienda solía estar abierta toda la noche, y Nell, que no se explicaba por qué estaba cerrada, soltó una sarta de improperios; algunos hasta los dijo dos veces. Después, siguió conduciendo. En algún sitio del distrito de Columbia había una tienda de donuts abierta, y ella pensaba encontrarla.

Giró a la derecha y de pronto se dio cuenta de que estaba siguiendo hacia la granja de los Robinson, que tan bien conocía.

Sabía que no había ninguna tienda de donuts por el camino, pero siguió adelante.

La autopista estaba vacía, salvo por unos pocos camiones.

No encendió la radio durante los veinte minutos que duró el trayecto. Esperaba que el zumbido de los neumáticos le diera sueño.

Pero no fue así. Cuando llegó a la entrada de la granja, estaba más despierta que nunca.

Hacía más de seis meses desde la última vez que estuvo allí, para recoger un cuadro de Daisy que Jake le había regalado para su casa nueva. Entonces era verano. Ahora, en cambio, los árboles estaban desnudos y sus ramas se alzaban hacia el cielo como brazos esqueléticos acabados en garras y atormentados por el aire gélido.

Dios, cuánto odiaba el invierno. ¿Por qué demonios se había comprado una casa en Washington, y no en Florida? Qué ocurrencia.

No lo había hecho pensando en que tarde o temprano Crash llamaría a su puerta. Nada de eso. No creía, en realidad, que él fuera a aparecer en su habitación una noche cualquiera, aunque durante un tiempo se hubiera entregado a esa fantasía.

No, tenía clarísimo que Crash no la quería. Y sabía que no podría afrontar su rechazo una vez más.

Pero a pesar de que él parecía no sentir lo mismo, seguía considerándose su amiga. Habían sido amigos antes de acostarse juntos aquella noche. Y ella podía tomárselo con madurez y seguir siendo amiga suya.

Pero no si Crash no quería que lo fuera.

Al acercarse a la verja de la granja se detuvo por fin, con los ojos llenos de lágrimas.

La granja de los Robinson siempre había estado llena de vida. Incluso en plena noche parecía vibrar, siempre había alguna luz encendida, siempre se tenía la sensación de que había alguien en casa.

Ahora, sin embargo, estaba desierta. Las ventanas de la casa parecían tristes y vacías. La cinta amarilla de la policía ondeaba patéticamente al viento.

Y ya había un cartel de *Se vende* en la verja.

Al principio, sintió rabia. Jake llevaba muerto menos de dos semanas, y ya había alguien que quería vender su amada granja.

Entonces tuvo que afrontar la realidad.

La granja ya no significaba nada para Jake. Los parientes lejanos que hubieran heredado la granja eran conscientes, obviamente, de que conservar la finca no les reportaría ningún beneficio. No haría volver a Jake de allá donde estuviera, eso desde luego.

De allá donde estuviera...

Fuera donde fuese, Nell confiaba en que hubiera vuelto a encontrarse con Daisy.

Cuando cerró los ojos, los vio bailando juntos. Era una imagen tan clara, tan real... En su imaginación seguían vivos, sonrientes y llenos de energía.

Era una amarga ironía. Hasta en su condición de fantasmas, Jake y Daisy estaban más vivos que Crash o que ella.

Los que habían sobrevivido eran precisamente los que no se permitían vivir. Valiente pareja formaban: Crash se abotargaba conscientemente alejándose de sus emociones, y a ella le daba miedo vivir la vida a tope.

Aunque a decir verdad ya no le daba miedo.

Había dejado de sentir miedo la noche en que descubrió que Jake había muerto y que Crash seguía vivo. Crash seguía vivo y ella iba a ser su amiga, le gustara o no.

Seguía vivo y ella iba a luchar por él. Iba a hacer lo necesario para decirle al mundo entero que era inocente, que todo aquello era una infamia.

De hecho, iba a irse a casa y a primera hora de la mañana llamaría a todos sus contactos en los medios de comunicación. Iba a dar una rueda de prensa.

Y a asegurarse de que esas pruebas balísticas volvían a hacerse.

Hasta se sentía con ánimos para lanzarse esquiando por el monte Washington con una bandera que proclamara la inocencia de Crash, si eso servía de algo.

Dio media vuelta y se fue a casa.

Eran las cuatro de la mañana, pero en su calle había un atasco.

Había un embotellamiento en toda regla, causado por cuatro camiones de bomberos y tres furgones de televisión.

Estaban allí porque su casa estaba en llamas.

Su casa estaba en llamas.

No se molestó en aparcar. Apagó el motor en plena calle y salió del coche.

Desde donde estaba sintió el calor del incendio. Veía llamas saliendo de todas las ventanas.

—¡Mueva ese coche! —le gritó un bombero.

—No puedo —contestó, aturdida—. Mi garaje está ardiendo.

—¿Es usted la propietaria?

Nell asintió con la cabeza. Era la propietaria, pero dentro de poco sólo tendría un montón de cenizas.

—¡Eh, Ted! ¡Ésta es la señora que vive aquí!

Se acercó otro hombre más bajo. Su casco lo identificaba como el jefe de bomberos.

—¿Hay alguien dentro? —preguntó.

Nell negó con la cabeza, sin dejar de mirar las llamas.

—No.

—Menos mal —él levantó la voz—. ¡No hay nadie dentro! ¡Todo el mundo fuera! ¡Rápido!

—¿Cómo ha podido ocurrir esto?

—Seguramente habrá sido un fallo eléctrico —le dijo el jefe—. Es posible que haya empezado siendo muy poca cosa, pero las casas tan viejas como ésta arden como la yesca, sobre todo en esta época del año. Tendremos una idea más clara de cómo empezó cuando lo apaguemos y podamos entrar a echar un vistazo. En todo caso, tiene usted suerte de no haber estado en casa, o seguramente ahora estaríamos sacando su cadáver de ahí dentro.

Tenía suerte.

Tenía muchísima suerte. Nell no recordaba cuándo había sido la última vez que estuvo en pie a aquellas horas, y fuera de casa, además. Tenía una suerte endiablada.

Intentó con todas sus fuerzas sentirse afortunada mientras contemplaba en medio de la penumbra cómo se convertía en humo todo lo que poseía, salvo su coche y su ropa. Había cosas que se estaban quemando en ese momento que no podría reemplazar. Fotografías, por ejemplo. Tenía una foto fantástica con Crash y Jake que les había hecho Daisy. Todos sus libros y sus discos, los platos que le había regalado su abuela, la acuarela irremplazable de Daisy... Todo se había perdido. Sólo había pasado dos horas fuera de casa, y con un chasquido de dedos casi todos sus tesoros habían desaparecido.

Se le llenaron los ojos de lágrimas e intentó refrenarlas. Tenía mucha suerte, maldita sea. Podría haber muerto.

Había amanecido cuando el fuego se apagó por fin, y media mañana cuando acabó de rellenar los impresos del seguro y todo el papeleo.

Luego se fue al Ritz-Carlton (uno de los hoteles más elegantes de la ciudad) y pidió una habitación carísima. Se lo merecía.

Estaba exhausta, pero se detuvo a llamar al despacho del capitán Franklin. Dejó el número de teléfono del hotel y un mensaje pidiéndole que la llamara si tenía alguna noticia del paradero de Crash.

Agotada, se quitó la ropa, se metió en la cama y casi inmediatamente cayó en un sueño profundo y vacío.

CAPÍTULO 11

Las cortinas estaban entreabiertas y Crash las cerró sin hacer ningún ruido.

Conseguían tapar los últimos rayos de luz del atardecer. Cruzó en silencio la habitación a oscuras, camino del cuarto de baño.

Cerró la puerta, dejando una rendija, y encendió la luz del baño.

La habitación quedó en penumbra. Crash volvió al dormitorio. Sí, había luz suficiente para ver la cara de Nell mientras dormía.

Estaba acurrucada en medio de la gran cama del hotel. Las mantas la tapaban todo menos la cara. Dormía profundamente, con los ojos bien cerrados.

Crash se quedó allí un momento, mirándola, y deseó no tener que molestarla. Deseó cosas que no podía tener. Ahora, sin embargo, no había tiempo para dejarla dormir. Para esas otras cosas que deseaba, no lo habría nunca.

—Nell... —dijo suavemente.

Ella no se movió.

Crash sacudió un poco la cama con la rodilla.
—Nell, lo siento, pero tienes que despertarte.
Nada.
Se sentó en la cama y se inclinó para zarandearla suavemente por el hombro.
—Nell...
Ella abrió los ojos, asustada.
Crash comprendió enseguida que había cometido un error. Tenía la luz del baño detrás, y ella no podía verle la cara. Sólo veía una silueta enorme y oscura, cernida sobre ella.
Nell tomó aire para gritar, y Crash se apresuró a taparle la boca.
—¡Chist! Soy yo, Crash. Billy.
Ella se sentó, desasiéndose de su mano y lanzándose en sus brazos.
—¡Billy! ¡Dios mío! ¡Me has dado un susto de muerte! ¡Gracias a Dios que estás bien! —se apartó para mirarlo en la oscuridad—. ¿Estás bien?
Ella olía tan bien... Crash sólo deseaba esconder la cara entre su pelo y quedarse sentado en aquella cama, abrazándola. Pero no era eso a lo que había ido.
Y tras darle un primer abrazo, Nell parecía tan ansiosa como él por poner distancia entre ellos.
Lo soltó rápidamente y se rodeó las rodillas con los brazos cuando él se levantó.
—No puedo creer que estés aquí. ¿Cómo me has encontrado?
Su voz baja y algo ronca era tan cálida, tan familiar... Dios, cuánto la había echado de menos. Tenía que mantenerse alejado de ella, o sentiría la tentación de hacer algo que lamentaría después.

Otra vez.
Encendió la lámpara del escritorio.
—No ha sido tan difícil.
—Mi casa se quemó anoche. Salí a comprar un donut y cuando volví estaba en llamas.
—Lo sé —al ver la fotografía en el periódico y darse cuenta de que era la casa de Nell, se le había parado el corazón. Y al leer que no había que lamentar desgracias personales, se había sentido aturdido de alegría.

Y aunque tenía muchas otras cosas que hacer para encontrar al responsable de la muerte de Jake, se había pasado toda la tarde buscando a Nell. No iba a permitir por nada del mundo que ella también muriera.

Nell se pasó una mano por el pelo, como si de pronto se diera cuenta de que lo tenía alborotado. Y se subió un poco más la manta, hasta el cuello.

Crash vio sus vaqueros y su camisa en el suelo. Bajo las mantas, sólo llevaba la ropa interior. O quizá ni siquiera eso. Tuvo que apartar la mirada. No podía permitir que sus pensamientos tomaran esa dirección.

—No puedo creer que hayas venido a pedirme ayuda —dijo ella en voz baja.

Él no pudo evitar volverse para mirarla. ¿Era eso lo que de veras pensaba Nell? ¿Que había ido porque quería o necesitaba su ayuda?

—He hablado con tu abogado para que intente que se repitan las pruebas balísticas —le dijo Nell.

Estaba muy guapa con aquella luz suave y romántica, allí sentada, posiblemente desnuda bajo la ropa de una cama de proporciones olímpicas. Crash encendió otra lámpara y luego otra, intentando iluminar lo más posible la habitación.

—Así que ha sido por eso.
—¿A qué te refieres?
—Por eso han intentado matarte.
Ella lo miró fijamente.
—¿Cómo has dicho?
Crash se puso a pasear por la habitación.
—No creerás de verdad que el incendio ha sido un accidente, ¿no?
—Según los expertos del departamento de bomberos, fue un fallo eléctrico. La instalación era antigua, hubo una subida de tensión y...
—Alguien ha intentado matarte, Nell. Por eso estoy aquí. Para asegurarme de que, cuando vuelvan a intentarlo, no lo consigan.
Se quedó tan sorprendida que casi dejó caer la manta.
—Por Dios, Billy. ¿Quién iba a querer matarme a mí?
—Seguramente la misma persona que mató a Jake y que me ha incriminado —contestó él—. ¿Le has dicho a alguien que te alojabas aquí?
Nell sacudió la cabeza.
—No. Espera. Sí. Llamé a tu abogado para dejarle este número de teléfono, por si necesitaba ponerse en contacto conmigo.
Él maldijo en voz baja y Nell se dio cuenta de que muy pocas veces lo había oído hablar así. Ni siquiera decía «maldita sea». Esas palabras no formaban en general parte de su vocabulario.
Crash recogió su ropa y la puso junto a ella, en la cama.
—Estaré en el cuarto de baño mientras te vistes. Y luego nos largaremos de aquí. A toda prisa.
Nell se puso la camisa y los vaqueros antes de que a él le diera tiempo a cerrar la puerta del cuarto de baño.

—¡Espera, Billy! ¿De veras crees que quien mató a Jake tiene acceso a los mensajes privados de un abogado de la Armada? ¿No te parece un poco paranoico...?

Él abrió la puerta y la miró. Estaba completamente vestido de negro. Pantalones militares de faena negros, botas negras, jersey negro de cuello alto, chaqueta de invierno negra. Bajo la chaqueta llevaba algo parecido a un chaleco, también negro. Nell se dio cuenta de que su preferencia por el negro no tenía nada que ver con la moda: iba vestido para confundirse con las sombras de la noche.

—Te diré lo que sabemos sobre el hombre al que buscamos —le dijo Crash—. Creemos que es un comandante de la Armada con muchos contactos. Lo sea o no, lo que sí sabemos es... Dios mío, pero qué digo —le tembló la voz—. Hablo como si Jake todavía estuviera vivo.

Se apartó bruscamente de ella y por un instante Nell pensó que iba a traspasar la puerta del baño de un puñetazo. Pero se detuvo y apoyó muy despacio la palma de la mano contra la madera. Respiró hondo y cuando volvió a hablar su voz sonó firme.

—Estoy seguro de que ese hijo de perra tiene algo que esconder, algo que temía que Jake estuviera a punto de descubrir. Y ese algo, sea lo que sea, es tan importante para él que sería capaz de arriesgar el alma con tal de mantenerlo en secreto. Hizo matar a Jake y a mí me ha tendido una trampa para incriminarme. No sé quién es, pero tiene poder suficiente para falsificar los resultados de esas pruebas balísticas. Y, créeme, eso no es nada fácil —Crash se volvió para mirarla—. Puesto que ya ha matado una vez, no me extrañaría que decidiera que lo más sencillo es matarte, en lugar de volver a falsificar esas pruebas. Así que, sí, puede que parezca un paranoico, pero no puedo descartar que alguien con tanto poder tenga acceso a la información que entra y sale de la oficina del capitán Franklin.

Llevaba el pelo recogido en una coleta y aquel peinado severo realzaba sus pómulos altos. Estaba muy guapo. Y sus ojos... La intensidad ardiente de su mirada atormentaba los sueños de Nell.

—Vamos, Nell —dijo suavemente al ver que ella guardaba silencio—. No dejes de creer en mí ahora.

Por descabellada que sonara su teoría, estaba claro que Crash creía en ella.

—No has venido a pedirme ayuda —dijo Nell—. Has venido porque crees que yo necesito la tuya.

Él no respondió. No tenía que responder.

—¿Y si te digo que no la quiero? —preguntó Nell.

Era evidente por su mirada que Crash sabía adónde quería ir a parar. Nell estaba devolviéndole la pelota.

—Esto es distinto.

—No, no lo es. Ambos creemos que el otro necesita que lo salven —Nell cruzó los brazos—. ¿Quieres salvarme? Pues más vale que estés dispuesto a dejar que te ayude.

—Tal vez podamos discutir este asunto en el coche.

Ella asintió con la cabeza. Hacía mucho tiempo que no se sentía tan animada. Crash no le había escrito. No la había llamado. Pero había aparecido cuando creía que su vida corría peligro. A pesar de todo lo que había dicho o hecho, se preocupaba por ella. Seguía siendo su amigo.

Su amigo, se repitió Nell con firmeza. Crash se había apartado de ella como si su contacto lo quemara. Estaba claro que no tenía intención de permitir que su relación volviera a rebasar los límites de la amistad. Y eso estaba bien, porque ella pensaba lo mismo. No pensaba cometer dos veces el mismo error.

—Me pongo las botas y nos vamos —se volvió para mirarlo—. ¿Sabemos adónde nos dirigimos?

—Te lo diré en el coche.

Alguien llamó a la puerta de la habitación y Nell se sobresaltó. No vio moverse a Crash, pero de pronto él tenía una pistola en la mano. Le indicó que guardara silencio y que se apartara de la puerta.

Volvieron a llamar.

—Servicio de habitaciones. Traigo un tentempié y una botella de Chablis para la señorita Burns, obsequio de la casa.

Crash se acercó a ella y le dijo al oído:

—Dile que lo deje junto a la puerta. Que estabas a punto de darte una ducha. Y luego métete debajo de la cama, ¿entendido?

Ella asintió con la cabeza, incapaz de apartar los ojos de la pistola. Era enorme y parecía mortífera. Nunca había visto un arma así tan de cerca. Aquello resultaba asombroso en más de un sentido, a pesar de haberse convertido en el hombre más buscado de la década, Crash había logrado armarse.

Él le apretó rápidamente el brazo antes de soltarla. Recorrió rápidamente la habitación, apagando todas las luces que había encendido.

Nell se aclaró la garganta y levantó la voz para que la persona del otro lado de la puerta la oyera con claridad.

—Lo siento, me pilla en mal momento. Estoy a punto de meterme en la ducha. ¿Puede dejarlo fuera?

—Claro —contestó alegremente su interlocutor—. Que pase una buena noche.

Crash le indicó que se moviera. Al deslizarse bajo la cama, Nell lo vio entrar en el cuarto de baño y oyó el ruido de la ducha.

Todo aquello parecía ridículo. La persona que había llamado era seguramente un camarero del servicio de habitaciones, como había dicho.

Levantó el volante de la colcha y vio que Crash salía del baño. Él no parecía pensar que aquello fuera una ridiculez. Se quedó de pie entre las sombras, un poco apartado de la puerta, con la pistola lista. Con el arma en la mano y la boca crispada en una mueca de determinación, parecía increíblemente peligroso.

Crash le había dicho una vez que no lo conocía, que sólo le había permitido ver una parte muy pequeña y blanqueada de sí mismo.

Nell tuvo la sensación de que, si ella se equivocaba y realmente había alguien al otro lado de la puerta que quería hacerle daño, en los minutos siguientes iba a poder echar una buena ojeada a esa otra faceta de Crash Hawken. Iba a ver al SEAL en acción.

Entonces vio que la puerta se abría. El ruido de la ducha ahogó el chasquido de la cerradura al abrirse. La puerta del baño estaba entornada y, a la luz que se colaba por ella, Nell vio entrar a un hombre.

No llevaba un plato de queso y una botella de vino, sino una pistola parecida a la de Crash.

El corazón le latía a toda prisa. Crash tenía razón. Aquel hombre había ido a matarla.

El intruso cerró suavemente la puerta a su espalda, con cuidado de no hacer ruido.

Era más bajo y más delgado que Crash, y tenía menos pelo.

Pero su pistola parecía igual de letal.

Mientras Nell observaba, empujó la puerta del cuarto de baño.

Entonces fue cuando Crash se movió. Surgió de entre las sombras y apoyó la pistola en la nuca del intruso. Hasta su voz sonaba distinta. Más ronca, más áspera.

—Suelta la pistola.

El hombre se quedó paralizado, pero sólo un segundo.

Al ver que no soltaba al instante su arma, Crash comprendió que no iba a darse por vencido fácilmente. El pistolero dudó sólo una fracción de segundo, pero ese tiempo bastó para que Crash adivinara su siguiente movimiento.

Creía que Crash estaba fanfarroneando y pretendía ponerlo en evidencia. No hacía falta el cerebro de un astrofísico para darse cuenta de que, en aquel momento, el intruso era el único vínculo potencial que Crash tenía con aquel misterioso comandante. La única razón que tenía Crash para dispararle era proteger a Nell.

El pistolero, en cambio, no tenía ningún motivo para no dispararle a él.

Pero Crash se le adelantó. Le asestó un golpe a un lado de la cabeza con el cañón del arma y al mismo tiempo lo desarmó de una patada certera.

La pistola del intruso golpeó el marco de la puerta y rebotó, resbalando por la alfombra hasta el centro de la habitación.

El golpe asestado por Crash habría tumbado a cualquiera en el acto, pero aquel tipo no estaba dispuesto a darse por vencido. Estrelló su puño en la cara de Crash y le dio un fuerte codazo en las costillas. Crash sintió un estallido de dolor. Su contrincante agachó la cabeza y se inclinó, intentando lanzarlo por encima de su hombro. Pero, con dolor o sin él, Crash adivinó de nuevo lo que se proponía y, en lugar de él, fue el pistolero quien cayó al suelo.

Pero se lanzó hacia el centro de la habitación, intentando recuperar su arma.

La pistola, sin embargo, no estaba allí.

Crash bendijo para sus adentros a Nell al saltar sobre el intruso. Aquel canalla luchaba como si estuviera poseído por el diablo, pero Crash la habría emprendido a golpes con el mismísimo Satanás para mantener a salvo a Nell. Lo golpeó una y otra vez, hasta que por fin logró asestarle un puñetazo que lo dejó inconsciente, y el hijo de perra se desplomó.

Crash lo registró rápidamente y se incorporó con una pistola automática más pequeña y un enorme cuchillo de combate. El intruso llevaba las armas bien enfundadas y, por suerte para Crash, no había podido sacarlas durante la pelea.

Crash levantó la mirada y vio asomarse a Nell por debajo de la cama.

—¿Estás bien? —le preguntó ella con los ojos como platos—. Dios mío, estás sangrando.

El anillo que el pistolero llevaba en el dedo meñique le había hecho un corte en la mejilla. Crash se lo limpió con el dorso de la mano.

—Estoy bien —dijo. Un rasguño como aquél no tenía importancia. Ni tampoco la tenía el hematoma que iba a salirle en el costado.

Durante unos días, cuando se riera, le dolerían las costillas.

Pero como no recordaba la última vez que se había reído, no creía que aquello fuera a suponer un problema.

Sacó la cartera del hombre del bolsillo trasero de sus pantalones. Dentro había un permiso de conducir y varias tarjetas de crédito que, de tan nuevas, parecían sospechosas. No había papeles, ni recibos, ni fotos de sus hijos o su mujer. Ningún pequeño recorte de su vida.

—¿Quién es?

—Actualmente se hace llamar Sheldon Sarkowski —le dijo él—. Pero ése no es su verdadero nombre.

—¿No? —Nell comenzó a salir de su escondite, empujando con cautela el arma de Sheldon delante de ella.

—No. Es un profesional. Seguramente ya ni recuerda cómo se llama —Crash tomó el arma, le sacó el cargador y se guardó ambas cosas en el chaleco, junto con las otras armas que le había quitado al pistolero.

—¿Qué vamos a hacer con él?

—Vamos a atarlo y a llevarlo con nosotros. Tengo un par de preguntas que hacerle cuando se despierte.

Nell se había puesto de pie, pero retrocedió para sentarse al borde de la cama. Estaba tan pálida que casi parecía gris.

—¿Estás bien? —preguntó Crash—. Tenemos que salir de aquí antes de que el compañero de este tipo venga a ver por qué tarda tanto. ¿Puedes andar?

—Sí, es sólo que... intento hacerme a la idea de que un tal Sheldon ha venido a matarme.

Crash se levantó.

—No voy a permitir que nadie te haga daño, Nell. Te lo juro, te mantendré a salvo aunque sea lo último que haga.

Nell levantó la mirada hacia él.

—Te creo —le dijo.

CAPÍTULO 12

—¿Qué vamos a hacer exactamente con el tipo que llevamos en el maletero? —Nell se rió, incrédula, mientras se volvía ligeramente en el asiento del coche para mirar a Crash—. No puedo creer que haya dicho eso. No puedo creer que llevemos a un hombre en el maletero. Seguro que está muy incómodo.

Crash la miró.

—Peor para él. Debería haberlo pensado antes de entrar en tu habitación para matarte.

—Tienes razón —Nell se quedó callada un momento, mirando las estrellas por el parabrisas. Luego volvió a mirar a Crash—. Entonces, ¿adónde vamos?

—A California.

—¿En coche?

Él volvió a mirarla.

—Estarán buscándome en los aeropuertos.

—Claro. Lo siento, yo... —sacudió la cabeza—. ¿Cuánto tiempo tardaremos en llegar?

—Depende de cuántas veces paremos a dormir. Tenemos que parar por lo menos una vez para que pueda interrogar a Sarkowski.

Por lo menos una vez. No hablaba en broma. Irían en coche desde el distrito de Columbia a California y muy posiblemente sólo pararían a dormir una vez.

El coche era lujoso. Compacto, pero con los asientos tapizados en cuero suave, muy cómodos para dormir.

El asiento trasero era lo bastante grande como para que ella se acurrucara. En ese momento estaba cubierto de bolsas de deporte. Había, además, un maletín y lo que parecía ser la funda de un ordenador portátil.

–¿De dónde has sacado todas estas cosas? –preguntó ella–. ¿Y el coche?

–El coche pertenece a un oficial de la Armada que va a pasar seis meses destinado en un portaaviones. Lo he confiscado. Lo mismo que el resto del equipo.

«Confiscar» era un modo curioso de referirse a un robo.

–Tengo intención de devolverlo todo –le dijo Crash, como si supiera lo que estaba pensando–. Excepto las balas, quizá, y parte de los explosivos.

¿Explosivos? ¿Balas? Nell cambió de tema.

–¿Y qué hay en California? –preguntó–. ¿Y a qué parte de California vamos? Es un estado muy grande.

Crash le lanzó otra mirada antes de volver a fijar los ojos en la carretera. Encendió la radio, puso una emisora de rock clásico y ajustó los mandos para que sólo sonaran los altavoces traseros.

–Por si acaso Sarkowski se despierta –explicó–. No quiero que se aburra.

Lo que no quería era que el hombre que iba en el maletero volviera en sí y les oyera hablar.

Nell esperó a que contestara a su pregunta, pero pasaron varios kilómetros sin que Crash dijera nada.

—Por favor —dijo, exasperada—. No irás a volver a las andadas, ¿verdad? Te hago una pregunta y no respondes. ¿No podrías hacer otra cosa, para variar? Como decirme la verdad sobre lo que está pasando.

Estaba empezando a llover y Crash puso en funcionamiento los limpiaparabrisas. La miró de nuevo, pero no dijo nada.

—Porque si vamos a volver a jugar a ese juego tan aburrido —continuó Nell—, más vale que te desvíes en la próxima salida. Si no piensas contármelo todo, y me refiero a todo, empezando por lo que pasó en casa de Jake, convendría que pararas y me dejaras salir inmediatamente.

—Lo siento —dijo Crash con calma—. Si no te he contestado, no ha sido a propósito. Sólo estaba pensando que... —titubeó.

—Tu disculpa sólo servirá de algo si acabas esa frase.

—Estaba pensando que, como SEAL, no puedo hablarte de esto —la miró otra vez. En la oscuridad, sus ojos parecían casi plateados y su cara, envuelta en sombras, tenía una expresión misteriosa—. Pero ya no soy un SEAL.

Lo habían despojado de su rango, de su orgullo, de su alma. Había muchas probabilidades de que acabara perdiendo también la vida en su búsqueda del misterioso comandante. Pero lo cierto era que estaba preparado para morir, si era necesario. Casi todo lo que había perdido ya era más importante para él que la propia vida.

Pero, si iba a morir, quería que alguien conociera toda la historia. Quería que alguien supiera qué había pasado de verdad.

Y sabía que podía confiar en Nell.

—Ya sabes que me encargo, o me encargaba, de misiones especiales para Jake —dijo.

—Sí —Nell asintió con la cabeza—. Pero no sé en qué consistían esas misiones.

—Jake me mandaba un archivo codificado, normalmente por correo electrónico. Esos archivos estaban programados de forma que no podían copiarse, y diseñados para borrarse automáticamente pasado un plazo muy corto, de modo que no quedara ningún rastro documental.

Crash sentía la mirada de Nell clavada en él. Ella parecía estar conteniendo el aliento, esperando a que continuara. Crash sabía que nunca le había oído enlazar tantas frases seguidas, salvo la vez que le contó cómo lo había sacado Daisy del campamento de verano.

—Los archivos contenían información sobre situaciones que había que aclarar o corregir, o... revisar de algún otro modo, digamos —continuó—. Establecían un objetivo y recomendaban diversos procedimientos para lograrlo. A veces el objetivo era únicamente recabar información. A veces era más... complicado. Pero cuando estábamos en el mundo real, trabajando en la misión, mi equipo y yo (y Jake sólo solía asignarme a dos o tres SEAL como compañeros) teníamos que valernos por nosotros mismos.

»El caso es que, la mañana del tiroteo, Jake me mandó un archivo codificado. Yo llegué de California ese mismo día. Había pasado casi seis meses seguidos en el extranjero. Normalmente, lo primero que hago cuando llego a Estados Unidos es tomarme unos días libres, cortarme el pelo e ir a la granja a ver a Daisy y a Jake —se quedó callado y sacudió la cabeza—. Sólo a Jake, ahora. Pero ese día, cuando llegué a la base, el capitán Lovett me mandó llamar a su despacho y me dijo que estaba organizando un equipo especial. Que había recibido órdenes de ir a la granja para reforzar la seguridad. Dijo que el almirante había recibido varias amenazas de muerte. Y me preguntó si quería formar parte de ese equipo especial de seguridad.

—Le dijiste que sí, claro.

Crash asintió con la cabeza.

—Intenté llamar a la granja en cuando salí del despacho de Lovett, pero no conseguí hablar con nadie. Y luego sólo tuve tiempo de recoger mis cosas antes de encontrarme con Lovett y con el resto de los miembros del equipo.

Esa noche también llovía ligeramente.

Miró a Nell y se aclaró la garganta.

—Cuando llegué al helicóptero en el que íbamos a ir a la granja, había en él tres hombres a los que no había visto nunca. Estaba cansado. Hacía cuarenta y ocho horas que no dormía, así que pensé que mis sospechas eran una paranoia provocada por el cansancio. Lovett parecía conocerlos bien. Pensé que no había problema —hizo una pausa—. Y me equivoqué.

»Cuando llegamos a la granja, Jake pareció muy sorprendido al vernos, como si nadie le hubiera dicho que iba a ir un equipo de los SEAL —prosiguió—. Aquello debería haberme alertado. Debería haberme dado cuenta de que había gato encerrado —apretó los dientes—. Pero no me di cuenta, y Jake murió. Pero antes de morir, me habló del archivo que me había enviado —se volvió para mirar a Nell—. Creía que le habían disparado para intentar echar tierra sobre la información que me había mandado en ese archivo. Que, para impedir que la investigación siguiera adelante, alguien le había hecho matar.

Nell asintió lentamente.

—Y tú crees que tenía razón, ¿no?
—Sí.
En el parabrisas, la lluvia comenzaba a volverse fangosa y densa. La noche era fría, pero dentro del coche se estaba bien. Hacía calor.

Demasiado calor.

Crash volvió a mirar a Nell. Estaba ligeramente vuelta hacia él, y su rodilla quedaba a pocos centímetros del muslo de él. El coche era tan compacto que podía tocarla sin ningún esfuerzo. Estaba tan cerca que Crash no podía respirar sin sentir su dulce perfume. Miró el cuentakilómetros. Sólo habían recorrido setenta y cinco kilómetros. Les quedaban dos mil seiscientos cincuenta y tres.

Crash miró la carretera intentando despejarse, insensibilizarse al perfume de Nell y al sonido de su voz. Procuró concentrarse en el tacto del volante forrado de cuero bajo sus manos, pero sólo podía pensar en el vello suave de la nuca de Nell y en la sedosa tersura de su espalda desnuda. Su piel era tan suave como la de un bebé.

Aquella noche que ella había pasado en su habitación, él se había permitido tocarla. Cuando ella se quedó dormida, se permitió el lujo de pasar los dedos por sus hombros, por su espalda y sus brazos, hasta que él también cayó en un sueño profundo.

Ahuyentó aquel recuerdo. No era momento de pensar así en Nell, al comienzo de un viaje de dos mil setecientos kilómetros y de una misión que con toda probabilidad no acabaría bien.

—¿Puedes decirme que había en el archivo que te mandó Jake? —preguntó ella suavemente.

Crash mantuvo los ojos fijos en la carretera.

—No, pero voy a decírtelo de todos modos.

—¿Sí? —Nell no podía creer lo que estaba oyendo. Crash iba a desvelarle información de alto secreto.

—La misión tenía como objetivo investigar. Jake creía que alguien nos había jugado una mala pasada durante una operación de entrenamiento que tuvo lugar hace seis meses y que esa persona estaba intentando echar tierra sobre el asunto. Verás, en el sureste asiático hay una pequeña isla independiente —le dijo Crash—, que desde hace cuarenta años es uno de los principales puertos del tráfico de estupefacientes. Cuando Estados Unidos se propuso golpear a los narcotraficantes más cerca de su lugar de origen, maniobró para establecer una alianza con el gobierno de la isla. Hasta hace poco —prosiguió—, teníamos los cimientos de una relación provechosa para ambas partes.

Nell se recostó en el asiento y miró conducir a Crash. Era un buen conductor, siempre miraba por los retrovisores y sostenía el volante con las dos manos. Ella se sentía a salvo sentada a su lado, a pesar de que fuera el hombre más buscado por la Fincom.

—Hará seis meses, viajé a la isla como parte de un equipo cuyo objetivo era utilizarla como base de entrenamiento. Iban conmigo algunos miembros de la Brigada Alfa, un grupo de élite del Equipo Diez de los SEAL. Nos llevamos a la isla a cuatro agentes de la Fincom en una misión de entrenamiento, para enseñarles a actuar en un caso de secuestro terrorista con rehenes. Íbamos a ejecutar una operación de rescate, enfrentándonos a unos pelones de la isla que harían de tangos.

—Guau —dijo Nell—. Espera un momento. Me he perdido. ¿Pelones y tangos?

—Lo siento. Los pelones son los marines. El mote les

viene del corte de pelo. Y «tango» es el equivalente a la letra «t» en lenguaje de radio; o sea, una abreviatura de «terrorista».

—Ya entiendo. Continúa —le ordenó ella.

—Cuando llegamos a la isla, nos encontramos con la operación de entrenamiento más chapucera con la que he tenido que vérmelas nunca. Verás, al acercarnos al sitio donde iba a tener lugar el rescate simulado, nos encontramos con dos cadáveres. Eran dos de nuestros marines, muertos en acción de combate.

—Dios mío —Nell se incorporó, cautivada por su historia—. ¿Qué ocurrió?

Él la miró.

—Al parecer, entre el momento en que dejamos nuestro barco y el momento en que llegamos al campo de entrenamiento, había estallado una guerra entre los dos principales narcotraficantes de la isla.

—¿Una guerra? ¿Un tiroteo entre dos bandas, quieres decir?

—Sí —le dijo Crash—, aunque yo no los llamaría «bandas». Ambos narcotraficantes tenían ejércitos privados con tecnología punta. Estamos hablando de miles de hombres y de armamento muy moderno. Esos ejércitos eran más poderosos que las fuerzas armadas del gobierno. Lo que empezó ese día fue más bien una guerra civil en toda regla —la miró—. Los ingresos anuales medios de los hombres dueños de esos ejércitos eran mayores que el producto interior bruto del país. Uno de ellos era un expatriado estadounidense llamado John Sherman, un ex boina verde, lo cual sacaba de quicio a los marines. El otro era un isleño llamado Kim, al que apodaban «el Coreano» porque su padre era de allí.

»Durante años, Sherman y Kim habían tenido mucho cuidado de no pisarse el terreno, y más de una vez se habían echado una mano. Pero ese día, el acuerdo que tuvieran se fue al traste. Y cuando chocaron, un montón de gente inocente se vio atrapada en el fuego cruzado.

Respiró hondo.

—No fue fácil, pero por fin conseguimos sacar de la isla a toda la Brigada Alfa y a los marines supervivientes. Pero los combates siguieron durante días. Cuando las cosas se calmaron, había miles de víctimas y los daños materiales se contaban por millones. Lo único bueno que salió de todo aquello fue que Sherman y Kim también murieron.

Se quedó callado un momento, y el sonido de los limpiaparabrisas marcó un ritmo que desentonaba con la canción navideña que emitía la radio.

—No lo entiendo —dijo Nell por fin—. Has dicho que alguien estaba intentando tapar el asunto. ¿Qué hay que tapar?

—El archivo que me envió Jake contenía una copia de una declaración secreta tomada a la viuda de Kim —le dijo Crash—. Decía haber oído una conversación en la que un comandante de la Armada estadounidense supuestamente dijo a Kim que los americanos harían la vista gorda cuando llevara a cabo alguna operación, a condición de que Kim utilizara sus fuerzas para destruir a John Sherman y a sus tropas. No hay ni un solo oficial de la Armada de los Estados Unidos, almirantes incluidos, que tenga autoridad para hacer pactos de ese tipo, pero por lo visto Kim no lo sabía. Llegaron a un acuerdo y el Coreano comenzó a organizar un ataque sorpresa a la fortaleza de Sherman.

»Pero la noticia del presunto acuerdo y del ataque inminente se filtró (que sepamos, fue su propia esposa quien vendió a Kim) y Sherman atacó primero. Fue durante ese ataque inicial cuando nuestros marines se convirtieron en blanco de los narcotraficantes, y dos de ellos murieron.

Crash miró a Nell. La luz verdosa del tablero de mandos iluminaba tenuemente su cara, pero Crash pudo ver que tenía los ojos muy abiertos y que estaba pendiente de cada una de sus palabras.

Estaba claro que confiaba en él. Creía todo lo que salía de sus labios. Incluso ahora, a pesar de haberle dado la espalda como amiga (todas esas cartas a las que nunca contestaba, esas ocasiones en las que se negó a llamarla), Nell seguía teniendo plena fe en él. Crash sintió que algo dentro de sí se tensaba y se retorcía, y comprendió con absoluta certeza que había renunciado a mucho más de lo que imaginaba cuando aquella mañana, hacía casi un año, dejó que Nell saliera de su habitación.

Y ahora era demasiado tarde.

Agarró con fuerza el volante y se dijo que había hecho bien al dejarla marchar. Ese último año había pasado un total de cinco semanas en casa. Naturalmente, se había ofrecido voluntario para todas las misiones en el extranjero a las que había tenido acceso. Pero si hubiera querido, podría haber pasado gran parte de ese tiempo en Estados Unidos.

Pese a todo, lo que sentía, lo que quería, no importaba ya.

Las cosas no habían cambiado. Nell seguía mereciéndose algo más que lo que él podía ofrecerle. En opinión de Crash se merecía también algo mejor que Dexter Lancaster, pero hasta el abogado le sacaba ventaja sencillamente por estar disponible.

—Eh —dijo Nell—, ¿vas a contarme el resto de la historia, o tengo que tirarte de la lengua otra vez?

Crash la miró.

—Perdona. Estaba..

—Pensando —concluyó ella en su lugar—. Lo sé. Intentando descubrir cómo dar con ese comandante, ¿no?

—Algo así.

—¿Estás seguro de que no es sólo un rumor? Ya sabes, las cosas se tuercen y todo el mundo intenta echar la culpa a alguien.

—Después hubo montones de rumores —reconoció él—. Había gente que creía que habíamos hecho un trato con Kim. Y había quien creía que los rumores acerca de ese acuerdo entre Kim y los Estados Unidos los habíamos difundido nosotros para que Kim y Sherman se eliminaran el uno al otro. Pero nada de eso era cierto. Estoy muy familiarizado con las medidas que se habían tomado en la isla y sé que teníamos mucho más que ganar si nos ceñíamos a las normas.

»Si ese comandante de veras hizo un trato con Kim, y creo que así fue, es el responsable de que estallara la guerra. Murieron miles de civiles inocentes. Eso por no hablar de que nuestra alianza con el gobierno de la isla quedó rota. Perdieron la confianza en nosotros. Todo el trabajo que habíamos hecho para mantener la cooperación en la lucha contra el narcotráfico no sirvió de nada. El programa retrocedió veinte años.

—Pero si no sabes quién es ese comandante —dijo Nell—, ¿cómo vas a encontrarlo? Debe de haber miles de comandantes en la Armada de los Estados Unidos. ¿La mujer de Kim no sabía cómo se llamaba? ¿Ni siquiera su nombre de pila? ¿O su apodo?

Crash sacudió la cabeza.
—No.
—¿Puede describirlo? —preguntó Nell—. ¿Hacer un retrato robot?
Crash volvió a mirarla.
—Ha desaparecido.
—Y Jake pensaba que decía la verdad, ¿no? —preguntó Nell.
—Me dijo... —continuó Crash, pero tuvo que interrumpirse para aclararse la garganta—. Después de que le dispararan, estuvo consciente un rato y me dijo que, fuera quien fuese ese comandante, tenía que estar detrás del tiroteo. Yo también lo creo. Ese hijo de perra mató a Jake y me tendió una trampa. Y ahora intenta matarte también a ti.
Nell se quedó callada, mirando con los ojos entornados el aguanieve que caía sobre el limpiaparabrisas.
—¿Cuál era su móvil? —preguntó por fin—. ¿En qué beneficiaba a ese comandante que estallara una guerra civil entre Kim y ese tal...? ¿Cómo se llamaba?
—John Sherman —dijo Crash—. Yo llevo preguntándome lo mismo desde que leí el archivo. Es muy posible que las cosas le salieran tan mal como a nosotros. Y en ese caso, probablemente su intención no era desencadenar una guerra civil —la miró—. Tengo una teoría.
—Dispara.
Crash volvió a mirarla.
—Creo que el móvil del comandante era exactamente el que le dijo a Kim. Quería muerto a Sherman. Mi teoría es que a ese comandante le importaban un bledo las drogas o las tropas de los narcotraficantes. Creo que era algo personal.

—¿Personal?

—Un personaje como Sherman debía de tener montones de enemigos. En Vietnam, su unidad estaba especializada en confiscar grandes cargamentos de droga y alijos de armas. Durante varios años se quedó con la mitad de todo lo que confiscaba, vendiéndolo al mejor postor. Aunque el mejor postor fuera el enemigo. Por fin se descubrió lo que estaba haciendo, pero desapareció antes de que lo detuvieran.

—¿Y qué crees? ¿Que ese comandante pretendía tomarse la revancha porque se hubiera escapado?

—Creo que es posible que sirviera con Sherman en Vietnam. De hecho, he tenido acceso a través de Internet a diversos archivos de personal de la Armada, y he dado con tres nombres: dos comandantes y un contralmirante recién ascendido. Todos ellos sirvieron en Vietnam al mismo tiempo que Sherman. Y siguen en activo. Les he mandado correos electrónicos levemente amenazadores. Ya sabes: «Sé quién eres. Sé lo que has hecho». Pero de momento ninguno de ellos ha respondido. No esperaba que respondieran, claro. Sólo los mandé por si acaso —sacudió la cabeza.

—Piensa en toda esa gente a la que llamamos el año pasado, para la boda de Jake y Daisy —dijo Nell—. Parecía que todos eran coroneles o capitanes. El tipo al que buscas podría llevar años retirado y seguir haciéndose llamar comandante.

—Lo sé. Y la lista de comandantes de la Armada retirados tiene seguramente diez páginas de largo —miró a Nell y sonrió con amargura—. Si quiero encontrar a ese malnacido, y quiero, lo mejor que puedo hacer es intentar sacarle alguna información a nuestro amigo del maletero. Pero primero voy a llevarte a un lugar seguro.

—¿Perdona? —ella le lanzó su mejor mirada de escepticismo, levantando las cejas y abriendo mucho los ojos—. Creía que habíamos llegado a un acuerdo; que si yo dejaba que me ayudarás, tú dejarías que yo te ayudara a ti.

—No puedes ayudarme en nada.

—¿Nos apostamos algo? Tengo una idea sobre cómo sonsacar a nuestro querido amigo Sheldon. Sin mí, te resultará mucho más difícil. Puede que no me merezca un Oscar, pero no soy tan mala actriz: puedo arreglármelas. Sólo tenemos que parar en una tienda y...

—Nell, no quiero tu ayuda —a pesar de todo lo que le había dicho, había tantas cosas que seguía ocultándole... Tantas cosas que se callaba... No le había dicho que deseaba tanto tocarla que se estaba volviendo loco. Ni que había sentido terror al ver en el periódico su casa envuelta en llamas. No iba a decirle que la había contemplado mientras dormía, en la habitación de aquel hotel, y que había sentido un ansia de poseerla que no tenía derecho a sentir, un anhelo y un deseo que sabía que tenía que alejar de sí.

Separarse. Distanciarse. Escindirse.

No, no necesitaba la ayuda de Nell.

—Puede que no quieras mi ayuda —dijo ella con calma—. Puede que ni siquiera la necesites. Pero el tipo del maletero fue a matarme a mí. Estoy metida en esto, Billy, tanto como tú. Al menos, escúchame.

CAPÍTULO 13

Estaba tan nerviosa que no podía comer. Dejó su ración de pizza a medio comer en la caja y se quedó mirando las bolsas de deporte que Crash había sacado del coche.

—Esto es lo que vamos a hacer —dijo él con aquella voz engañosamente suave mientras metía la mano en una y sacaba una pieza cilíndrica que enroscó al cañón de su pistola tamaño *Harry el Sucio*—. Yo te hago unas preguntas, tú las respondes y todos tan contentos.

Sheldon Sarkowski tenía el ojo izquierdo amoratado. Su labio, hinchado, sangraba aún ligeramente. Estaba aún inconsciente cuando Crash se detuvo en un tramo desierto de carretera para sacarlo del maletero y meterlo en el asiento de atrás. Tenía las manos esposadas y los pies atados, pero Crash había tapado las esposas y la cuerda con una manta y lo había llevado en brazos a la habitación que habían alquilado en un motel barato para pasar la noche.

Había sólo dos o tres coches en el aparcamiento, ninguno de ellos lo bastante cerca de su destartalada habitación como para que desde ellos pudieran oírse gritos.

Y eso estaba bien, por si acaso alguien gritaba. Y Nell sospechaba que iba a haber algunos gritos. Y no por Crash, a quien nunca había oído alzar la voz.

Una vez dentro de la habitación, Crash había logrado despertar a Sheldon. Había bastado con arrojarle a la cara el contenido de una hielera llena de agua fría. Ahora, bien atado a la silla, Sheldon escupía y mascullaba cargado de resentimiento.

Estaba claro que no se hallaba en una situación de poder, y aun así logró reírse con desdén de Crash y de la pistola.

—Entérate, no voy a decir nada. Así que, ¿qué vas hacer? ¿Matarme?

Crash se sentó en la cama, justo frente a él, con la pistola sobre el regazo.

—Vaya, Sheldon —dijo—, por lo visto has descubierto que era un farol.

Nell se giró para mirarlo, apartándose de la ventana desde la que había estado espiando el aparcamiento.

—¡No le digas eso!

—Pero tiene razón —dijo Crash suavemente—. Matarlo no servirá de nada.

Nell respiró hondo, consciente de que había sobreactuado al decir su primera frase y de que corría el peligro de echarse a reír. Volvió a mirar por la ventana, rezando por que aquello funcionara.

—No tengo muchas opciones —estaba diciendo Crash. Parecía una especie de Clint Eastwood: su voz era suave, casi susurrante, pero ocultaba una intensidad cargada de peligros—. Supongo que podría pegarte un tiro en la rodilla, pero es muy engorroso. E innecesario. Porque lo único que quiero es ponerme al servicio del comandante.

Nell volvió a girarse.

—Eh...

Crash levantó una mano y ella guardó silencio obedientemente.

—Esto es lo que te ofrezco, Sheldon —dijo—. Me han tendido una trampa. Yo no maté al almirante Robinson, pero alguien falsificó las pruebas balísticas para incriminarme. Todavía no he descubierto cómo lo logró el comandante, pero lo descubriré. Tampoco he descubierto aún qué relación tenía el comandante con John Sherman, pero eso también lo descubriré. Tarde o temprano, sabré toda la historia. Hasta el último detalle.

Se detuvo y luego añadió, todavía con aquella voz baja y serena:

—Me parece que mi silencio vale algo. Verás, creo que el comandante y tú sabéis tan bien como yo que, aunque demostrara mi inocencia, aunque me absolvieran de los cargos que se me imputan, jamás conseguiré limpiar del todo mi nombre, ni reparar el daño que se le ha hecho a mi carrera. De hecho, tengo la certeza de que mi carrera en las filas de los SEAL ha acabado. Nadie va a quererme en su equipo.

»Y puesto que ya no figuro en la nómina del Tío Sam —continuó Crash—, necesito una nueva fuente de ingresos. Creo que si el comandante quiere que toda la porquería que ya he destapado sobre él y toda la que pienso destapar siga debajo de la alfombra, va a tener que pagar. Doscientos cincuenta mil dólares en billetes pequeños, sin marcar.

Crash se quedó callado. Nell esperó un par de segundos para asegurarse de que había acabado. Luego dijo:

—No puedo creer lo que estoy oyendo.

Era una pésima actriz. Primero parecía demasiado indignada, demasiado nerviosa, y ahora parecía que todo le daba igual. Quería que aquel tipo creyera que estaba furiosa con Crash, no que era bipolar.

Ira, ira. ¿Cómo actuaba la gente cuando estaba iracunda? ¿Qué cara ponía?

Y más concretamente, ¿qué cara ponía cuando se enfadaba con Crash?

En eso, ella tenía algunas experiencias de las que tirar.

Durante el año anterior, se había enfadado muchas veces consigo misma y también con él.

¿Por qué no le había escrito al menos una tarjeta con dos renglones, dándose por enterado de su existencia? *Querida Nell: recibí tus cartas. No me interesa ser tu amigo. Firmado: Crash. Posdata: gracias por el sexo. Fue agradable.*

Agradable. Crash había usado esa palabra horriblemente insípida para calificar lo que compartieron aquella noche maravillosa, un millón de veces mejor que su forma de describirla.

En aquel momento, Nell estaba tan abrumada por sus propias emociones que no pudo reaccionar. Pero desde entonces había tenido tiempo de sobra para ofuscarse.

Recurriendo a esos sentimientos, lanzó a Crash una mirada asesina.

—No puedo creer lo que acabas de decir —su voz tembló ligeramente, llena de ira. Agradable. ¡Agradable! Crash pensaba que hacer el amor con ella había sido «agradable»—. ¿De verdad piensas venderte a esta escoria?

—No creo que tenga alternativa —Crash parecía cargado de tensión—. Así que cierra el pico y sigue vigilando.

¿Cerrar el pico? Aquellas palabras eran tan impropias de él que Nell dio un paso atrás, sorprendida.

—No pienso callarme —le espetó—. Puede que no tengas alternativa, pero...

Él se levantó.

—No me presiones —tenía una expresión claramente amenazadora. Sus ojos parecían descoloridos, casi blancos. Y vacíos. Sin alma.

Nell titubeó, incapaz de recordar qué se suponía que debía decir a continuación, helada por la frialdad de su mirada. Era como si allí no hubiera nada, como si por dentro estuviera vacío. Nell lo había visto así antes, en el velatorio y el funeral de Daisy. Recordaba que entonces había pensado que, pese a que podía hablar y caminar, su corazón apenas latía.

¿Estaba fingiendo también entonces, o de veras era capaz de insensibilizarse hasta aquel extremo a voluntad?

Él se volvió hacia Sheldon.

—Dime el nombre del comandante y setenta y cinco mil dólares serán...

—¿Qué hay de Jake Robinson? —eso era lo que tenía que decir.

—Perdona un minuto, Sheldon —Crash la agarró del brazo y la llevó bruscamente hacia el cuarto de baño.

No encendió la luz del baño porque estaba conectada a un ventilador y no quería que su ruido ahogara lo que iban a decir entre susurros. Su plan consistía, en parte, en que Sheldon oyera lo que decían.

—Creía que no querías morir —siseó entre dientes.

Apenas cabían los dos en el pequeño cuarto de baño. Aunque Nell se había desasido de su brazo, seguían estando muy cerca. Ella se frotó el brazo, donde Crash le había clavado los dedos.

—Lo siento —dijo Crash casi sin emitir sonido—. He tenido que hacerlo para que pareciera real. ¿Te he hecho daño? —la preocupación entibió sus ojos, devolviéndolos a la vida.

Estaba preocupado. Algo se agitó en el pecho de Nell, en su estómago, y de pronto su ira se desvaneció. Porque así como así comprendió por qué él no había contestado a sus cartas.

Por más que afirmara querer que sólo fueran amigos, en el fondo ella quería mucho más.

Se había delatado esa mañana, al suplicarle que le diera una oportunidad a su relación.

Crash lo había adivinado, y sabía también que, si le escribía, o si la llamaba, mantendría viva la minúscula semilla de esperanza enterrada en el fondo de su pecho, una esperanza que aún se agitaba y cobraba vida con algo tan trivial como un destello de preocupación en sus ojos.

Dios, era patética.

Era patética, y él olía tan bien, era tan cercano.. Deseó rodearlo con sus brazos y esconder la cara en su jersey. No habría sido muy difícil; sólo tenía que echarse un poco hacia delante.

Pero en lugar de hacerlo se metió las manos en los bolsillos delanteros de los vaqueros y dijo que no con la cabeza.

—Creía que querías vengarte del cabrón que mató a Jake Robinson —susurró lo bastante alto como para que el hombre de la otra habitación la oyera.

—Sí, bueno, he cambiado de idea —contestó él—. He

decidido que prefiero hacerme con el dinero y huir. Desaparecer en Hong Kong.

—¿En Hong Kong? ¿Quién ha hablado de ir a Hong Kong? —Nell bajó la voz—. ¿Crees que se lo está tragando?

Crash sacudió la cabeza. No lo sabía. Sólo sabía que hacía mucho tiempo que no besaba a aquella mujer. Nell se había metido de veras en su papel. Tenía las mejillas acaloradas y los ojos brillantes. Estaba irresistiblemente atractiva. Crash intentó apartarse de ella, pero ya tenía la espalda contra la pared. No había dónde ir.

—No pienso permitir que me arrastres a Hong Kong —continuó ella—. Me prometiste...

Él la cortó.

—No te prometí nada. ¿Qué pasa? ¿Es que crees que porque echamos un polvo tienes derechos sobre mí?

Nell dio un paso atrás y chocó con el borde de la bañera. Crash la agarró y, por un instante, Nell estuvo de nuevo en sus brazos. Pero Crash se obligó a soltarla. Se obligó a retroceder.

¿Qué le pasaba? Sí, sacar a relucir el tema del sexo daría realismo a su discusión, pero también era peligroso. Y lo que había dicho no podía estar más lejos de la verdad. Se habían acostado, sí, pero luego ella lo había dejado marchar. Hasta las cartas que le había escrito estaban redactadas con suma prudencia. No había duda: Nell no esperaba nada de él.

Sus ojos habían perdido parte de su brillo cuando volvió a mirarlo.

—¿Así llamas tú a lo que hicimos? —dijo con un áspero susurro, para que Sheldon la oyera—. ¿Echar un polvo? Creo que tiene que durar más de dos minutos y medio para que no se considere simplemente un gatillazo. Tú te corriste y yo fingí para que no te sintieras mal.

Se lo estaba inventando. Crash sabía que todo lo que había dicho era ficticio. Pero aun así no pudo evitar que lo asaltara la duda.

Lo de aquella noche había sido muy rápido, desde luego. Él ni siquiera había logrado llevarla hasta la cama. Pero ella parecía haberse deshecho en sus brazos. Eso no podía ser fingido, ¿no?

Sus dudas parecieron reflejarse en sus ojos, porque Nell alargó la mano y le tocó la cara.

—¿Cómo has podido olvidar que fue perfecto? —preguntó casi sin voz.

Tocó ligeramente sus labios con el dedo. El recuerdo de aquella noche había cargado sus ojos de pasión. Pero entonces se encontró con su mirada y apartó la mano como si se hubiera quemado.

—Perdona. Sé que no debería... Perdona.

—Haz lo que te digo y mantén la boca cerrada —le ordenó Crash ásperamente para que Sheldon lo oyera—. No hagas que lamente que Sarkowski no te pegara un tiro.

Se volvió bruscamente y salió del cuarto de baño. Temía que acabaría haciendo algo increíblemente estúpido si no se iba. Como besarla. O reconocer que no lo había olvidado. Había intentado olvidarlo, Dios sabía que lo había intentado. Pero sabía que se llevaría a la tumba el recuerdo de aquella noche.

Nell se quedó en el cuarto de baño mientras él volvía a sentarse frente a Sheldon.

—Las mujeres sólo dan problemas —le dijo el pistolero.

—Con ésta puedo arreglármelas —contestó Crash tajantemente.

Nell salió del baño como un perro con el rabo entre las piernas. Aunque dijera lo contrario, era una buena actriz. A no ser que aquella expresión fuera el resultado de su nuevo rechazo. Esta vez, había sido un rechazo a escala mucho menor. Pero al no responder a sus palabras casi inaudibles, Crash había vuelto a rechazarla en cierto modo.

Nell llegó al otro lado de la habitación y, tal como habían planeado, se lanzó hacia la puerta, la abrió y salió corriendo a la oscuridad de la noche.

Sheldon soltó un bufido.

—Sí, ya veo.

Crash comprobó que el pistolero seguía aún bien atado a la silla y corrió tras Nell, cerrando la puerta tras él. No tuvo que ir muy lejos: ella estaba esperándolo junto a la puerta.

—Deberías amordazarme —le susurró—. Porque, si estoy fuera de verdad, yo gritaría. Y si me taparas la boca con la mano, tendría que morderte.

—No tengo con qué amordazarte —naturalmente, si aquello fuera real, si él estuviera desesperado, usaría uno de sus calcetines. Pero no creía que Nell estuviera dispuesta a llegar tan lejos.

Ella se sacó la camisa de la cinturilla de los vaqueros.

—Rásgame la camisa y arranca una tira.

Crash sacó su cuchillo para cortar la costura. Y entonces, mientras la tela se rasgaba con un susurro, ella lo miró a los ojos.

Él comprendió que estaba pensando lo mismo que él: que aquello parecía un extraño juego sexual. Teniendo en cuenta la tensión erótica que parecía seguirlos allá donde iban, la idea de que él le rasgara la camisa para amordazarla con intención de llevarla a rastras a la habitación del motel y atarla...

Ella le dedicó una sonrisa medio avergonzada, medio llena de excitación cuando Crash guardó el cuchillo. Se había metido en el papel, sí.

—¿Tienes el zumo? —preguntó él. Nell había metido un poco en una bolsa de plástico, antes, en el coche.

—Lo puse debajo de la cama más alejada de la puerta. Recuerda que, cuando me tires al suelo, tienes que dejar que me meta un poco debajo de la cama para agarrarlo. Dame un segundo para metérmelo debajo de la camisa.

—¿Cómo? —preguntó Crash—. Voy a atarte las manos a la espalda. Creía que ya lo llevabas encima.

—¿Bromeas? ¿Y si se hubiera abierto antes de tiempo? —Nell pareció haberse desinflado un poco, pero no se detuvo—. Pues tendrás que hacerlo tú. Cuando me agarres para sacarme de debajo de la cama, métemelo debajo de la camisa.

—No puedo creer que estemos haciendo esto. Si de verdad funciona, será un milagro.

Nell le sonrió.

—Pues prepárate para presenciar un milagro —dijo—. Vamos. Y que parezca real —echó a correr por el aparcamiento.

Crash suspiró y fue tras ella. La alcanzó en menos de cuatro pasos y la agarró por la cintura, levantándola en vilo. Pero le costó más de lo que esperaba: ella se resistía.

—Tómatelo con calma, Nell. No quiero hacerte daño —siseó él.

Ella respiró hondo y abrió la boca, y él comprendió sin ninguna duda que iba a gritar. Se estaba tomando aquello demasiado a pecho. Crash hizo una pelota con la tela de la camisa y se la metió en la boca, intentando tener cuidado. Ella le mordió los dedos y él lanzó una maldición.

Abrió de una patada la puerta de la habitación, volvió a cerrarla tras ellos y soltó un improperio cuando una de las piernas de Nell estuvo a punto de impactar en sus partes pudendas. La lanzó sobre la cama, boca abajo, y le sujetó las manos a la espalda.

Tuvo que sentarse encima de ella para atarle las muñecas. Ella intentó asestarle otra patada, y Crash apoyó casi todo su pecho sobre ella. Maldición, intentaba de veras darle una patada en la entrepierna.

Crash volvió a jurar mientras la ataba, eligiendo palabras que no usaba desde hacía años mientras ella intentaba desasirse y pataleaba y se retorcía como una loca. La camisa desgarrada se le subió, dejando al descubierto la pálida suavidad de su espalda. Crash se sintió como un perfecto degenerado. ¿Cómo era posible que aquello lo excitara?

Pero era sólo un juego. Él no intentaba hacerle daño. Todo lo contrario. La estaba atando con un nudo que ella podía quitarse. Y tenía mucho cuidado de que la cuerda no raspara la delicada piel de sus muñecas.

Lo que lo excitaba era ver a Nell bajo él, sobre la cama, pegada a su cuerpo. No era el forcejeo, ni las cuerdas. Eso no era real. Pero Nell sí. Santo cielo, era increíblemente real.

Sacó otra cuerda de una de las bolsas y le ató los pies, también con nudos corredizos, consciente de que Sheldon Sarkowski lo miraba con expresión de fastidio.

Levantó a Nell y la depositó en el suelo con toda la suavidad que pudo mientras procuraba que pareciera que la tiraba allí sin contemplaciones.

Ella empezó a retorcerse enseguida, metiéndose bajo la cama. Era muy lista, no dejó fuera una pierna o un brazo de los que él pudiera tirar. Crash tuvo que levantar el volante de la colcha y meterse a medias bajo la cama para sacarla.

Allí, justo donde ella había dicho que estaría, había una bolsita de plástico. Estaba cerrada con un nudo retorcido, como un globito, y llena con aire y zumo de tomate, lista para estallar. De todas las ideas absurdas que Crash había intentado poner en práctica, aquélla se llevaba la palma.

Nell se había tumbado de espaldas. Crash agarró la bolsita con cuidado de no romperla y se la metió bajo la camisa. La enganchó en el cierre frontal de su sujetador, intentando ignorar el cosquilleo que sintió en los dedos al rozar su piel cálida y suave. Dios, ¿por qué estaba haciendo aquello?

Porque había una probabilidad del 0,001 de que saliera bien. Por ridículo que fuera, podía funcionar. A menudo, la gente veía lo que quería ver, y mientras Sarkowski no tuviera un sentido del olfato muy agudo, no vería salir zumo de tomate de la camisa de Nell, sino sangre.

Crash sacó a Nell de debajo de la cama, haciendo que pareciera que la había golpeado en la cara para que se estuviera quieta y que la había dejado aturdida por el golpe.

Luego se levantó, se enderezó el chaleco de combate y se pasó rápidamente los dedos por el pelo. Sacó su pistola de la funda y se sentó frente a Sarkowski como si no hubiera pasado nada.

—Quiero el nombre del comandante —dijo Crash—. Y lo quiero ya. Se me ha agotado la paciencia.

—Lo siento, colega —Sarkowski sacudió la cabeza—. Lo

único que puedo hacer por ti es decirle lo de esos doscientos cincuenta mil dólares. Pero no vas a negociar desde una posición de fuerza. A menos que puedas garantizar el silencio de la chica, además del tuyo, mi jefe no pagará ese precio.

—Puedo garantizar el silencio de la chica.

El pistolero se rió con desdén.

—Sí, ya.

Crash no parpadeó. No movió un solo músculo de la cara. Sencillamente se volvió y descargó su arma, apuntando directamente al pecho de Nell.

Ella se volvió, como empujada por la fuerza del impacto, y luego se echó un poco hacia delante. Se debatió un momento, intentando liberarse de las cuerdas, y a continuación se quedó quieta.

Crash respiró hondo, pero sólo olía a pizza, la caja seguía todavía abierta encima del televisor.

Observó la cara de Sarkowski mientras una mancha roja aparecía lentamente bajo el cuerpo de Nell. El pistolero había levantado los párpados un poco más de lo normal, y cuando se volvió para mirar a Crash tenía una mirada de recelo.

Crash dejó su arma sobre el regazo, con el cañón apuntando hacia Sarkowski.

—Quiero saber el nombre del comandante —repitió—. Ahora.

Sarkowski escudriñaba sus ojos en busca de algún indicio de mala conciencia, de algún asomo de emoción, y Crash mantuvo un semblante inexpresivo, los ojos fríos y la mirada plana, absolutamente vacía. Desde la perspectiva del pistolero, no tenía corazón, ni alma. Ni ningún problema para seguir engrosando su lista de cadáveres.

—Si me matas, no tendrás nada —dijo Sarkowski apresuradamente—. Nunca sabrás para quién trabajo.

Pero hablaba demasiado deprisa, y la ansiedad adelgazaba su voz.

—Eso sólo sería un inconveniente temporal —respondió Crash—. Sólo tendría que esperar a que el comandante mandara a otro a por mí. Es muy probable que ese otro hable. Y si no, el siguiente. A mí me da igual. Tengo tiempo de sobra —levantó el arma con la misma tranquilidad con que había apuntado a Nell y la apoyó en la frente de Sarkowski.

—Espera —dijo éste—. Creo que podemos llegar a un acuerdo.

Bingo.

Nell no se movió. Crash no sabía si estaba respirando, pero estaba seguro de que sonreía.

CAPÍTULO 14

La ventana del motel estaba a oscuras cuando Crash volvió a entrar en el aparcamiento.
Una sarta de luces de Navidad había resbalado por el borde del tejado y colgaba patéticamente delante de la fachada. El árbol artificial que se veía por la ventana del vestíbulo se inclinaba hacia la izquierda, con las ramas vencidas por el peso de los chillones adornos navideños.
La Navidad resultaba siniestra en aquel costroso motel en medio de ninguna parte. Se habían sacado todos los ornamentos festivos, pero no había en ellos alegría alguna. No había esperanza, sólo resignación. Más facturas que no podían pagarse y más sueños que no se harían realidad.
Por alguna razón, todo aquello parecía apropiado.
Crash estaba exhausto. Le había costado más de lo que esperaba encontrar otro motel en el que depositar a Sheldon Sarkowski.
Pensaba llevar a Sarkowski a un parque y dejarlo encerrado en el aseo de caballeros, pero al final habían llegado a un acuerdo. Sheldon se había dejado seducir por

la promesa de un pellizco del dinero del chantaje y por la esperanza de que, si le daba el nombre de su jefe, Crash no lo mataría.

El trato era una artimaña, claro. Crash no tenía intención de aceptar ningún dinero del comandante que había orquestado la muerte de Jake Robinson. Su meta seguía siendo hacer justicia.

Pero Sheldon pensaba que ahora formaban equipo. Y los compañeros de equipo no se encerraban unos a otros en un aseo helado. Crash había tomado la autopista y había recorrido cerca de cuarenta kilómetros en la misma dirección por la que habían llegado antes de encontrar un motel lo bastante destartalado. Una vez dentro, había esposado a Sheldon al radiador del cuarto de baño. Y le había pedido disculpas antes de golpearlo en la cabeza con la culata de la pistola.

Sheldon aceptó la disculpa. Él habría hecho lo mismo. Se suponía que ahora eran compañeros, pero a diferencia de los miembros de un equipo de los SEAL, no se fiaban del todo el uno del otro.

Y Sheldon Sarkowski (o como se llamara en realidad) era la última persona en la que Crash habría puesto su confianza. A aquel tipo le gustaba demasiado su trabajo. Por la breve conversación que habían tenido, Crash había llegado a la conclusión de que Sheldon disfrutaba apretando el gatillo y matando gente. Se había ofrecido a librarse del cuerpo de Nell, y Crash había tenido la sensación de que no se lo decía por echarle una mano, sino por el placer que le reportaría.

La idea de que Sheldon tocara a Nell le ponía los pelos de punta.

Intentó contener una oleada de cansancio cuando abrió

la puerta de su habitación en el motel. No tenía tiempo de estar cansado. Seguramente nadie encontraría a Sarkowski hasta el día siguiente, pero no podía arriesgarse. Despertaría a Nell y volverían a ponerse en camino.

Nell iba a quedarse atónita cuando le dijera que había bailado con el responsable de todo aquel embrollo en la boda de Jake y Daisy. El senador (y ex comandante de la Armada) Mark Garvin era el hombre al que buscaban.

La habitación estaba completamente a oscuras. Nell ya se habría duchado y se habría metido en la cama. Y él iba a tener que resistirse a la tentación; en vez de meterse en la cama con ella, como deseaba, tendría que despertarla y obligarla a levantarse...

Pero Nell no se había movido. Crash la veía en la oscuridad, tendida aún en el suelo, donde la había dejado.

Santo Dios, la bala que le había disparado era de fogueo, ¿no? Lo había comprobado una y otra vez. Pero estaba agotado. Y cuando uno estaba agotado, cometía errores.

Pulsó de un manotazo el interruptor y la luz mortecina de la bombilla constató lo que ya sabía. Nell estaba tumbada en el suelo, con las manos aún atadas a la espalda y los ojos cerrados, casi exactamente como la había dejado.

Con el corazón encogido por el miedo y la garganta cerrada por una angustia que nunca antes había sentido, se acercó a ella.

—¡Nell! —ella siguió sin moverse.

Crash se arrodilló a su lado y, tomándola en brazos, tiró de su camisa. Rezaba por que aquella mancha roja y pegajosa fuera el zumo de tomate que había comprado en un supermercado abierto toda la noche; rezaba por no encontrar una herida mortal bajo la tela manchada.

Los botones volaron cuando le abrió la camisa. Pasó

las manos por su piel suave y miró sus ojos, de pronto muy abiertos.

Estaba bien. La sangre no era sangre, la bala que había disparado era de fogueo. La alegría lo aturdió de tal modo que estuvo a punto de perder el equilibrio.

Pero no estaba tan aturdido como para no darse cuenta de que seguía teniendo la mano sobre su pecho, los dedos sobre su clavícula delicada, la muñeca entre sus pechos cubiertos de encaje.

Nell estaba en sus brazos, su cara a pocos centímetros de la de él, su camisa rasgada y sucia, sus manos y sus pies todavía atados.

Ella se aclaró la garganta.

—Vaya, esto es como una fantasía hecha realidad.

Crash apartó la mano, pero luego no supo dónde ponerla.

—¿Estás bien? Cuando te he visto aquí tumbada...

—No podía desatarme.

—Usé nudos corredizos para atarte.

—Lo he intentado —reconoció ella—, pero cada vez parecían más prietos.

—No tienes que tirar de ellos —la ayudó a sentarse y usó rápidamente su cuchillo para liberarle las manos—. Se supone que tienes que deshacerlos con habilidad. Si tiras, se tensan cada vez más.

—Adiós a mi sueño de convertirme en una artista del escapismo.

Crash sintió un dolor en las costillas al desatarla y se dio cuenta de que Nell le había hecho reír. Deseó estrecharla en sus brazos, pero ella se había apartado como si de pronto fuera consciente de que su camisa colgaba abierta, con todos los botones arrancados.

Se frotó las muñecas.
—¡Cómo pica el zumo de tomate!
—Es muy ácido. Ven aquí.

Nell dejó que la ayudara a levantarse y la llevó junto a los dos lavabos que había al lado de la puerta del baño. Abrió el grifo y le puso las muñecas debajo del chorro mientras encendía la luz.

—Siento todo esto —le levantó las manos con delicadeza para mirar las abrasiones que había dejado la cuerda.

Nell levantó la mirada hacia él.
—Ha funcionado, ¿no?
—Sí.
—Entonces ha merecido la pena.

Él miró un momento su camisa abierta.
—Más vale que te des una ducha. Voy a buscar algo limpio que puedas ponerte.

Seguía tocándola, sujetándole las manos. Nell sabía que era ahora o nunca... y no podía soportar que no fuera nunca. Al menos tenía que intentarlo una vez más.

Alargó la mano y tocó el borde del bolsillo delantero de sus pantalones. En su afán por asegurarse de que ella estaba bien, Crash se había arrodillado en medio del charco de zumo de tomate.

—A ti también te vendría bien una ducha —dijo en voz baja—. Y a mí un poco de compañía.

Crash no se movió. Durante un minuto, Nell ni siquiera supo si respiraba. Pero el súbito brillo de pasión de sus ojos dejaba poco lugar a la duda. La tensión sexual que ella había sentido crecer durante los días anteriores no era un engendro de su imaginación. Crash también la había sufrido. Por suerte.

—Te estaba dando pie —dijo ella—. Se suponía que tenías que besarme y arrastrarme contigo a la ducha.

—¿Por qué estás aquí? —preguntó él con voz áspera—. ¿Qué quieres? ¿Por qué fuiste a la cárcel?

Nell sabía que debía romper el hechizo diciendo algo gracioso, un golpe de ingenio. Pero, con un destello de lucidez, se dio cuenta de que utilizaba el humor para distanciarse de las cosas, del mismo modo que Crash era capaz de escindirse de sus emociones. Así que no hizo una broma. Le dijo la verdad.

—Quiero ayudarte a demostrar que eres inocente. Una vez me dijiste que en realidad no te conocía, pero te equivocabas —le sostuvo la mirada, desafiándolo a apartar los ojos, a retroceder, a alejarse de ella—. Te conozco, Billy. Mi corazón te conoce. Aunque el tuyo no parezca querer reconocerme a mí.

Crash tocó su cara y ella cerró los ojos, apretando la mejilla contra su palma, y se atrevió a abrigar la esperanza de que él sintiera una mínima parte de lo que ella sentía.

—Así que por eso estás aquí —musitó él—. Para intentar salvarme.

—Estoy aquí porque me necesitas —Nell abrió los ojos y dejó escapar otra verdad peligrosa—. Y porque yo también te necesito.

Crash la miraba fijamente, y ella vio reflejado en sus ojos todo lo que sentía. Por una vez, no intentaba esconderse de ella. Ni de sí mismo.

—Te deseo —le dijo ella suavemente—. A pesar de todo este tiempo, no he dejado de desearte. Sueño con tus besos —sonrió de soslayo—. Duermo mucho últimamente.

Crash la besó.

Fue distinto de aquella noche tras el funeral de Daisy,

cuando la besó repentinamente. Fue distinto porque, esta vez, Nell supo lo que iba a ocurrir.

Lo vio en los ojos de Crash, en cómo miró su boca una fracción de segundo antes. Y en el modo en que parecieron dilatarse sus pupilas, sólo un poco. Luego, Crash se inclinó hacia ella lentamente al tiempo que le levantaba la barbilla con la mano. Entonces sus bocas se encontraron, suave y dulcemente.

Crash sabía a zumo de tomate.

Ahondó el beso, atrayéndola suavemente hacia él, y Nell sintió que se derretía, notó que se le aceleraba el pulso y que el corazón le estallaba en el pecho. Aquello era lo que había estado esperando. Por eso jamás invitaba a Dex Lancaster a su casa después de cenar.

Había intentando negarlo tantas veces... No era pura atracción, ni sexo sin complicaciones. Y tampoco era amistad. Era algo que ella no había sentido nunca.

Amaba a aquel hombre. Completamente. Por entero. Para siempre.

—Nell... —Crash respiraba trabajosamente cuando se apartó un poco para mirarla—. Yo también te deseo, pero... —respiró hondo y exhaló deprisa—. No deberíamos hacerlo. En el fondo... nada ha cambiado entre nosotros —se rió—. La verdad es que lo tenemos aún peor que antes. Yo no puedo darte...

Ella lo interrumpió con un beso.

—Lo único que quiero es que seas sincero. Sé perfectamente lo que no puedes darme y no es eso lo que te pido. Lo único que quiero es pasar otra noche contigo —Nell sabía que no la quería, pero se decía que no lo necesitaba. Y tampoco necesitaba falsas promesas. Sólo quería disfrutar de aquel momento. Volvió a besarlo—. No se me ocurre nada que desee más que pasar esta noche en tus brazos.

Miró sus ojos, conteniendo el aliento, y rezó por que Crash no la rechazara, consciente de que había arriesgado mucho diciéndole aquello.

Él tocó de nuevo su cara y su boca se curvó en una especie de sonrisa.

—Me miras como si no tuvieras ni idea de lo que voy a hacer —dijo, y trazó delicadamente con el pulgar el contorno de su boca—. ¿De veras crees que puedo oírte decir esas cosas y marcharme? ¿Tan fuerte me crees?

Nell contuvo la respiración.

—Creo que eres el hombre más increíble que he conocido nunca. Y tienes razón. No tengo ni idea de qué vas a hacer ahora.

—Esta noche, voy a ser egoísta —respondió él quedamente.

La besó despacio, completamente. Aquel beso prometía toda la pasión de su primer encuentro y más aún. Nell se aferró a él, jadeante, eufórica y aturdida por el deseo. Apenas se dio cuenta de que Crash la llevaba al pequeño cuarto de baño.

Habían estado allí unas horas antes.

«Nada ha cambiado», había dicho Crash. Pero todo era distinto. Dos horas antes, Nell se había metido las manos en los bolsillos para no tocarlo. Ahora, esas mismas manos le desabrochaban la hebilla del pantalón mientras él la ayudaba a quitarse la ropa.

Ella estaba cubierta de zumo de tomate. Crash se metió en la bañera, tirando de ella, y dejó correr el agua para limpiarla.

La lavó tan despacio, con tanto cuidado, deteniéndose

para darle besos deliciosamente largos y exquisitos, que Nell sintió que el deseo le aflojaba las piernas. Sentía contra su piel la erección, dura y caliente, y se abrió para él, rodeándolo con una pierna para acercarlo a su cuerpo.

Crash se había sacado del chaleco un preservativo envuelto y lo había dejado en la jabonera cuando se metieron en la ducha. Ahora lo abrió y se lo puso.

Nell lo besó de nuevo y él gimió y, levantándola en vilo, la apoyó de espaldas contra la fresca pared de azulejos y la penetró.

Qué delicia. El agua que manaba de la ducha parecía acariciar el cuerpo erizado de Nell mientras él la besaba, la tocaba, la hacía suya por entero.

Estaba a punto de alcanzar el orgasmo cuando él se retiró e interrumpió su beso para mirarla. Tenía una mirada abrasadora y respiraba con esfuerzo.

—Quiero hacerte el amor en una cama —le dijo—. Quiero mirarte y tocarte y saborear cada palmo de ti. Quiero tomármelo con calma y estar absolutamente seguro de que disfrutas.

Ella se encaramó más aún a él.

—Estoy disfrutando —le dijo. Estaba ya más satisfecha de lo que seguramente volvería a estar en toda su vida—. Aunque lo de la cama me parece una idea excelente. Puede que podamos hacerlo luego.

—No tenemos tiempo. Tenemos que irnos —le dijo él.

Nell abrió los ojos.

—¿Ahora?

—Pronto —la besó—. Lo siento. Debería habértelo dicho nada más volver.

Nell tensó y relajó las piernas en torno a él, marcando un ritmo al que él se sumó enseguida.

—Estabas demasiado ocupado arrancándome la camisa.

—Tienes razón —le sostuvo la mirada mientras se hundía profundamente en ella una y otra vez.

Tenía los ojos entrecerrados y sonreía muy levemente, pero tratándose de él era como si se riera a mandíbula batiente. Sabía muy bien lo que le estaba haciendo. Sabía que Nell estaba a punto de derretirse totalmente entre sus brazos.

Pero Nell sentía también el latido del corazón de su corazón y veía el ardor de su mirada. Sabía que, cuando estallara, se lo llevaría con ella. Él también estaba muy cerca.

—¿Podemos fingir que esta noche no va a acabarse cuando salga el sol? —preguntó él suavemente—. Quiero que nos vayamos muy lejos de aquí, que paremos otra vez y... Nell, necesito hacerte el amor en una cama.

La necesitaba. Santo cielo, estaba reconociendo que la necesitaba.

—A mí también me gustaría —ella se rió—. Muchísimo.

De pronto se sentía llena de esperanza. La minúscula semilla que había intentado aplastar durante tanto tiempo estalló, llena de vida, dentro de ella. Crash la necesitaba. No quería que aquella noche acabara. Ella nunca había soñado que le oiría confesar tal cosa.

En ese momento, todo parecía posible. En ese momento, Nell no necesitaba alas para volar.

Sintió que se elevaba del suelo en una explosión de placer y felicidad delirante. Se oyó gritar, oyó un eco de su voz gritando el nombre de Crash. Sintió que él la besaba, que se apoderaba de su boca tan completamente como de su cuerpo; lo sintió temblar, presa de una descarga intensa como un cataclismo.

Fue maravilloso.

Y más maravilloso aún fue saber que pronto tendría la oportunidad de volver a hacer el amor con él así.

Nell dormía en el asiento delantero del coche, con la cabeza apoyada en el regazo de Crash.

Había doblado su chaqueta para ponerla sobre el freno de mano. Llevaba puesta una camisa de Crash, a cuyos puños había dado al menos seis vueltas, y unos pantalones de faena sujetos con un cinturón.

Su cabello rubio brillaba a la luz tenue del amanecer. Crash lo acarició con los dedos, disfrutando de su suavidad de bebé.

Nell dormía ferozmente, con los ojos muy apretados y los puños cerrados.

¿Qué demonios había hecho él?

Sintió una náusea. Tal vez fuera por el cansancio, pero sospechaba que en realidad había sido por la mirada que había visto en los ojos de Nell mientras hacían el amor.

Había cometido un error: había admitido que quería algo más. Algo más que un encuentro sexual rápido y desabrido en la ducha.

Había abierto la boca, y seguramente ella estaba ya soñando con su boda.

La miró de nuevo y tuvo que sonreír. Parecía tan pequeña y frágil, casi perdida entre sus ropas. Y sin embargo, incluso en sueños parecía estar lista para defenderse y mantener el tipo en un combate de boxeo.

No, no estaba soñando con su boda. Seguramente estaba soñando con echar el guante al senador Mark Garvin y hacerlo trizas.

Era él quien estaba soñando con su boda.

Santo Dios, estaba enamorado de ella.

No sabía exactamente cuándo se había dado cuenta. Tal vez cuando entró en la habitación del motel y pensó por un instante que de veras la había matado. O quizá cuando ella lo miró a los ojos y desnudó su alma diciéndole que lo necesitaba, que lo deseaba, que ansiaba estar con él. O quizá cuando hicieron el amor en la ducha y ella le sostuvo la mirada mientras él se movía dentro de ella. O tal vez al comprender que un simple encuentro sexual nunca le había hecho sentirse ni remotamente como se sentía en ese momento.

O puede que fuera cuando no había podido mantener la boca cerrada. Cuando le dijo que quería más, y ella se trepó a él con un brillo de esperanza en la mirada. Él se había arrepentido al instante. Pero no, en realidad, era doblemente tonto y patético. Se había alegrado. Aquel brillo en su mirada le había hecho sentirse feliz.

Fue entonces cuando comprendió que la quería, al descubrirse feliz por pensar que tal vez ella también lo amaba.

Lo más estúpido de todo era que llevaba años enamorado de ella. Años. Seguramente desde la primera vez que se vieron. Lo estaba ya, no había duda, el año anterior, cuando vivieron juntos en casa de Jake y Daisy, separadas sus camas únicamente por una pared.

La quería, pero se había negado a reconocerlo, a creer que ella pudiera desear la clase de vida que tendría con él.

Nell era el verdadero motivo por el que había pasado casi todo el año en el extranjero.

Sabía de algún modo que, si volvía a verla, si se cruzaba con ella por la calle, no habría podido mantenerse alejado. Sabía que, en lo que a Nell se refería, no podía dominarse.

El cielo se aclaró tras él mientras conducía implacablemente hacia el oeste. Su tono gris, mate como el peltre, auguraba lluvia, o quizá nieve.

Su futuro era igual de sombrío. Por más que lo intentaba, no veía un final feliz para Nell y él.

Veía, en cambio, una tragedia desgarradora.

A no ser que lograra atrapar y destruir al comandante Garvin, la mujer a la que amaba seguiría corriendo peligro. A no ser que venciera, Nell acabaría muerta.

Pero vencería.

Tal vez su carrera hubiera acabado. Su nombre y su reputación se habían desintegrado. Lo buscaban todas las fuerzas de seguridad del país, y seguramente también algunas del extranjero. No le quedaba apenas nada, y lo que le quedaba no se lo merecía, después de haber dejado morir a Jake.

Primero Daisy y luego Jake. Por nada del mundo permitiría que Nell también muriera.

Estaba dispuesto a dar todo lo que le quedaba por salvarla. Y lo único que le quedaba era la vida.

Al despertar, Nell se descubrió sola en la cama.

Habían parado poco después de cruzar la frontera de Nuevo México y se había quedado dormida en brazos de Crash.

Pero primero habían hecho el amor deliciosamente.

Crash le había dado todo lo que le había prometido, y más aún. Le había hecho el amor tan dulcemente, con tanta minuciosidad, que ella casi se había convencido de que la amaba.

Casi.

Ahora, él estaba sentado, medio desnudo, delante de un potente ordenador personal que había conectado al teléfono de la habitación. Tenía el pelo encrespado, como si se hubiera pasado a menudo los dedos por él, y la pantalla iluminaba su pecho desnudo con un resplandor dorado.

Empujó la silla hacia atrás con un suspiro y se levantó, estirando las largas piernas y haciendo una torsión de espalda. Entonces se dio la vuelta, como si hubiera notado que ella lo miraba, y se quedó paralizado.

—Lo siento, ¿te he despertado?

Nell negó con la cabeza. De pronto se sentía insegura. Se preguntaba si su noche juntos había llegado oficialmente a su fin.

—¿No has dormido nada?

—Aún no —parecía exhausto. Tenía los ojos enrojecidos y se frotó la nuca con una mano—. He estado intentando encontrar el vínculo entre Garvin y Sherman. Pero necesito dormir. Estoy empezando a moverme en círculos.

Se sentó en la otra cama de la habitación y Nell pensó por un instante que le estaba mandando un mensaje. Su noche había acabado. Iba a dormir solo. Pero cuando él la miró, comprendió que sólo se sentía tan inseguro como ella.

—Creo que te vendría bien un masaje en la espalda —dijo en voz baja.

Crash la miró a los ojos.

—Lo que de verdad quiero es volver a hacerte el amor.

Nell sintió de pronto la boca seca. Intentó humedecerse los labios. Procuró sonreír.

—Las probabilidades de que eso ocurra aumentarán enormemente si te sientas en esta cama, en vez de en ésa.

Crash esbozó una sonrisa cansada.

—Sí. Es que no quería... —sacudió la cabeza, pasándose la mano por la cara—. No quiero aprovecharme de ti.

—Ven aquí. Por favor...

Él se levantó y cruzó la corta distancia entre las dos camas. Nell se echó hacia delante y tiró de él para que se sentara, un poco de espaldas a ella. La sábana cayó cuando se arrodilló tras él y comenzó a masajear los músculos tensos de sus hombros y su cuello.

Crash cerró los ojos.

—Dios, qué delicia.

—¿Has averiguado algo acerca de Garvin?

—Estuvo en Vietnam entre el 71 y el 72, en la misma época en que John Sherman sirvió con los boinas verdes.

Nell lo empujó suavemente hacia abajo para que se tumbara en la cama, boca abajo, con los brazos bajo la cabeza. Se sentó a horcajadas sobre él e intentó aflojar los músculos de sus hombros.

—He conseguido meterme en su expediente fiscal. Heredó una suma importante en 1972 y su primera mujer usó el dinero para comprar una casa mientras él seguía en Vietnam. He echado un vistazo al expediente fiscal del familiar del que decía haber heredado el dinero, pero no hay ni rastro del interés que habría generado una suma tan importante. Claro que siempre cabe la posibilidad de que ese tipo guardara un cuarto de millón de dólares debajo del colchón.

—Entonces, ¿qué vamos a hacer?

—Le he mandado un mensaje cifrado que debería bastar para que reaccione. Le digo que tengo pruebas de que su presunta herencia procedía en realidad del dinero que Sherman y él conseguían en el mercado negro.

—Pero no tienes pruebas.

—Eso él no lo sabe. Necesito hablar con él cara a cara, grabar la conversación, y confiar en que cometa un desliz y diga algo que lo incrimine.

Nell se quedó callada un momento.

—¿Cara a cara? Ese hombre quiere matarte.

—Ya somos dos.

—Billy...

—Podría ir a por él. Liquidarlo. Ojo por ojo. Un comandante a cambio de un almirante. No sería la primera vez que hiciera de ángel vengador.

Nell respiró hondo.

—Pero...

—Pero si lo hago, nadie sabrá lo que ha hecho. Mató a Jake, mató a toda esa gente en la guerra que inició, y quiero que el mundo lo sepa. Dios mío, eres preciosa.

Nell volvió la cabeza y siguió su mirada. Entonces se dio cuenta de que Crash la estaba viendo en el espejo que había en la pared, frente a la cama. La única luz que había en la habitación procedía de la pantalla del ordenador, pero bastaba para dar a sus pechos, a su tripa y a la curva de sus nalgas un matiz exótico.

Parecía una versión salvaje y hedonista de sí misma. Una esclava sexual desnuda, ocupándose de las necesidades de su amo. Lo único que Crash tenía que hacer era volverse, y podría mirarla mientras ella lo acariciaba y besaba su pecho y su tripa, hasta...

Nell sostuvo su mirada abrasadora en el espejo y sintió que sus mejillas se acaloraban. No era la primera vez que lo creía capaz de leerle el pensamiento.

Crash ya no parecía cansado.

Se dio la vuelta para poder mirarla y apretó su miembro duro contra ella.

—Creo que nunca estaré tan cerca del cielo —dijo en voz baja.

Nell se inclinó para besarlo y él la abrazó con fuerza y le dijo otra vez, aunque no con esas mismas palabras, lo mucho que la necesitaba.

Ella besó su cuello, su garganta, su pecho, recorrió con la boca su magnífico cuerpo al tiempo que deslizaba la mano entre ellos para desabrocharle los pantalones.

Se volvió para mirar y, tal y como imaginaba, lo descubrió mirándola en el espejo. Le sonrió.

Y luego lo llevó al cielo.

CAPÍTULO 15

—No voy a ir.
—Nell...
—Pero si ni siquiera tienes un plan para... —se interrumpió, mirándolo con los ojos muy abiertos desde el otro lado del coche—. Dios mío —dijo en voz baja—. Tienes un plan para conseguir las pruebas que necesitas contra Garvin, ¿verdad? Y ni siquiera ibas a contármelo.

Habría sido más fácil si le hubiera gritado.

Crash intentó explicarse.

—Hay cosas que es mejor que no sepas.

Ella se puso a mirar por la ventanilla.

—Con las cosas que no sé, sobre todo de ti, podría llenar un libro.

—Lo siento.

Nell volvió a mirarlo.

—Eso lo dices mucho.

—Porque es verdad.

—Así que ya está —dijo ella—. Vas a dejarme aquí, en

Coronado, en casa de un tal Cowboy. Y se supone que tengo que esconderme hasta que vuelvas, si es que vuelves.

Las calles del sur de California estaban llenas de coches y sombras alargadas mientras el sol empezaba a ponerse. Crash nunca había estado en la casa que su compañero de entrenamiento compartía con su joven esposa y su hijo. Pero tenía la dirección y había echado un vistazo al mapa la última vez que habían parado a poner gasolina. Sabía exactamente adónde iba.

—Silencio —dijo Nell—. Contigo, el silencio suele equivaler a un sí —se volvió hacia él y le tendió la mano—. Billy, por favor, no me dejes al margen ahora.

Crash dejó que tomara su mano y entrelazara sus dedos.

—Sé que quieres ayudarme, pero ahora mismo el mejor modo de hacerlo es dejar que te lleve a un lugar seguro —frenó para detenerse en una semáforo y la miró—. Necesito saber que estás bien, para poder hacer lo que tengo que hacer sin distracciones, sin preocuparme de si estás en peligro o no.

—Por favor —la voz ronca de Nell se quebró ligeramente—. Por favor, dime qué vas a hacer.

Crash se perdió un momento en el azul perfecto de sus ojos. El coche de atrás pitó; el semáforo se había puesto en verde y él ni siquiera se había dado cuenta. Volvió a mirar la carretera al arrancar, y deseó tener toda la eternidad para sumirse en el océano de sus ojos. Sabía, sin embargo, que sólo les quedaban unas horas. Unos minutos.

—Un tipo que conozco, un instructor de los SEAL, tiene una cabaña en las montañas, no muy lejos de aquí.

Sé que no va a usarla. La última promoción de candidatos está pasando la Semana Infernal. Ese tipo está discapacitado y casi siempre enseña en un aula, pero aun así esta semana estará muy ocupado.

—Entonces, ¿vas a usar su cabaña para esperar a que Garvin contacte contigo?

Crash volvió a mirarla.

—La verdad es que me contestó esta mañana. Vía e-mail. Ha aceptado el trato.

—Dios mío. ¿No es ésa la prueba que necesitas? Si accede a un chantaje...

Crash sonrió.

—Por desgracia, no me ha mandado un mensaje que diga: «Sí, le pagaré un cuarto de millón de dólares para asegurarme de que no hace público que maté a Jake Robinson y que inicié una guerra en el sureste asiático». No, tengo que encontrarme cara a cara con él, intentar grabar algo de lo que diga. Necesito algo concreto.

—¿Cara a...? ¡Pero intentará matarte! No va a pagarte todo ese dinero para que guardes silencio si puede liquidarte.

Crash puso el intermitente para girar a la izquierda y tomar la calle en la que vivía Cowboy.

—Estaré preparado. Llevo en la bolsa C-4 suficiente para volar la montaña entera, si es necesario.

—¿C-4?

—Explosivos.

—Dios mío.

Crash vio un hueco entre los coches que venían de frente y giró para meterse en la calle residencial. Entonces, al ver los coches aparcados en la calle, lanzó una maldición.

—Nell, bésame y luego échate a reír con ganas, como si fuéramos a una fiesta. Como si nada te preocupara.

Ella no vaciló. Le rodeó el cuello con los brazos, le hizo volver la cabeza, obligándolo a mirar la carretera con un solo ojo, y lo besó en la boca. Sabía a café con azúcar, a amor matutino, lento y delicioso, a paraíso terrenal. Cuando por fin se apartó, echó la cabeza hacia atrás y se rió, tal y como él le había pedido.

—¿Quién nos está mirando? —preguntó al frotar la cara contra su cuello.

Crash tuvo que aclararse la garganta antes de hablar. Había sido una actuación tan buena que casi lo había engañado.

—No lo sé exactamente, pero hay al menos un coche que tiene que ser de la Fincom, uno de la Oficina de Inteligencia Naval y otro un poco más allá, más difícil de distinguir, que yo apostaría todos mis ahorros a que pertenece a alguien que trabaja para Garvin.

Nell volvió a besarlo, más largamente esta vez.

—¿De dónde han salido? ¿Nos venían siguiendo?

—No —miró por el retrovisor. Ninguno de los coches se había movido—. Están vigilando la casa de Cowboy, esperando a que yo aparezca —volvió a maldecir—. Han encontrado al único hombre en el que todavía puedo confiar. Debería haberlo imaginado.

—¿No puedes contactar con tu amigo de otra manera? ¿Por teléfono o en el trabajo?

Crash negó con la cabeza.

—Si están vigilando su casa, habrán pinchado también su teléfono. Y lo seguirán al trabajo. Además, lo que quería era dejarte aquí, no hablar con él. Y ya no puedo hacerlo.

—Entonces, ¿qué va a pasar ahora?
—Tenemos que recurrir al plan B.
—Tiene gracia, hasta hace unos minutos no sabía que había un plan A, y ahora resulta que hemos pasado al B. ¿Cuál es el plan B?

Crash volvió a echar un vistazo por el retrovisor antes de volver a mirarla.

—Te lo diré cuando lo sepa.

Nell sacó una manzana del coche y cruzó el claro en dirección a la casa, notando los ojos de Crash fijos en ella.

Sabía lo que estaba pensando él. Se preguntaba qué demonios iba a hacer con ella.

Importaba poco cuántas veces protestara ella. Daba igual con cuánta brillantez discutiera con él. Estaba convencido de que tenía que encontrar un lugar seguro donde dejarla mientras él iba a enfrentarse cara a cara con un hombre que, ambos lo sabían, había matado otras veces para salvaguardar sus secretos.

Nell se sentó a su lado en los escalones que daban entrada a la cabaña.

—¿Qué es eso?

Crash había sacado de una de sus bolsas de deporte varios bloques de arcilla de modelar gris y varios rollos de alambre. La arcilla estaba blanda, y no le costaba partirla en pedazos más pequeños.

Él la miró.

—Es C-4.

Ella estuvo a punto de atragantarse con la manzana.

—¿Eso es explosivo? ¿No hay que tener mucho cuidado con esas cosas?

Crash le lanzó otra de sus raras sonrisa.

—No. Es muy estable. Podría golpearlo con un martillo, si quisiera. No pasa nada.

Ella arrojó entre los árboles lo que quedaba de su manzana.

—Recuerdo haber visto películas del oeste en las que los ladrones de bancos sudaban tinta al sacar la nitroglicerina.

—Hemos progresado mucho desde esos tiempos.

—Eso depende de tu definición de progreso —Nell miró a su alrededor—. Se está bien aquí. Es tan tranquilo... Así que, cómo no, has decidido volarlo.

Crash dejó en el suelo el trozo de C-4 que estaba manipulando y la besó. Nell no se lo esperaba. No fue, además, un beso rápido. Fue un beso muy planeado, como si Crash llevara pensándolo largo rato.

No era solamente un beso de deseo físico. Estaba lleno de emociones, algunas demasiado complicadas para ponerles nombre y otras demasiado peligrosas para reconocerlas. Crash no la miró a los ojos al apartarse. La abrazó unos segundos, pasando los dedos por su pelo.

—He estado pensando —dijo por fin.

Nell contuvo el aliento, rezando para que por fin se hubiera dado cuenta de que lo que los unía era inevitable e imposible de controlar. Él la quería. Ella sabía que la quería. No habría podido besarla así, si no la quisiera.

—Cuando oscurezca volveremos al pueblo. Hay un SEAL que conozco, un oficial de la Brigada Alfa. Se llama McCoy. Estaba en el juicio y me hizo una seña, ya sabes, con lenguaje de signos. Me preguntó si estaba bien. No como los del Equipo Doce, que estaban dispuestos a ponerme la inyección letal sin escuchar siquiera mi versión de la historia —respiró hondo—. Así que voy a contársela a Blue McCoy y a pedirle que cuide de ti. Sé que quizá se sienta obligado a entregarme, pero no le daré la oportunidad de hacerlo. Además, sé que, si se lo pido, se asegurará de que no te pase nada.

Nell intentó refrenar su desilusión. Sin apartar la cara de su hombro, respiró su olor cálido y familiar. Aquéllas no eran las palabras que quería oír. Eran las que no quería oír.

—¿No podemos quedarnos aquí hasta mañana? ¿Pasar juntos una noche más?

Crash la abrazó con más fuerza.

—Ojalá —hablaba en voz tan baja que Nell casi no le oía—. Pero ya le he mandado a Garvin un mensaje cifrado dándole estas coordenadas. Ahora mismo está en su casa de Carmel. Para cuando consiga descifrar la clave, y estoy seguro de que no tardará menos de seis horas, y llegue aquí, será de día, aunque venga en un avión privado.

Ella se irguió.

—¿No crees que vaya a enviar a un ejército de matones a matarte?

—Mi mensaje es muy claro. Si no aparece en persona, me escaparé, mande a quien mande. Desapareceré, hasta que alguna noche aparezca de pronto en un rincón oscuro de su dormitorio. Y luego le demostraré como se encubre un asesinato. Nadie sabrá que he sido yo, salvo él. Y me aseguraré de que lo sabe.

Nell se estremeció.

—Pero es un farol, ¿verdad? Quiero decir que no serías capaz de matarlo... ¿no?

Crash la soltó y se puso de nuevo a manipular los explosivos. Silencio. Una afirmación tácita. Santo cielo, ¿qué se proponía?

Sé que crees que Garvin mató a Jake, pero Billy, Dios mío... ¿y si te equivocas? ¡Matarías a un inocente!

—No me equivoco. Los registros de su tarjeta de crédito demuestran que pagó un billete de avión a Hong Kong tres días antes que estallara la guerra entre Kim y Sherman. No hay noticia de que saliera de Hong Kong en ese tiempo, pero no tiene por qué haberla. Seguramente pagó en efectivo y se aseguró de que los viajes que hiciera desde allí no quedaran registrados en su pasaporte.

—Pero eso sólo son pruebas circunstanciales...

Él le lanzó una larga mirada.

—Tal vez. Pero si las relaciones con un par de datos más que he desenterrado, como que su viaje a Hong Kong fue una semana antes de su boda con la hija del senador McBride... Garvin no intentó desgravarse el viaje como gastos de empresa, y me cuesta creer que se tomara tres días de vacaciones en plena semana y cinco días antes de casarse con la hija del hombre que podría asegurarle la candidatura a la vicepresidencia dentro de dos años.

—Sí, de acuerdo, tiene mala pinta, pero no es una prueba...

—También he descubierto que Dexter Lancaster es su compañero de tenis desde hace quince años.

Nell se echó hacia atrás.

—¿Qué?

Crash asintió.

—Imagino que John Sherman llevaba algún tiempo chantajeando a Garvin. Posiblemente desde que consiguió el escaño en el Senado, en noviembre pasado. No hay duda de que lo estaba chantajeando cuando Daisy y Jake se casaron. Creo que seis meses después, cuando comenzó a haber sospechas, Garvin recordó que su compañero Dex no te quitaba la vista de encima y...

—Espera un momento. ¿Me estás diciendo que crees que Dexter está implicado de algún modo en el asesinato de Jake? —Nell se sentía mareada.

—No —él sacudió la cabeza—. No. Al menos, no de forma consciente. Pero creo que, si se lo preguntas, Lancaster reconocerá que Garvin fue quien lo animó a llamarte. Y seguramente descubrirás que fue de Garvin de quien surgió la idea de que trabajaras para Amie. Hace poco, el teatro recibió una donación privada para ayudar a sufragar los gastos de una ayudante personal para su directora. Es decir, para Amie. Si quieres, puedo enseñarte en el ordenador el registro en el que aparece el nombre del donante. ¿Adivinas quién es? Mark Garvin.

—Pero... ¿por qué? —Nell no lo entendía.

—Creo que Garvin estaba lo bastante bien conectado como para saber que se había abierto una investigación. Seguramente se enteró de lo de la declaración de la esposa de Kim y descubrió que Jake iba a encargarse del expediente. Cuando llegara el momento de presentarse a vicepresidente, no quedaría muy bien que se supiera que había provocado una guerra. Eso por no mencionar lo que hiciera en 1972, eso por lo que Sherman lo chantajeaba. Tenía mucho que perder. Seguramente Garvin intentaba no dejar ningún cabo suelto al seguirte la pista —continuó—. Es probable que sospechara que había algo entre nosotros y que pensara que, siguiéndote la pista, tal vez pudiera dar conmigo.

—Debe de haberse llevado una desilusión.

—Acertó al pensar que yo sería su mayor amenaza si tenía que eliminar a Jake, aunque todavía no estoy seguro de que sepa que trabajaba para él como parte del Grupo Gris. Y tampoco sé cómo lo averiguó, si lo sabe.

—Yo no se lo he dicho a nadie, Billy. Te lo juro. No haría una cosa así.

—Lo sé.

Se quedó callado un momento, pero luego volvió a mirarla.

—Todo eso, además de su mensaje aceptando encontrarse conmigo, hace que Garvin parezca culpable. Todavía no he descubierto cómo consiguió comprar al capitán Lovett y al Zorro. Pero puede que nunca lo sepa.

—No lo sabrás nunca si matas a Garvin, desde luego —dijo Nell con vehemencia—. Ni conseguirás que confiese. Y puede que tampoco encuentres la prueba que necesitas para limpiar tu nombre.

Crash la miró.

—Aunque retiraran todos los cargos contra mí, no podré limpiar mi buen nombre. Siempre se me considerará un traidor, haga lo que haga. Siempre pesará sobre mí una nube de sospecha. ¿Qué sabía Hawken en realidad? ¿Por qué dejó entrar a esos asesinos en casa del almirante? —se rió sin ganas—. La verdad es que soy responsable de la muerte de Jake, al menos en parte.

Nell no podía creer lo que estaba oyendo.

—Pero todo eso importa poco —continuó él—. Garvin aparecerá al amanecer. No va a arriesgarse a que vaya a por él. Sobre todo, después de haberle insinuado que disfrutaría haciéndolo. Y además —añadió—, sabe que no tengo nada que perder.

Hablaba en serio. No creía que, pese a todo lo ocurrido, tuviera algo que perder.

—Si acepto ir a casa de ese SEAL... —dijo ella lentamente–. ¿Cómo se llama? ¿McCoy? Debes prometerme que tendrás cuidado.

–Lo tendré –le dijo él–. Pero...

Ella lo miró con incredulidad.

–¿Me prometes tener cuidado y dices «pero»?

A Crash, su comentario no le hizo gracia. Cuando volvió a mirarla, sus ojos tenían una expresión distante.

–Pase lo que pase con Garvin, sea cual sea de los dos el que siga en pie cuando se aclare el humo, para ti sólo puede significar una cosa. Si es él quien sobrevive, debes esconderte porque tú serás la siguiente en su lista. Pero te aseguro que voy a hacer todo lo humanamente posible para que eso no suceda. Mañana, a esta hora, no tendrás que preocuparte más por Garvin.

Nell se levantó y se limpió el trasero del pantalón con las manos.

–Bien. Entonces quedamos para cenar mañana por la noche, cuando vuelvas de...

–No volveré –dijo él con calma.

Ella lo miró fijamente.

–Pero has dicho...

–No hay mañana por la noche, Nell. Pase lo que pase con Garvin –repitió–, lo nuestro no tiene futuro. Yo no tengo futuro. Aunque sobreviva, no volveré.

Nell se quedó estupefacta. Crash había dicho que no iba a volver, no que no podría volver. Si sobrevivía, no pensaba volver. No quería regresar con ella.

–Ah –dijo. De pronto se sentía muy pequeña.

Él soltó una maldición.

–Sólo me querías para una noche, ¿recuerdas? Era sexo, Nell. Fantástico, pero sólo eso. No te atrevas a convertirlo en lo que no es.

Nell no podía respirar.

—Lo siento —logró decir, a pesar de que no tenía aire en los pulmones—. Yo... —sacudió la cabeza.

—Creía que te había dejado claro lo que pensaba —dijo él, crispado.

—Sí —musitó ella. Así era. Crash había sido sincero: desde el principio le había dicho que no podía haber nada entre ellos—. Supongo que me he dejado llevar por mi imaginación durante un tiempo.

Crash no levantó la vista; siguió fabricando bombas que supuestamente lo protegerían de un hombre capaz de hacer casi cualquier cosa para matarlo.

—Aun así tienes que prometerme que tendrás cuidado —le dijo ella antes de darse la vuelta y alejarse.

Las luces de colores de un árbol de Navidad brillaban a través de la ventana lateral de la casa de Blue McCoy. Era una casa bonita, discreta y sin pretensiones, como su dueño.

Crash había dado cuatro vueltas a la manzana sin ver ni rastro de vigilancia. Por fin había aparcado en otra calle y había cruzado el jardín de un vecino para acercarse a la casa de Blue por detrás.

Blue estaba en casa; Crash lo veía pasar por la ventana de la cocina. Estaba haciendo la cena. Crash no sabía que supiera cocinar.

Claro que había un montón de cosas que no sabía sobre Blue McCoy, se dijo de pronto, agazapado entre la camioneta y el pequeño utilitario aparcados en el camino de entrada a la casa.

Sintió que Nell se removía a su lado.

—¿A qué estamos esperando?

Buena pregunta.

Crash le indicó que se quedara allí mientras él se acercaba a la puerta trasera. De un rápido vistazo notó que la puerta no daba a la cocina, sino a una zona intermedia; un pequeño vestíbulo, quizá.

La puerta estaba cerrada con llave, pero con las herramientas que llevaba Crash podía abrirla en menos de quince segundos. La abrió y le hizo señas a Nell de que lo siguiera.

Sacó su arma y se deslizó en el interior de la casa.

Notó un aroma fragante a cebollas salteadas. Blue estaba junto a la encimera, de espaldas a él, troceando pimientos verdes sobre una tabla de cocina.

No se dio la vuelta, ni siquiera dejó lo que estaba haciendo al decir con su fuerte acento sureño:

—Os echamos de menos a todos en la boda de Harvard.

Crash siguió apuntándolo con el arma mientras hablaba desde las sombras.

—Me disculpé. Estaba en el extranjero.

Blue dejó su cuchillo y se volvió. Recorrió con la mirada a Crash fijándose en todo, desde su pelo demasiado largo a las manchas de tomate de las rodillas de sus pantalones negros. Clavó la mirada una fracción de segundo en el cañón de la pistola, pero enseguida pasó de largo. Sabía tan bien como Crash que la pistola era una formalidad. Crash tenía tan poca intención de usarla contra él como de usarla contra Nell o contra sí mismo.

—Señora —Blue saludó a Nell inclinando la cabeza antes de volverse hacia Crash—. Antes de invitarte a pasar, Hawken, tengo que hacerte una pregunta. ¿Mataste al almirante Robinson, o conspiraste para matarlo?

—No.

—Está bien —el SEAL hizo un movimiento afirmativo con su rubia cabeza y se volvió para remover las cebollas que estaba salteando en una sartén—. Me preguntaba cuándo ibas a aparecer. ¿Por qué no os sentáis a la mesa? Pero manteneos agachados, la ventana no tiene persiana.

Crash no se movió.

—Imagino que estás aquí porque todo dios está vigilando la casa de Cowboy —continuó Blue. Se rió al añadir los pimientos troceados a la sartén y remover la mezcla—. Cada vez que sale, lo siguen cuatro coches. Al principio le hizo gracia, pero ya está empezando a hartarse —se volvió hacia Crash—. Bueno, ¿en qué puedo ayudarte?

—Espera un segundo —dijo Crash—. Rebobina. Me has hecho una sola pregunta. ¿Ya está? ¿Te digo que no, que no maté a Jake, y te das por satisfecho?

Blue se quedó pensando un momento y luego asintió con la cabeza.

—Exacto. Sólo quería oírte decir lo que ya sabía. Cualquiera que tenga dos dedos frente y sepa cómo funcionan estas cosas se daría cuenta de que te han tendido una trampa —se rió, asqueado—. Por desgracia, ahora parece que la Brigada Alfa es el único equipo que tiene dos dedos de frente.

—Supongo que eres consciente de que, si me ayudas, te convertirás en mi cómplice.

—Pero tú no has hecho nada malo. Creer eso, y yo lo creo, y no echarte una mano... eso sí que sería un crimen —Blue se encogió de hombros—. Además, supongo que no habrías venido si no estuvieras a punto de capturar a quien mató al almirante. ¿Me equivoco?

Crash seguía sin moverse. No bajó la pistola, ni apenas respiró mientras Blue añadía varias latas de tomates enteros y algunas especias a la sartén.

Blue volvió a mirarlo.

—Entiendo que estés un poco paranoico, así que no voy a tomarme lo de la pistola como algo personal. Pero debo decirte que...

—Puede que tú no te lo tomes como algo personal, pero yo sí —allí, en la puerta del comedor, había una mujer morena, muy guapa, vestida con un elegante traje pantalón. Llevaba una pistola automática en la mano y apuntaba directamente a Crash.

—Que Lucy sí —acabó Blue.

Crash no la había oído entrar. No había oído coches acercarse, ni parar en el camino de entrada. No había oído abrirse o cerrarse la puerta.

Pero ella estaba en la casa desde el principio, claro. Había dos coches en la puerta. Crash había cometido el error de asumir que, como Blue estaba haciendo la cena, su mujer no estaba en casa.

Eso le enseñaría a no volver a sacar conclusiones basadas en estereotipos de género en el futuro. Claro que él no tenía futuro.

Levantó un poco más la pistola, apuntando a Blue.

—Por favor, baje el arma, señora McCoy.

La morena tensó la boca.

—Voy a contar hasta tres y si no...

Blue cruzó la cocina en dos zancadas y se colocó justo delante del arma de su mujer.

—No pasa nada —le dijo, empujando suavemente el cañón hacia el suelo—. Deja la pistola. Hawken es amigo mío.

—¿Que no pasa nada? ¡Hay un hombre en nuestra cocina apuntándote con un arma!

—Ya la soltará.

—No puedo hacer eso —dijo Crash escuetamente.

—Parece que ahora mismo no puede dejar el arma —le dijo Blue a su mujer—. No estoy seguro de que yo pudiera, si estuviera en su pellejo —se volvió hacia Crash—. ¿Puedes hacerme el favor de bajarla, al menos?

Crash asintió con la cabeza, sin dejar de mirar la pistola de Lucy.

Cuando Lucy guardó su arma en la funda, él bajó la suya.

—Bien —Blue besó suavemente a su mujer en los labios antes de volver a los fogones—. Lucy, te presento a Crash Hawken. Te he hablado muchas veces de él.

Los ojos castaños de Lucy se dilataron cuando miró de nuevo a Crash.

—¿Tú eres el teniente Hawken?

—Crash, ésta es Lucy, mi esposa —continuó Blue—. Es detective de la policía de Coronado.

Crash masculló una maldición.

—Y tú debes de ser Nell Burns —Blue saludó a Nell con una sonrisa—. En las noticias han dicho que te habían secuestrado. Pero tengo la impresión de que estás aquí por propia voluntad.

Nell asintió.

—Billy y yo pensamos que estaría más segura con él, después de que intentaran matarme por segunda vez.

Blue levantó las cejas y miró a Crash.

—Conque Billy, ¿eh?

—Mira, vamos a dar media vuelta y a salir de aquí —dijo Crash. La esposa de Blue McCoy era detective de la policía. Su mala suerte no tenía fin.

Blue se volvió hacia su mujer.

—Nena, más vale que te tapes los oídos, porque estoy a punto de invitar a cenar a un delincuente convicto.

—La verdad es que me hace muchísima falta un baño —respondió Lucy—. Y tu amigo parece tener prisa por llegar a algún sitio —saludó a Crash y a Nell con la cabeza—. Ha sido un placer conocerte, teniente. ¿O era capitán? Perdona, nunca se me han dado bien los nombres. Ya no me acuerdo del tuyo.

Mientras Crash la miraba, Lucy desapareció entre las sombras de la otra habitación. Oyó el sonido de sus pasos en la escalera.

Sentía a Nell a su lado, su ansiedad casi palpable. Deseó pasarle el brazo por los hombros, apretarla contra sí. Pero si lo hacía socavaría lo que había intentado hacer esa tarde: decirle que no pensaba volver, hacerle creer que tenía elección, cuando en realidad no creía que fuera a ver amanecer otro día.

Y tocarla minaría también sus esfuerzos por distanciarse de aquel tornado de emociones que amenazaba con lanzarlo a territorio ignoto.

—Dime qué quieres que haga —dijo Blue con sencillez.

Crash miró hacia la puerta por la que se había ido Lucy.

—No va a llamar a los antidisturbios, te doy mi palabra. Sabe que somos amigos.

—¿Lo somos?

Blue se volvió para remover su salsa de tomate.

—Yo creía que sí.

Crash miró a Nell y se obligó a distanciarse aún más que esa tarde, después de permitirse un beso más. Un último beso. Aquélla era una de las decisiones más difíciles que había tenido que tomar, pero sabía que no podía hacer otra cosa.

—Necesito un lugar donde Nell pueda quedarse y estar a salvo —dijo con reticencia; estaba a punto de dejar en manos de otro hombre a la persona que más le importaba en el mundo.

El SEAL de cabello rubio asintió al volverse para mirarlo a los ojos.

—Me ocuparé de ello.

Nell sintió una opresión en la garganta. Crash iba a dejarla, así como así. Así como así, saldría de aquella casa y se internaría en la oscuridad. Y así como así, ella jamás volvería a verlo.

—¿Tienes provisiones? —preguntó Blue—. ¿Munición?

—Me vendría bien un bloque más de C-4, si tienes alguno a mano.

Blue no parpadeó.

—Ya sabes que tenemos prohibido traer esas cosas a casa.

—Conozco las normas. Pero también sé que, cuando un equipo tiene que marcharse a una misión en plena noche, no siempre hay tiempo para volver a la base a recoger suministros.

Blue asintió con la cabeza.

—Puedo darte medio bloque. Pero debería bastarte con eso, a no ser que pienses volar más de una casa.

Nell no podía creer lo que acababa de oír. ¿Con medio bloque de C-4 podía volarse una casa? Crash ya había usado al menos tres bloques enteros, colocándolos estratégicamente alrededor del claro que rodeaba la cabaña. Si con medio bloque podía volarse una casa, con la cantidad que había usado Crash podía hacer saltar por los aires toda la ladera de la montaña.

Nell comprendió de pronto, con un gélido sobresalto, que acababa de descubrir cuál era el plan B.

Si era necesario, Crash se inmolaría para atrapar al comandante Mark Garvin.

CAPÍTULO 16

La luz cálida y dorada de la cocina parecía de pronto desabrida y brillante. Nell sentía tal estruendo en los oídos que apenas oyó decir a Blue:

—Lo tengo en el sótano. Voy a buscarlo. Vuelvo enseguida.

Blue desapareció por la misma puerta por la que se había ido su esposa.

Nell se acercó a una de las sillas, que estuvo a punto de volcar en sus prisas por sentarse. Tuvo que poner la cabeza entre las piernas y cerrar los ojos con fuerza para no desmayarse.

—¿Estás bien?

Crash se había agachado a su lado. Nell lo sentía, notaba su olor familiar, oía una nota de preocupación en su voz, pero él no la tocaba. Ni ella esperaba que lo hiciera.

Dijo que no con la cabeza.

—Estoy enamorada de ti —abrió los ojos y, al levantar un poco la cabeza, se encontró con su mirada fija en ella. Sus palabras lo habían impresionado. Su repentina confesión había traspasado el campo de fuerza que Crash había levantado en torno a sí–. Estoy enamorada de ti desde la noche en que me obligaste a lanzarme en trineo. Te acuerdas de aquella noche, ¿verdad?

Crash se levantó, apartándose de ella.

–No, lo siento.

Nell se irguió. Ya no estaba aturdida, sino indignada.

–¿Cómo es posible que alguien que miente tan mal sea un experto en operaciones secretas?

Él sacudió la cabeza.

–Nell...

–Permíteme que te refresque la memoria –le dijo ella–. Esa noche me contaste cómo fue Daisy a buscarte al campamento de verano. ¿Recuerdas? La noche en que me hablaste de lo que habías sentido al darte cuenta de que Daisy y Jake te querían de verdad a su lado. Me hablaste de lo raro que te parecía que alguien te quisiera. Así, totalmente. Sin condiciones.

Crash se acercó a la puerta y ella se levantó y lo siguió. Estaba tan enfadada, tan triste, que ya no le importaba que se sintiera incómodo. Aquélla podía ser la última vez que hablara con él. Si Crash se salía con la suya, lo sería. Porque estaba convencido de que, para eliminar a Garvin, tendría que morir.

–Pues ¿sabes qué? –dijo, poniéndose delante de él para que tuviera que mirarla–. Jake y Daisy han muerto, pero yo estoy aquí. Te quiero incondicionalmente. Y quiero que vuelvas conmigo cuando esto acabe.

Vio con sorpresa que había lágrimas en sus ojos. Lágrimas y una inmensa tristeza.

–Yo no quería que esto ocurriera. Es exactamente lo que intentaba evitar –se pasó las manos por la cara, procurando dominarse–. Si me quieres, voy a hacerte daño. Y no quiero que sufras, Nell.

Nell no quería que se dominara. No podía creer que hubiera logrado traspasar su coraza. Presionó de nuevo, intentando ver más, obtener más de él.

–Pues no me hagas sufrir. ¿Qué es lo que te propones?

Él bajó la voz.

–La probabilidad de que sobreviva a esto es escasa. Lo he sabido desde el principio. Si me quieres (y, por favor, no me quieras), voy a hacerte daño del mismo modo que Daisy se lo hizo a Jake –la miró a los ojos y ella comprendió al fin que había descubierto la verdad.

Crash no quería para los demás lo que no quería para sí mismo. Le daba tanto miedo perder a alguien a quien amaba que intentaba evitar el amor, sofocar sus sentimientos. Y había intentado impedir que ella lo quisiera, para que no sufriera también.

Nell le tocó los brazos, los hombros.

–Dios mío, ¿de veras es eso lo que crees? ¿Que Daisy hizo daño a Jake por morirse?

La voz de Crash sonó áspera y entrecortada.

–Sé que así fue. Si Jake viviera, aún no habría superado su muerte, seguiría sufriendo, echándola de menos cada día de su vida.

–Sí, Daisy hizo sufrir a Jake. Sí, Jake la echó de menos hasta el último aliento, pero piensa en todo lo que ella le dio junto con ese dolor. Piensa en todos esos años, en las risas que compartieron. Nunca he conocido a dos personas más felices que ellos. ¿De veras crees que Jake habría cambiado toda esa felicidad simplemente por no sufrir como sufrió al final?

Nell tocó sus facciones implacables.

—Te aseguro que no habría cambiado ni un solo momento, porque yo tampoco lo cambiaría. Si pudiera elegir, no querría volver atrás y evitar enamorarme de ti. No me importa, aunque estés empeñado en matarte.

Se puso de puntillas y le hizo agachar la cabeza para besar su boca llena de amargura.

—Ahí va otro beso que siempre recordaré —le dijo. Volvió a besarlo, más despacio esta vez—. Otro momento que guardaré para siempre como un tesoro.

Lo besó una tercera vez, y Crash la estrechó entre sus brazos con un gemido y la besó con toda la pasión, el deseo y la dulce emoción que con tanto empeño había intentado enterrar dentro de sí.

—Por favor —musitó ella mientras Crash la apretaba con tanta fuerza que casi no podía respirar—, vuelve conmigo —le estaba suplicando otra vez. Aquel hombre tenía la capacidad de hacerla olvidarse de su orgullo, de ponerla de rodillas—. ¿De veras merece la pena perder la vida por vengar la muerte de Jake?

—¿Eso es lo que crees que estoy haciendo? —se apartó para mirarla, escudriñando sus ojos—. ¿No te das cuenta de que lo hago por ti?

Ella sacudió la cabeza sin comprender.

—A menos que Garvin sea detenido y que haya pruebas contundentes que lo relacionen con los delitos que ha cometido, o a menos que muera, nunca estaré seguro de que estás a salvo.

Nell le apretó los brazos.

—Estaré a salvo, si tú estás conmigo.

Una avalancha de emociones cruzó la cara de Crash.

—No puedo pedirte eso. Que vengas conmigo, que

huyas y te escondas, que pases el resto de tu vida ocultándote.

—¡Inténtalo!

—Ése no es modo de vivir.

Ella deseó zarandearlo.

—Matarte tampoco, por si no lo has notado.

Crash sacudió la cabeza.

—De este modo sabré que estás a salvo.

—Entonces, ¿lo estás haciendo por mí? —Nell no pudo evitar que se le llenaran los ojos de lágrimas—. Me estás diciendo que vas a morir. Por mí.

—Sí.

—¿Por qué?

Él la besó y ella comprendió que le estaba diciendo por qué. La quería. No podía decirlo en voz alta, pero ella sabía que era cierto.

—Si estás dispuesto a morir por mí —le preguntó con el corazón en la garganta—, ¿por qué no vives por mí?

Crash se limitó a mirarla durante varios segundos, y Nell rezó para que sus palabras lo obligaran a detener la cadena de acontecimientos que ya había puesto en marcha.

Pero él sacudió la cabeza y dio media vuelta. Al seguir su mirada, Nell vio que Blue había vuelto a la cocina.

Crash se apartó de ella y Nell comprendió con una súbita punzada de dolor que había perdido. Él no iba a quedarse. Y no iba a volver.

Hizo a un lado su dolor, negándose a quedarse allí, llorando, mientras el hombre al que amaba se alejaba de ella para siempre. Se obligó a enterrar todo lo que sentía, aquel terrible vacío, aquella sensación de pérdida, muy al fondo de su ser. Más tarde tendría tiempo de llorar.

Tendría el resto de su vida.

Vio que Crash recogía el C-4 que Blue había envuelto y que se lo guardaba en un bolsillo. Los vio estrecharse las manos. ¿Sabía Blue que era la última vez que veía a su amigo? Nell contemplaba todo aquello con un extraño distanciamiento. Cuando Crash se paró ante ella, se sentía extrañamente dueña de sí misma.

¿Era aquello lo que hacía él? ¿Era así como conservaba su calma, su reserva, su distancia? Apenas dolía.

Crash volvió a besarla con boca cálida y dulce, y ella sólo se aferró a él un par de segundos más.

Y cuando él salió por la puerta y desapareció en la noche, apenas lloró.

Crash dejó el coche junto a la carretera principal y recorrió a pie los últimos kilómetros hasta la cabaña.

Se sentó en la oscuridad, frente a la cabaña, y pasaron dos horas mientras esperaba y vigilaba para asegurarse de que nadie se había acercado a la cabaña en su ausencia.

Entró entonces con cautela y la registró minuciosamente para comprobar que estaba solo.

Y lo estaba.

De hecho, no recordaba la última vez que se había sentido tan solo.

Normalmente no le importaba estar a solas, en silencio, con sus pensamientos. Pero esa noche la mente lo traicionaba.

No podía dejar de pensar en Nell, en lo que le había dicho.

«Si estás dispuesto a morir por mí, ¿por qué no vives por mí?».

«Te quiero incondicionalmente».

Incondicionalmente.

Cuando cerraba los ojos la veía, veía su cara luminosa, riéndose de algo que habían dicho Jake o Daisy. Veía llenarse sus ojos de lágrimas al pensar que había estropeado una de las últimas puestas de sol de Daisy. La veía arder de pasión al inclinarse hacia él para besarlo. La veía el día que volvió a encontrarse con ella después de casi un año, en la sala de visitas de la cárcel, con las manos cuidadosamente cruzadas sobre la mesa, delante de sí y una expresión reservada. Sus ojos, sin embargo, dejaban entrever todo lo que sentía, todo lo que no se había atrevido a reconocer hasta hacía unas horas.

Lo quería. Incondicionalmente.

Y él sabía que era cierto. Si podía ir a verlo a la cárcel cuando estaba acusado de asesinato, y seguir queriéndolo, era porque de verdad lo quería sin condiciones.

Crash sacó el rollo de cable y desplegó sus herramientas para preparar el último explosivo (el que garantizaría la muerte de Garvin y la suya propia), pero se detuvo un momento.

Porque cuando cerraba los ojos, si se concentraba, veía una destello (un brillo muy tenue y fugaz) en su futuro.

Si no moría al amanecer, podía tener un futuro. Tal vez no fuera el que siempre había imaginado, trabajando para el Grupo Gris hasta que alcanzara la cúspide de su carrera, para dedicarse luego a tareas más convencionales como instructor de los SEAL.

Siempre había imaginado que formaría parte de los Equipos, o que estaría muerto.

Pero ahora, cuando cerraba los ojos, veía una imagen

borrosa de sí mismo unos años después, con Nell a su lado.

Ella lo amaba incondicionalmente; le daba lo mismo que fuera un SEAL o que trabajara por las noches en un Seven-Eleven. No le importaba a qué se dedicara. Y Crash se daba cuenta de que a él tampoco le importaba, mientras Nell estuviera en casa cuando volviera.

Miró el C-4 (su copa de cicuta) y en ese instante comprendió, sin duda alguna, que no quería morir.

Se había equivocado. No era prescindible, a fin de cuentas.

Debería haber pedido ayuda a Blue McCoy y al resto de la Brigada Alfa.

Habría sido mucho más sencillo.

Se levantó. Era demasiado tarde para contactar con Blue, pero no para hacer algunos cambios.

Sonrió por primera vez desde hacía horas.

Tal vez su suerte estuviera a punto de cambiar.

Nell no podía soportarlo ni un segundo más.

Dejó su tenedor, dejó de dar vueltas a la pasta alrededor del plato, dejó de fingir que tenía apetito.

—Va a morir si no hacemos algo.

Blue McCoy miró a su mujer desde el otro lado de la mesa antes de dejar su tenedor. Sabía que Nell se refería a Crash.

—No estoy seguro de que podamos hacer algo en este momento.

Nell le habló en voz baja del C-4 que Crash había preparado, de la cabaña, del mensaje que había enviado al senador Garvin. Se lo contó todo. No hizo falta que le dijera que Crash tenía pocas posibilidades de sobrevivir. Blue ya lo había deducido.

—Tiene que haber un modo de que Billy atrape a Garvin —dijo—. De que lo implique en la muerte de Jake, y de que sobreviva. Pero va a necesitar ayuda. Mucha ayuda.

Mientras lo observaba, Blue miró de nuevo a su mujer.

—Esto parece más de tu departamento que del mío, Superman —dijo Lucy suavemente.

—Le dijiste que en tu equipo, en la Brigada Alfa, todos pensabais que era una trampa —insistió Nell—. ¿A quién tengo que llamar para pedirles ayuda?

Blue levantó una mano.

—Espera, espera. ¿Sabemos siquiera dónde está Crash?

A Nell, el corazón le latía con violencia.

—Sí. Podría volver allí, estoy segura de ello. Podría llevaros.

Blue se quedó callado un momento.

—Una cosa es que yo personalmente me ofrezca a ayudar a un hombre en el que confío —dijo por fin—. Y otra muy distinta meter a la Brigada Alfa en esto. Si sale mal...

—Billy hablaba muy bien de vosotros —dijo Nell. El corazón le latía tan fuerte que apenas podía hablar. Por favor, Dios, que aceptaran ayudarla—. Si tus hombres lo respetan una décima parte de lo que Billy los respeta a ellos, ¿cómo van a negarse a ayudar?

—Es mucho lo que pides —Lucy se inclinó hacia delante con expresión sombría—. Pondrían sus carreras en peligro, por no hablar de sus vidas.

Blue echó la silla hacia atrás y se levantó.

—Voy a llamar a Cat. Al capitán Catalanotto, quiero decir —le dijo a Nell—. No te prometo nada, pero...

Levantó el teléfono.

Nell se agarró al borde de la mesa y se permitió abrigar un destello de esperanza.

Garvin fue puntual.

Empezaba a amanecer, pero la ladera oeste del monte seguía envuelta en densas sombras. Mientras Crash lo observaba, Garvin dirigió su coche directamente hacia la cabaña, con los faros encendidos.

Llevaba consigo a una docena de francotiradores, pero éstos habían llegado en otro vehículo y aparcado en la carretera, como si Crash no fuera a notar su presencia mientras cruzaban el bosque casi con el mismo sigilo que una panda de boys scouts de acampada.

Garvin era un hombre alto y guapo, de abundante cabellera morena. No parecía capaz de iniciar una guerra o de conspirar para asesinar a un almirante de los Estados Unidos, pero Crash sabía que las apariencias engañaban a menudo.

Garvin salió de su coche con las manos extendidas para demostrar que las llevaba vacías, que iba desarmado.

Crash también había dejado su arma dentro de la cabaña. Pero no estaba desarmado, ni mucho menos.

—Dígales a sus amigos que se marchen.

Garvin fingió no entender.

—He venido solo, como me dijo.

Crash dio un paso adelante, se abrió la chaqueta y dejó que el senador Garvin, antiguo comandante de la Armada de los Estados Unidos, echara un vistazo al explosivo plástico que llevaba adherido al chaleco de combate. Le mostró también el mecanismo detonador que había fabricado. Se había convertido en una bomba ambulante.

—Dígales que se marchen —repitió—. Si uno de ellos comete el error de dispararme, mi dedo soltará este botón y toda esta ladera se convertirá en una bola de fuego.

Garvin levantó la voz.

—Tiene una bomba. No disparéis. Que nadie dispare. ¿Entendido?

—Muy bien —dijo Crash—. La confianza mutua resulta mucho más estimulante, ¿no le parece?

—Está usted loco.

—Eh, que no soy yo el que quiere ser vicepresidente.

Garvin iba retrocediendo poco a poco, lentamente, pero sin detenerse.

Crash se rió de él.

—¿Intenta escaparse? Dese la vuelta y miré por el sendero —le ordenó—. ¿Ve ese árbol con una cinta blanca atada alrededor? La he atado allí para usted. ¿Ve el árbol del que le hablo? ¿Aquél de allí?

Garvin asintió rígidamente con la cabeza.

—Es el límite de mi zona de masacre —le dijo Crash—. Empieza allí y describe un círculo cuyo centro soy yo. Cualquier cosa que haya dentro de ese círculo se irá derecha al infierno si levanto el dedo de este detonador.

Garvin se quedó pálido al darse cuenta de que apartarse no iba a servirle de nada.

—No será capaz.

Crash bajó la voz y se inclinó hacia delante hasta que su cara quedó a unos centímetros de la de Garvin.

—¿Me está desafiando? —levantó el detonador para que viera su pulgar. Y empezó a mover el dedo...

—¡No!

Crash asintió con la cabeza y se detuvo.

—Muy bien. Por lo visto tengo algo que usted aprecia: su vida. Y puesto que usted tiene algo que yo quiero, es decir, la verdad, creo que seguramente...

—Es cierto, tengo algo que quiere —lo interrumpió Garvin. El sudor le corría por la cara—. Algo que le interesa muchísimo. Tengo a esa chica. Tengo a Nell Burns.

Crash no se movió, pero algo pareció brillar en sus ojos. Una incertidumbre. Una duda.

—Se está preguntando si será un farol, ¿verdad? —Garvin logró sonreír—. Es una buena pregunta.

—No tiene a Nell.

—¿No? Puede que tenga razón. Puede que no haya enviado al señor Sarkowski a casa de su amigo el SEAL. Puede que el señor Sarkowski no le haya volado los sesos a su amigo. Puede que no tenga a la chica. Y puede que no esté esperando a que den las siete; a esa hora, si no aparezco, tiene permiso para hacer lo que quiera con su amiga. Pobrecita.

Crash no se movió. Garvin intentaba engañarlo. Tenía que ser un farol. Sarkowski no podía haber sorprendido a Blue. Era imposible.

—Lo más bonito de todo es que los informes balísticos demostrarán que la bala que mató a la señorita Burns procedía de su pistola —continuó Garvin—. Así que a menos que desmonte esa bomba que lleva encima...

—No —Crash se volvió para mirarlo—. Aún no lo sabe, pero al decirme que tiene a Nell ha perdido la partida. Y yo acabo de ganarla. Jaque mate, saco de mierda —hablaba en voz baja, con cara inexpresiva y ojos vacíos—. Porque, si tiene a Nell, ya no tengo absolutamente nada que perder. Si tiene a Nell, prefiero morir. De ese modo usted morirá también.

Todo lo que estaba diciendo había sido cierto hacía apenas unas horas. Crash fue capaz de decirlo con gélida convicción porque sabía perfectamente lo que significaba estar dispuesto a morir.

—Voy a decirle lo que pienso —añadió—. Pienso que, si desmonto la bomba, me matará y luego matará también a Nell de todos modos. Si es verdad que Sarkowski la tiene, seguramente ya estará muerta. Así que ya ve, senador, acaba de cortar usted mi último lazo con este mundo. Ahora ya puedo empezar a buscar la paz interior en el otro barrio —sonrió rígidamente—. Y sé que iré al cielo porque mi último acto en esta vida será librar al mundo de usted.

Garvin se lo tragó. Se lo tragó todo. Hasta la última palabra.

—Está bien. Santo cielo. Era un farol. No tengo a la chica. Dios mío, está completamente loco.

Crash sacudió la cabeza.

—No le creo —dijo con la misma tranquilidad—. De hecho, creo que ya le ha dicho a Sarkowski que la mate —movió el pulgar sobre el detonador.

—No... no, ¡se lo juro! —Garvin tenía tanto miedo que parecía a punto de orinarse encima.

Crash se metió la mano en la chaqueta y sacó su teléfono móvil.

—Si quiere vivir, haga lo que le digo —con el pulgar de la otra mano marcó el número directo del almirante Stonegate. Eran más de las nueve de la mañana en Washington. El almirante estaría en su despacho.

—Stonegate —contestó con voz rasposa.

—Señor, soy el teniente William Hawken. Por favor, grabe esta conversación —Crash acercó el teléfono a Garvin—. Cuénteselo todo. Empiece por el dinero que ganó ilegalmente en Vietnam y por la casa que se compró con él. Háblele de su reunión con Kim y de cómo mató a Jake Robinson para encubrir lo que había hecho. Cuénteselo todo, o tendré el placer de escoltarlo al infierno.

Garvin tomó el teléfono y empezó a hablar en voz tan baja que Crash tuvo que acercarse para oírle.

Había ganado más de cien mil dólares vendiendo armas confiscadas al Vietcong. Sólo lo hizo una vez; fue un disparate, un lapso momentáneo. John Sherman lo organizó todo. Él sólo había tenido que hacer la vista gorda para ganar más dinero del que había soñado nunca con tener.

Pero luego, el año anterior, después de conseguir su escaño en el Senado, John Sherman se puso en contacto con él y empezó a chantajearlo. Durante los meses siguientes, Garvin pagó casi cinco veces más que el dinero que había ganado ilegalmente, y aquello no tenía visos de acabarse. Finalmente, se fue a Hong Kong en un intento de librarse de Sherman de una vez por todas. Se puso su antiguo uniforme de la Armada para reunirse con Kim e indujo a éste a creer que actuaba en nombre de los Estados Unidos. Ignoraba que la batalla entre las dos bandas rivales podía adquirir aquellas proporciones. Sólo quería que Sherman muriera. No tenía ni idea de que también morirían miles de personas.

En cuanto supo que Jake Robinson se interesaba por el asunto, comprendió que tenía que atajar la investigación de raíz. No sabía qué hacer, pero era ya demasiado tarde para dar marcha atrás. Tendió una trampa a Crash

Hawken e hizo falsificar los informes balísticos. Y su plan habría funcionado, si Hawken no hubiera sido tan duro de pelar.

Siguió hablando, dando detalles: fechas, horas, nombres. Los tres hombres que formaban parte del supuesto equipo de los SEAL asignado a la escolta de Jake eran compañeros de profesión de Sheldon Sarkowski. El capitán Lovett y el Zorro no formaban parte de la conspiración para matar al almirante. Les dijeron que el almirante Robinson actuaba de forma extraña desde la muerte de su esposa; que su misión consistía en asegurarse de que no se hacía daño a sí mismo, ni se convertía en una amenaza para la seguridad nacional. Les dijeron que los tres desconocidos que formaban parte del equipo eran psiquiatras, médicos que se encargarían de hablar con el almirante y de llevarlo a un hospital especial. Lovett recibió órdenes de no contarle a Crash el «verdadero» motivo de su visita a la granja. Todo aquel asunto había sido un cúmulo de mentiras.

Por fin, Garvin devolvió el teléfono a Crash.

—El almirante quiere hablar con usted —dijo. Pero entonces soltó el teléfono, y la batería se salió. Cuando volvió a meterla, la conexión se había cortado.

No importó. Crash se guardó el teléfono.

—Dígales a sus hombres que se dejen ver y tiren las armas.

Garvin se volvió hacia los árboles y repitió la orden de Crash.

Nada se movió.

Reinaba un silencio escalofriante, y Crash sintió de pronto que el vello de la nuca se le erizaba. Había al menos seis hombres allí fuera, él lo sabía. Ahora, habían desaparecido. El sol empezaba a adelgazar las sombras, pero la mañana era brumosa y había poca visibilidad.

Lo más extraño de todo era que Crash no había oído marcharse a nadie. En cambio, los había oído acercarse a todos. Parecía imposible, o improbable, en todo caso, que hubieran podido marcharse sin que lo notara.

—Dígaselo otra vez —ordenó.

—¡Salid y rendid las armas!

No se vio ningún movimiento.

De pronto, sin embargo, un hombre se levantó y salió de entre los matorrales. Fue como si se materializara de pronto. En un abrir y cerrar de ojos.

Era Blue McCoy y llevaba la cara pintada de betún negro.

—Nos hemos ocupado de los oponentes y ya les hemos confiscado las armas —le dijo a Crash.

¿Por qué hablaba en plural?

Crash se volvió, y no uno, ni dos, sino cinco hombres aparecieron sigilosamente entre los árboles. Crash descubrió enseguida que eran SEAL por su modo de moverse. Luego se dio cuenta de que eran los hombres de la Brigada Alfa. Reconoció a Harvard bajo su pintura de camuflaje. Y al capitán, Joe Cat. Y a Lucky, a Bobby y a Wes. Estaban todos allí. Todos salvo Cowboy, al que sin duda aún seguían la Fincom y la Inteligencia Naval.

Se pararon tras él en una silenciosa demostración de fuerza. Y con las caras manchadas de negro, verde y marrón, eran todo un espectáculo.

Después, la propia Nell apareció entre los arbustos llevando en las manos un M-16 casi más grande que ella. También se había pintado la cara, pero cuando se acercó Crash vio que tenía los ojos llenos de lágrimas.

—No te enfades conmigo —Nell quería tocarlo. Quería arrojarse en sus brazos, pero sujetaba con fuerza el arma y él seguía cubierto de explosivos—. Por favor, ¿puedes desmontar esa bomba ya?

Crash miró a Garvin.

—Por lo visto sí que era un farol —levantó el detonador y apartó el pulgar. Nada explotó. No ocurrió nada—. Igual que el mío —miró a Nell—. Era sólo un farol —repitió como si quisiera asegurarse absolutamente de que ella lo entendía.

Se quitó la chaqueta y el pesado chaleco de combate, cargado de C-4. Garvin lo miró fijamente. Luego empezó a reírse.

—Hijo de puta.

El capitán Catalanotto dio un paso adelante y señaló a Garvin.

—Vamos a entregar a este saco de mierda.

Pero Garvin retrocedió, apartándose de él.

—Todavía no ha ganado —le dijo a Crash—. Desconecté esa llamada antes de empezar a hablar. Es su palabra contra la mía. No tiene pruebas de que haya cometido ningún delito —miró al capitán y al resto de la Brigada Alfa—. Irán todos a la cárcel. Es a él a quien deberían detener. Es a él a quien se busca por traición y asesinato.

Crash metió la mano en uno de los bolsillos de su chaleco y sacó una pequeña grabadora portátil.

—Lamento desilusionarlo, senador, pero tengo grabada cada palabra que ha dicho. La partida se ha acabado. Y usted ha perdido.

La partida se había acabado, en efecto. Y Nell había ganado. Comprendió que así era al ver la mirada de Crash cuando éste se volvió para sonreírle.

Pero entonces, como a cámara lenta, Garvin se sacó una pistola del bolsillo.

Y a cámara lenta, Nell vio el sol de la mañana brillar en el cañón metálico cuando el senador apuntó directamente a Crash.

Se oyó gritar cuando, en el tiempo que dura el latido de un corazón, Garvin disparó.

La bala impactó en el pecho de Crash, que salió despedido hacia atrás y cayó al suelo como una muñeca de trapo.

Estaba muerto. Tenía que estar muerto. Aunque siguiera vivo, no podría llegar a un hospital a tiempo. El centro médico más cercano estaba a kilómetros de allí. Tardarían siglos en llegar, y Crash moriría desangrado.

Nell corrió hacia él mientras los SEAL desarmaban a Garvin y lo reducían.

Crash luchaba por respirar, luchaba por tomar aire, pero Nell no vio el enorme borbotón de sangre que esperaba encontrar. Tomó su mano y se la apretó con fuerza.

—Por favor, no te mueras —le dijo—. Por favor, Billy, no te mueras...

Harvard, el enorme SEAL afroamericano, se arrodilló en la tierra, al otro lado de Crash. Le rasgó la camisa y ella cerró los ojos, temiendo lo que iba a ver.

—¿Cómo está? —preguntó otro SEAL. Era el capitán de la brigada.

—Se ha quedado sin respiración —dijo Harvard con su voz profunda—. Puede que tenga una costilla rota, pero, aparte de eso, en cuanto recupere el aliento estará bien.

¿Estará...?

Nell abrió los ojos.

—¿Bien? ¡Pero si tiene una bala en el pecho!

—Tiene una bala en el peto. En el chaleco antibalas, quiero decir —Harvard le sonrió—. Pero ten cuidado, no lo abraces demasiado fuerte, ¿de acuerdo?

Crash llevaba un chaleco antibalas. Nell vio la bala incrustada en él y aplanada. Era cierto: lo del C-4 era un farol. Nell no lo había creído... hasta ahora. Crash no tenía intención de saltar por los aires junto con Garvin. Si no, no se habría molestado en ponerse un chaleco antibalas.

Estaba vivo... y quería estarlo.

Nell no pudo contenerse. Rompió a llorar.

Crash tuvo que hacer un esfuerzo para sentarse.

—Hey —su voz era débil y susurrante. Le tendió los brazos y ella se dejó estrechar—. ¿No decías que nunca llorabas?

Ella levantó la cabeza para mirarlo.

—No estoy llorando, sólo es un truco.

Crash se echó a reír, e hizo una mueca.

—Ay.

—¿Te haré daño si te beso?

—Sí —contestó Crash en voz baja, consciente de que la Brigada Alfa se había llevado a Garvin. Estaba a solas con Nell en el claro. Tocó su mejilla, asombrado por la estampa que ofrecía con la cara embadurnada con pinturas de guerra. Nell, la tranquila Nell, la que prefería quedarse en casa, junto al fuego, leyendo un libro a arriesgarse a mojarse los pies, se había camuflado y estaba lista para la batalla. Crash comprendió que lo había hecho por él—. Siempre va a dolerme un poco que me beses. Siempre tendré miedo de perderte.

—No puedes perderme —contestó ella con vehemencia—. Así que ni lo intentes. Te tengo y no voy a soltarte.

Crash la besó.

—Si alguna vez te dejo, no será porque quiera.

Los ojos de Nell se llenaron de lágrimas cuando volvió a besarlo.

—No sé qué va a pasar ahora —dijo Crash—. Aunque pueda volver al ejército, no estoy seguro de que vuelvan a aceptarme en los SEAL. Sé que el Grupo Gris no querrá saber nada de mí después de esto. Hay demasiada gente que conoce mi cara. Y sé también que no soportaría un trabajo de oficina en la Armada, así que...

—Eso no tienes que decidirlo ahora —le dijo Nell mientras le apartaba el pelo de la cara—. Date un tiempo. Ni siquiera has podido llorar a Jake como es debido.

—Siento que... —se interrumpió, asombrado por lo que había estado a punto revelar sin darse cuenta. De pronto, sin embargo, comprendió que tenía que decirlo. Quería decirlo—. Siento que no puedo pedirte que te cases conmigo sin antes asegurarme de que sabes que ahora mismo mi vida está un poco patas arriba.

—¿Un poco patas arriba? Te quedas corto, ¿no te...?

Crash notó el momento exacto en que ella se daba cuenta de lo que había dicho.

«Pedirte que te cases conmigo».

Nell empezó a llorar otra vez.

—Dios mío —dijo en voz baja—. Sé que tu vida está patas arriba. Así que puedes pedírmelo. Si quieres, claro.

—Estás llorando otra vez —dijo él.

—Esto no cuenta —respondió ella—. Las lágrimas de felicidad no cuentan.

Crash se rió.

—¡Ay!

—Dios mío, tengo que parar de hacerte reír.

Él la agarró de la barbilla, sujetándola para que lo mirara a los ojos.

—No —dijo—. No pares. No pares nunca, ¿de acuerdo?

—Entonces... me quieres porque te hago reír...

Crash se zambulló en el bello azul de sus ojos.

—No —musitó las palabras que sabía que ella quería oír, las palabras que al fin podía decir en voz alta—. Te quiero... y me haces reír —la besó, extraviándose en la suavidad de sus labios—. Sabes que moriría por ti.

Ella tocó el borde de su chaleco antibalas.

—Sé que también vivirías por mí. Y eso es mucho más difícil.

—Entonces, ¿quieres...? —tenía los labios secos y se los humedeció—. ¿Quieres que nos casemos? —se dio cuenta de que aquello sonaba demasiado informal y se apresuró a añadir—: ¿Quieres casarte conmigo, por favor?

Nell hizo un ruido que sonaba como una afirmación y le tendió los brazos. Crash la apretó con fuerza, consciente de que estaba llorando. Otra vez.

Notó un sabor a sal al besarla.

—¿Eso era un sí?

—Sí —esta vez, lo dijo con toda claridad.

Crash la besó de nuevo mientras las sombras se desvanecían por fin y el sol brillaba en la montaña, bañándolos con su calor.

Entonces comprendió que haría a la luz del sol el siguiente trecho de su viaje. Y esperaba que fuera un trecho muy, muy largo.

CAPÍTULO 17

–¿Dónde estamos? –preguntó Crash.

El conductor no respondió. Se limitó a abrir la puerta y apartarse para que Crash saliera.

Se puso firme y Crash cayó en la cuenta de que había un almirante junto a la puerta del edificio. Un almirante. ¿Habían mandado a un almirante a acompañarlo a la sala donde debía informar?

Crash se alegró de que Nell le hubiera hecho ponerse el uniforme de gala. La hilera de medallas que cruzaba su pecho rivalizaba claramente con la del almirante.

Éste se adelantó y le tendió la mano.

–Me alegra conocerlo por fin, teniente Hawken. Soy Mac Forrest. No entiendo por qué no nos hemos conocido antes.

Crash le estrechó la mano. El almirante Forrest era un hombre delgado y fibroso, con el cabello canoso y unos ojos azules que parecían demasiado jóvenes para su cara llena de arrugas.

–¿Es aquí donde va a tener lugar la reunión? –Crash

miró la elegante arquitectura del viejo edificio mientras el almirante lo conducía adentro. Se quitó la gorra al mirar a su alrededor. El vestíbulo era grande y luminoso, con suelo de mármol blanco–. Creo que nunca había estado aquí.

Forrest lo condujo por un pasillo.

—La verdad, teniente, es que aquí no viene casi nadie. Es un piso franco de la Fincom.

—No entiendo.

Mac Forrest se detuvo delante de una puerta cerrada.

—Agárrate el sombrero, hijo. Tengo un regalo de Navidad para ti —señaló la puerta—. Adelante —dijo y, dando media vuelta, echó a andar por el pasillo—. Volveré dentro de un rato.

Crash lo vio alejarse y luego miró la puerta. Era una puerta de roble corriente, con el pomo de cristal, un poco anticuado, como un diamante gigantesco. Alargó la mano, lo giró y la puerta se abrió.

No estaba seguro de qué esperaba ver al otro lado de la puerta, pero sabía que no era un dormitorio.

Estaba acogedoramente decorado, con oscuras y gruesas cortinas que rodeaban los ventanales por los que entraba la luz tenue de diciembre.

En medio de la cama estaba Jake Robinson.

Parecía pálido y frágil, seguía enganchado a varios monitores y tenía una vía en el brazo. Pero estaba muy, muy vivo.

Crash se quedó sin habla. Sus ojos se llenaron de lágrimas. ¡Jake estaba vivo!

—Déjame empezar diciendo que quería decírtelo —dijo Jake—. Pero tardé una semana en salir de cuidados intensivos y casi otra semana en enterarme de que creías que había muerto. Y luego te fuiste y no tuve forma de avisarte.

Crash cerró la puerta tras él mientras intentaba controlar la emoción que lo embargaba, que lo hacía llorar como un niño.

Distanciarse. Separarse. Insensibilizarse.

¿Qué demonios estaba haciendo?

Lo que sentía era felicidad. Un alivio inmenso, una dicha arrolladora. Sí, quería llorar, pero de alegría.

—Siento que estuvieras convencido de que había muerto —dijo Jake suavemente—. Mac Forrest fue quien tomó la decisión de dar la noticia de mi muerte. Pensó que sería mejor así.

Crash se rió, pero su risa sonó un poco extraña, como un sollozo.

—Esto es increíble —se le quebró la voz. Acercó una silla a la cama y tomó las manos de Jake entre las suyas—. ¿De veras estás bien? Tienes mala cara, como si te hubiera atropellado un camión.

Si notó las lágrimas que desbordaban sus ojos, Jake no dijo nada.

—Voy a recuperarme. Tardaré un poco, pero el médico dice que dentro de nada estaré como nuevo. No tengo nada grave. Sólo unas cuantas cicatrices más.

Crash sacudió la cabeza.

—Debería haberlo imaginado. Fue tan fácil escapar después de la vista... Debí imaginar que dejaron que me marchara.

—Te ayudaron un poco, pero no mucho. Muy pocas personas sabían que estaba vivo —le apretó la mano—.

Buen trabajo con Garvin. La cinta de la grabación es increíble.

—Por suerte tenía a la Brigada Alfa para cubrirme las espaldas.

—Hablando de la Brigada Alfa... ¿has conocido a Mac Forrest?

Crash asintió.

—La Brigada Alfa está bajo su mando. Me ha pedido que te diga que se ha pedido tu reasignación. El capitán Joe Catalanotto quiere que te integres en su equipo. Le pasó una nota personal a Mac junto con todo el papeleo. Esos chicos quieren que trabajes con ellos.

Crash se quedó sin habla otra vez.

—Es un honor para mí —dijo por fin.

—Me alegra ver que por fin te has cortado el pelo. En las fotos de los periódicos dabas miedo.

Crash se pasó la mano por el pelo recién cortado.

—Sí, a Nell también le gusta más así.

—Nell... —dijo Jake—. Nell. ¿Te refieres a la misma Nell que trabajaba para Daisy? ¿A esa chica tan guapa? ¿La de la sonrisa perfecta? ¿La que estaba loca por ti?

—No seas bobo.

Jake sonrió.

—Para usted sigo siendo almirante, teniente.

—Jake, no sabes cuánto me alegro de que no te hayas muerto.

—Lo mismo digo, hijo. Y también me alegro de que por fin hayas abierto los ojos y te hayas dado cuenta de lo que tenías delante de las narices —hizo una pausa—. Porque te has aclarado respecto a Nell, ¿no?

—La verdad es que no —reconoció Crash—. Me tiene hecho un lío —sonrió a regañadientes—. Pero me encanta.

Está tan loca que me quiere, y yo tan cuerdo que sé que sería un idiota si la dejara escapar. Nos casamos en Navidad, ¿sabes? ¿Serás mi padrino, Jake?

A Jake se le saltaron las lágrimas, pero intentó hacer una broma.

—No sé si podré sostenerme en pie para esas fechas.

—¿Podemos celebrar la boda aquí? No hay ninguna ley que diga que el padrino tiene que estar de pie.

Jake le apretó la mano con más fuerza.

—Me encantaría. Sería un honor.

Sólo hacía un año que Crash había tenido el honor de ser el padrino de Jake.

—Daisy siempre supo que Nell era perfecta para mí —dijo en voz baja.

—A Daisy se le daba extremadamente bien descubrir la verdad, hasta cuando estaba escondida a ojos de todos —Jake apartó la mirada, pero Crash vio un destello de dolor en sus ojos—. Dios, cuánto la echo de menos todavía...

—Lo siento, no debería haber...

Jake lo miró.

—¿Qué? ¿Dicho su nombre? ¿Recordado lo mucho que la queríamos? ¿Estás de broma?

—No sé. Pensaba que...

—Veinte años —dijo Jake—. Estuve con ella más de veinte años. Me encantaría que hubieran sido cuarenta o sesenta. Pero veinte no está mal. Fue un regalo —lo miró, traspasándolo con la intensidad de sus ojos—. Haz que cada minuto cuente, hijo. Presta atención y asegúrate de que vives al máximo cada paso del baile. Nunca se sabe cuánto tiempo vas a estar en la pista.

Crash asintió con la cabeza.

—Me alegro de que no te murieras.
—Yo también, Billy. Yo también, hijo.

Se suponía que iba a ser una boda íntima.

Pero cuando el padre de Nell abrió la puerta de la habitación de Jake Robinson en el piso franco de la Fincom, había tanta gente allí que Nell y él apenas cabían.

Estaban Lucy y Blue McCoy, y Harvard y su mujer, P.J. Hasta el capitán Catalanotto había ido con su familia. Bobby, Wes y Lucky estaban presentes, al igual que el compañero de entrenamiento de Crash, Cowboy, y su flamante esposa. Cowboy sostenía en brazos a un bebé idéntico a él. Lo sujetaba cómodamente, como si el pequeño fuera un apéndice de su brazo. Era una imagen asombrosa.

Pero no tan asombrosa como la imagen de Nell cuando entró en la habitación del brazo de su padre. Llevaba un vestido muy bonito y anticuado que había encontrado en una tienda de ropa de segunda mano del centro. Aunque era un vestido de boda tradicional, de manga larga y cuello alto, estaba espectacular con él. Hasta Daisy habría dado su aprobación.

—Creía que esto era una boda —dijo, mirando a su alrededor con una sonrisa—, no una fiesta sorpresa.

—Llamé a Blue para ver si alguno de ellos iba a estar en la ciudad, porque necesitábamos otro testigo —le explicó Crash—. Y estaban todos.

Nell miró de nuevo a su alrededor y Crash se dio cuenta de que sabía que sus amigos habían ido expresamente a la boda. Al igual que sus padres, habían cambiado todos sus planes navideños para estar allí.

El padre de Nell le levantó el velo y la besó antes de entregársela a Crash.

—Me alegro de que hayan venido todos tus amigos —le susurró ella, apretándole la mano.

La ceremonia pasó en un suspiro. Crash intentó ralentizarla, intentó prestar toda su atención a las promesas que estaba haciendo, pero lo cierto era que le habría prometido cualquier cosa a aquella mujer. Y que lucharía hasta su último aliento para cumplir sus promesas.

El pastor le dijo por fin que podía besar a la novia y, al besar los dulces labios de su esposa, Crash notó un sabor a sal.

Nell estaba llorando de nuevo.

Él la miró inquisitivamente, tocándole la mejilla, y ella negó con la cabeza.

—Las lágrimas de alegría no cuentan —susurró.

Crash se rió y volvió a besarla, estrechándola entre sus brazos. Sabía que, pasaran juntos un año o cien, guardaría para siempre en su corazón cada momento.

Títulos publicados en Top Novel

La novia perfecta – BRENDA JOYCE
Comenzar de nuevo – DEBBIE MACOMBER
Intriga de amor – ROSEMARY ROGERS
Corazones irlandeses – NORA ROBERTS
La novia pirata – SHANNON DRAKE
Secretos entre los dos – DIANA PALMER
Amor peligroso – BRENDA JOYCE
Nuevos amores – DEBBIE MACOMBER
Dulce tentación – CANDACE CAMP
Corazón en peligro – SUZANNE BROCKMANN
Un puerto seguro – DEBBIE MACOMBER
Nora – DIANA PALMER
Demasiados secretos – NORA ROBERTS
Cartas del pasado – ROSEMARY ROGERS
Última apuesta – LINDA LAELL MILLER
Por orden del rey – SUSAN WIGGS
Entre tú y yo – NORA ROBERTS
El abrazo de la doncella – SUSAN WIGGS
Después del fuego – DEBBIE MACOMBER
Al caer la noche – HEATHER GRAHAM
Cuando llegues a mi lado – LINDA LAELL MILLER
La balada del irlandés – SUSAN WIGGS
Sólo un juego – NORA ROBERTS
Inocencia impetuosa/Una esposa a su medida – STEPHANIE LAURENS
Pensando en ti – DEBBIE MACOMBER
Una atracción imposible – BRENDA JOYCE

www.ingramcontent.com/pod-product-compliance
Lightning Source LLC
LaVergne TN
LVHW030342070526
838199LV00067B/6410